Sarah Harvey
Kannst du mir verzeihen?

Zu diesem Buch

Hanny hat sich zu Hause verkrochen. Seit ihre große Liebe Bastian sie mit einer anderen betrog, hat sie keinen Fuß mehr vor die Tür ihres Cottages gesetzt. Zum Glück ist ihr Kühlschrank gut gefüllt, und als erfolgreiche Illustratorin kann sie in ihrem Atelier arbeiten, ohne das Haus verlassen zu müssen. Dann, am Morgen des ersten Dezember, findet Hanny einen riesigen Blumenstrauß vor ihrer Tür. Am zweiten Dezember Pralinen. Am dritten ihr Lieblingsparfüm. Allmählich versteht Hanny, dass die täglichen Geschenke einen Adventskalender darstellen sollen. Die kleinen Gaben werden jeden Tag erfindungsreicher, und vor allem erinnern sie Hanny an früher – die Zeit, in der Hanny und Bastian so glücklich waren …

Sarah Harvey, geboren 1969, arbeitete als Journalistin, bevor sie mit ihrem ersten Roman »Wachgeküsst« ihren Durchbruch als Autorin feierte und sich seitdem ganz dem Schreiben widmet. All ihre frech-romantischen Bücher waren internationale Erfolge. Zuletzt erschien von ihr »Bitte nicht füttern«. Sarah Harvey lebt mit ihrem Mann und ihren vier Hunden auf einem Landsitz in Cornwall.

Für Ursa Major, immer bei mir,
ganz gleich, wie weit entfernt.

Wie passend. Alles verschneit. Sie hatte die Vorhänge beiseitegeschoben und betrachtete die sonst so vertraute Landschaft, die jetzt unter der weißen Decke seltsam fremd wirkte. Genau so sah es auch in ihr aus: Sie war noch die Alte, und doch fühlte sich plötzlich alles anders an.

Kalt. Und still.

Ihr Haus war jetzt leer. Es war niemand mehr da, der sich bewegte oder atmete. Außer ihr.

Er war weg.

Sie waren doch glücklich gewesen!

Es hatte keinerlei Anzeichen gegeben. Keine genervten Blicke, kein böses Wort, nicht mal einen Streit. Sie waren die ganze Zeit Freunde gewesen, Liebende.

Und dann das.

So etwas passierte doch nur den anderen.

Ausgerechnet in der *Bonfire Night*. Sie war in Gedanken bei Sid gewesen, weshalb sie nicht wie die meisten anderen zum Himmel schaute, wo das Feuerwerk zu Ehren Guy Fawkes' das Dunkel erleuchtete, sondern hatte Ausschau nach Bastian gehalten. Er war der Einzige, der sie verstand. Er würde nicht einfach nur mitleidig lächeln, sein Blick würde nicht sagen: »Tut mir wirklich leid für dich – aber er war doch nur ein Hund.« Bastian war der Einzige, der begriff, wie sehr der Verlust sie in ihren Grundfesten erschütterte. Grundfeste, die sie nach dem Tod ihrer Mutter Jahr für Jahr ein klein wenig mehr wieder aufgebaut hatte.

Doch Hanny konnte Bastian nirgends entdecken. So etwas wie Panik stieg in ihr auf, wenn auch nur für einen kurzen Moment. Sie ermahnte sich selbst, nicht albern zu sein, und machte sich auf die Suche nach ihm.

Schließlich fand sie ihn in der Menschenmenge: Schulter an Schulter mit einer anderen Frau. Hannys Herz fing an, wie wild zu hämmern, Adrenalin schoss ihr in die Blutbahn. Wenn sie weiterging, würde es wehtun, so viel war ihr klar.

Wie eine vom Licht angezogene Motte folgte sie den beiden bis zum Rand eines Parkplatzes, wo die beiden im Schutz eines Catering-Anhängers stehen blieben.

Hanny erstarrte. Ihr Herz setzte aus.

Ganz dicht waren ihre Gesichter nun beieinander.

Zu dicht.

Die Frau sah ihn herausfordernd an, er blickte zu Boden.

War das ein Spiel? Ihre Lippen bewegten sich kaum, sie schienen sich gut zu kennen.

Zu gut.

Die Spannung, die die beiden ausstrahlten, konnte Hanny bis in ihre Fingerspitzen spüren.

Und dann berührte sie seine Hand.

Hanny brauchte nicht zu hören, was sie sagten. Ihre Körpersprache war eindeutig.

Die Frau: drängend, begierig.

Und er: Das schlechte Gewissen in ihm brannte genau wie das Feuer zu Ehren von Guy Fawkes – lichterloh.

Für Hanny war der Abend gelaufen. Sie machte auf dem Absatz kehrt und rannte die drei Kilometer zurück nach Hause. Normalerweise hätten ihre Lungen das gar nicht ausgehalten, doch an diesem Abend spürte sie ihren Körper gar nicht. Sie hatte nur den einen Gedanken, der sich in Endlosschlaufe wiederholte.

Nein. Nein. Nein. Nein. Nein.

Zu Hause wusste sie nicht, was sie tun sollte. Sie schenkte sich ein Glas Wasser ein, beugte sich über das Waschbecken, als müsse sie sich übergeben. Sie umklammerte den Beckenrand, bis die Atmung sich beruhigt hatte.

Dann stürmte sie nach oben und fing an, wahllos seine Sachen in eine Reisetasche zu stopfen, alles auf einmal. Sie musste ihn aus ihrem Leben, ihrem Zuhause, ihrem gebrochenen Herzen verbannen. Nachdem die Tasche voll war, machte sie mit Mülltüten weiter, die zerrissen, als sie unsanft Jeans und Unterwäsche, Aftershave und Rasierklingen hineinpresste. Sie gab auf, weinte nicht, aber ihr Brustkorb hob und senkte sich unter Schmerzen. Sie zerrte die Taschen und Tüten zum Fenster, öffnete es und wuchtete die Sachen mit einem Urschrei hinaus. Dann stürmte sie hinunter in die Küche, zerrte die Tupperwaredose mit dem Christmas Cake, den sie jedes Jahr gemeinsam vorbereiteten, aus dem Vorratsschrank, stampfte damit wieder nach oben und schmiss auch diese wütend aus dem Fenster.

Als er voller Sorge und mit vor Angst und schlechtem Gewissen hämmerndem Herzen nach Hause kam, fand er alle seine Habseligkeiten im Vorgarten. Das Haus war dunkel und still.

Sie hörte, wie er sie rief.

»Hanny?«

Eigentlich war es nur ein Flüstern, aber so intensiv, dass es klar und deutlich zu hören war.

Dann rief er etwas lauter.

»Hanny!«

Sie hatte sämtliche Türen verriegelt, alle Fensterläden geschlossen. Er rief noch einmal nach ihr, doch er hatte die Botschaft verstanden. Er unternahm keinen Versuch, ins Haus zu kommen.

Hanny hatte sich in der hintersten Ecke ihres gemeinsamen Schlafzimmers verzogen und saß zusammengekauert auf dem Boden, das Kinn auf die Knie gelegt.

Kreidebleich und stumm.

Es war ihr, als würde ihr Selbst, wie sie es kannte, von einer Windhose weggesogen. Weg, immer und immer weiter, bis ins All, bis die Welt immer kleiner wurde, bis es keine Gefühle mehr gab, keine Gedanken, keine Geräusche, nur Stille.

Und da blieb sie.

Und schwebte.

Völlig frei.

All das war jetzt sechsundzwanzig Tage her.

Sechsundzwanzig Tage. Sie hatte versucht, es nicht zu tun, aber dann hatte sie doch jeden einzelnen Tag gezählt. Hätte nur noch gefehlt, dass sie mit einem dicken roten Filzstift jeden Tag im Kalender durchgestrichen hätte.

Heute war der erste Dezember, und es war ein besonderer Tag: Heute vor sechs Jahren hatten sie sich kennengelernt.

Sechs Jahre hatten sie miteinander verbracht.

So viele Tage. So viele Stunden. So viele Augenblicke.

Im Handumdrehen ausgelöscht.

Durch einen kleinen Verrat, so kraftvoll wie eine riesige Flutwelle, die ein Fundament wegspült, das vorher als unverrückbar galt.

Nie hätte Hanny geglaubt, dass ihr so etwas passieren könnte. Oder ihm. Ausgerechnet ihm, dem anständigsten Mann der Welt, dem Geliebten und besten Freund. Dem Lügner.

Alles war anders.

Der Schnee. Er hatte alles, was vertraut und warm gewesen war, in eine harsche Winterlandschaft verwandelt.

Noch während sie am Fenster stand, hörte Hanny ein ungewohntes Geräusch.

Sie brauchte einen Moment, bis sie es einordnen konnte.

Eigentlich doch gar nichts Ungewöhnliches, wenn sie mal davon absah, dass sonst selten jemand an die Haustür klopfte. Schließlich wohnten sie – nein, wohnt*e* sie, korrigierte Hanny sich selbst –, also, schließlich wohnt*e* sie etwa einen Kilometer außerhalb des nächsten Dorfes an einer Straße, die nur von Einheimischen als Abkürzung benutzt wurde. Hier kam niemand zufällig vorbei, nicht einmal die Zeugen Jehovas. Die wenigen Besuche, die sie bekam, stattete ihr entweder Tante Midge ab – und die klopfte grundsätzlich nicht an – oder ihre beste Freundin Edith, und die kam immer durch die Küchentüre herein.

Ihr Herz stockte.

War er das vielleicht?

War das womöglich Bastian?

Es war seltsam. Sie wollte ihm so vieles sagen. Ihn so vieles fragen. Aber …

Aber sie brachte es nicht über sich, mit ihm zu reden, geschweige denn, ihm die Tür zu öffnen. Nach diesem verhängnisvollen Abend hatte sie in ihrer Enttäuschung und Wut sogar sämtliche Türschlösser auswechseln lassen.

Bastian.

Der Gedanke an ihn machte sie traurig. Lieber stürzte sie sich in ihre Arbeit und drängte ihn vollkommen aus ihrem Bewusstsein. Vor Bastian hatte sie ein eigenes Leben gehabt. Also würde sie auch eines nach ihm haben. Schließlich war sie, Hannelore Richmond, Kinderbuchillustratorin, und eine sehr gute und gefragte dazu.

Zu ihrem Glück befand sie sich gerade in der Schlussphase eines Auftrags, da konnte sie sich ganz ihren Bildern hingeben. Malen war ihre erste große Liebe gewesen, noch vor Bastian. Ins Malen hatte sie sich stets geflüchtet, wenn die Welt um sie herum zu chaotisch wurde.

Wenn sie malte, war sie nicht mehr sie selbst und konnte verschwinden an einen Ort, an dem alles schön war.

Vor sechs Tagen hatte er es aufgegeben, sie anzurufen.

Seither hatte sie überhaupt nichts mehr von ihm gehört.

Zunächst war sie froh gewesen, nicht jedes Telefonklingeln fürchten zu müssen. Sein Schweigen war erst einmal eine große Erleichterung, und sie war dankbar dafür.

Dankbar, dass sie ihm nicht aus dem Weg gehen, ihn nicht ignorieren, ihn nicht konfrontieren, ihn nicht wieder erleben musste.

Doch das Gefühl hielt nicht lange an.

Bereits am Morgen des dritten Tages überprüfte sie, ob das Telefon eingestöpselt und der Klingelton aktiviert war.

Alles in Ordnung.

Trotzdem sah sie noch mindestens sechsmal nach. Das Telefon funktionierte einwandfrei.

Vierter Tag. Keine Veränderung. Er rief nicht an. Rief er deshalb nicht an, weil er hoffte, sie würde den Kontakt zu ihm suchen, wenn er es nicht versuchte?

Das konnte er vergessen.

Sie würde es in vollen Zügen genießen, nichts mehr von ihm zu hören. Je eher er aus ihrem Leben verschwand, desto eher konnte sie sich ein neues Leben aufbauen. Nach vorne schauen. Vergessen, dass Bastian Summers je existiert hatte.

Am fünften Tag dachte sie daran, wie er sie immer an sich gezogen hatte, wenn sie fror. Wie er die Arme um sie geschlungen, ihr den Nacken geküsst hatte. Wie sie im Einklang geatmet und sie schließlich gemeinsam eingeschlafen waren.

Sie dachte an die guten Zeiten. Daran, wie glücklich sie miteinander gewesen waren. Warum gab er so schnell auf? Wollte er nicht um sie kämpfen? Vielleicht. Vielleicht auch nicht.

Tatsache war, dass Hanny in diesem Augenblick nicht mehr wusste, was sie selbst eigentlich wollte. Tatsache war, dass er ihre Gefühle verletzt hatte und darauf herumgetrampelt war.

Und nun stand der Mann, der ihre Gefühle als Fußabtreter benutzt hatte, wieder vor ihrer Tür.

Das konnte nur er sein. In dieser Herrgottsfrühe.

Sie zögerte einen Augenblick.

Wollte ihn sehen.

Wollte ihn so gerne sehen!

Wollte ihn nicht sehen.

Wollte ihn auf gar keinen Fall sehen.

Ihr Magen krampfte sich zusammen. Sie stellte sich vor, wie die Zeiger der Küchenuhr sich bewegten. Die Zeit schlich, und Hanny spitzte die Ohren in Erwartung eines zweiten Klopfens, das normalerweise auf das erste folgte, wenn es nicht beantwortet wurde.

Eine Minute.

Zwei Minuten.

Eigentlich keine lange Zeit, aber wenn man auf etwas wartet, eine Ewigkeit.

Kein zweites Klopfen.

Kurz bevor sie die Luft nicht länger anhalten konnte, vernahm sie ein weiteres Geräusch, etwas weiter entfernt.

Das Zuschlagen einer Autotür.

Das Starten eines Motors.

Dann gab jemand Gas, und das Autogeräusch entfernte sich.

Sie wartete, bis es wieder vollkommen still war, dann zog es sie magnetisch zur Haustür. Sie öffnete sie. Vor ihr lag ein riesiger Strauß Blumen.

»Blumen«, sagte sie laut, als müsse sie sich selbst bestätigen, was ihre Augen da sahen.

»Blumen«, wiederholte sie, dieses Mal mit einem verächtlichen Unterton.

»Blumen«, sagte sie zum dritten Mal, deutlich lauter.

Sie schüttelte den Kopf. Was für ein Klischee!

Treibhauswicken im Dezember.

Wie daneben.

Er hatte ihr noch nie Blumen gekauft, und jetzt auf einmal, nur weil sein Gewissen ihn plagte.

Hanny verschränkte die Arme vor der Brust. Sah, wie ihr Atem zu Nebelwolken wurde. Sie war versucht, die Tür wieder zu schließen und so zu tun, als hätte sie die Blumen nie gesehen, aber sie wusste genau, dass sie ständig an sie denken würde. Also nahm sie sie mit in die Küche. Sie konnte es sich nicht verkneifen, kurz die Nase zwischen die zarten Blüten zu stecken, um ihren Duft einzuatmen.

Aber sie dufteten gar nicht.

Hanny öffnete den Abfalleimer und stopfte den überdimensionalen Strauß hinein, so gut sie konnte. Dabei fiel die Karte zum Strauß herunter und landete vor ihren Füßen. Wütend hob sie sie auf und stopfte auch sie ungelesen in den Eimer.

Wahrscheinlich wollte er sie um Verzeihung anbetteln.

Hanny musste heftig blinzeln.

Konnte sie ihm verzeihen?

Ach, wenn sie es doch nur könnte. Wirklich. Sie wünschte, sie könnte es. Aber wenn man jemanden von ganzem Herzen liebt, dann reißt dieser Jemand dir das Herz heraus, wenn er geht. Und wie könnte Hanny, herzlos wie sie war, ihm verzeihen?

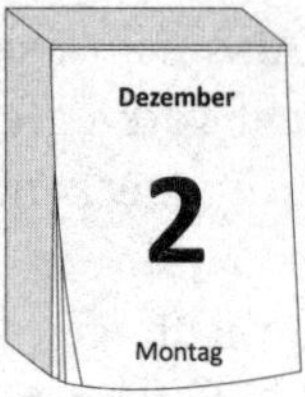

Wenn der Zweck seiner Übung gewesen war, dafür zu sorgen, dass ihr erster Gedanke am nächsten Morgen ihm galt, dann hatte er sein Ziel erreicht, allerdings wohl kaum mit den Vorzeichen, die er sich erhofft hatte.

»Blumen«, sagte sie abermals laut, kaum dass sie die Augen aufschlug (und sie sagte es ungefähr so, wie sie sonst »Arschloch« gesagt hätte), »das ist doch die reinste Beleidigung!«

Ihre bisher unterdrückte Wut kochte nun hoch wie eine Suppe, die zu stark erhitzt wurde. Sie war früh aufgewacht, viel früher als sonst, und hatte an diese verdammten Blumen gedacht. Es war erst halb sechs. Beim Blick auf die Uhr kam Hanny zu der Erkenntnis, dass sie den Wecker mit seinen Leuchtziffern nicht ausstehen konnte, sprang aus dem Bett, schnappte sich das Objekt ihrer Irritation, rannte wütend damit in die Küche, nahm die Blumen aus dem Abfalleimer und pfefferte den Wecker stattdessen hinein. Die Blumen warf sie zu Boden und trampelte wie besessen darauf herum, bis nur noch eine unschöne Masse aus Blütenblättern und abgebrochenen Stängeln davon übrig war, ein bunter Haufen Farbe.

Dann hielt sie inne und schaute auf das Ergebnis ihres Ausbruchs. Irgendwie schön. So schön, dass sie beschloss, noch ein bisschen damit weiterzumachen. Hanny trampelte und sprang auf den Blumenresten herum, bis sie unvermittelt innehielt. Sie überlegte, ob sie lachen oder weinen sollte, entschied sich dann fürs Lachen und trampelte und sprang weiter wie eine Verrückte.

Das war Therapie.

Sie war nicht verrückt.

Das war Therapie.

Sie war nicht verrückt.

Dann klopfte es an der Tür.

Wer, um alles in der Welt …?

Doch im selben Augenblick wusste sie bereits die Antwort, und ihr Herz begann zu flattern.

Sollte sie zur Tür marschieren, sie aufreißen und ihm einen Armvoll matschigen Wickensalat entgegenschleudern? Oder ihn doch besser mit anhaltendem Schweigen bestrafen?

Aber die Entscheidung lag nicht bei ihr.

Immer noch wie erstarrt, hörte sie, wie seine Schritte sich wieder entfernten. Dann das Quietschen des Gartentors. Eine Autotür. Einen Motor. Ein wegfahrendes Auto.

Er hatte angeklopft und dann nicht gewartet? Er hatte angeklopft und war gleich wieder gefahren?

Auf Zehenspitzen schlich sie durch den Flur und zur Haustür und öffnete sie. Ungläubig starrte sie zu Boden. Vor ihr lag eine kleine, sorgsam verpackte Schachtel, die sie zuerst zögerlich, dann erwartungsvoll auspackte.

Es waren Pralinen.

Und nicht einmal ihre Lieblingssorte, die er doch kannte.

Stattdessen diese Muscheln aus zweitklassiger Schokolade. Viel zu süß.

Geschmacklos im wahrsten Sinne des Worte.

In diesem Moment wollte sie ihn prügeln. Verbal. Ihm sagen, dass er sich seine seltsamen Stippvisiten sparen konnte. Sie wollte ihm sagen, dass sie ihn hasste. Dass sie ihm niemals verzeihen würde. Dass er der schlechteste Mensch der Welt war.

Natürlich konnte man einen Menschen nicht eben noch lieben und im nächsten Augenblick hassen. Was ging wohl gerade in seinem Kopf vor? Nein, nicht nur gerade jetzt, sondern auch, als ... Hanny schüttelte heftig den Kopf. Ihr kam es vor, als hätte sich der Mann, den sie so gut zu kennen glaubte, in einen völlig anderen Menschen verwandelt. Vielleicht hatte er es genau deshalb getan, so etwas völlig Untypisches. Der Mann, den sie zu kennen glaubte, hätte ihr niemals wehgetan.

Aber dieser Mann war er nicht mehr, er war ein anderer. Oh, wie sie sich wünschte, selbst auch eine andere zu sein!

Sie stopfte die Schachtel mit den Pralinen in den Küchenschrank.

»Großartiger Versöhnungsversuch, Bastian.«

Zum ersten Mal seit fast einem Monat sprach sie seinen Namen laut aus, und sie verschluckte sich fast daran. Dann machte sie sich an die Arbeit in ihrem Atelier. Hier war Hannys Welt.

Gott sei Dank war es Hannys Welt. Die Frage, wer bleiben und wer gehen sollte, hatte sich gar nicht erst gestellt. Sie hatte ihn rausgeschmissen, nicht nur aus ihrem wunderschönen Cottagehaus, sondern auch aus ihrem Herzen.

Als ihre Mutter Ruth damals krank wurde, war deren jüngere Schwester Midge von London hergezogen, um bei ihnen zu sein. Sie hatte ihren einträglichen Job aufgegeben, ihre schicke Wohnung in Camden und ihr Jetset-Leben, um sich um ihre Schwester und ihre Nichte zu kümmern.

Tante Midge. Sie führte so ein glamouröses Leben, und sie liebte es, um die Welt zu reisen, aber es war keine Frage für sie, dass sie sich ihrer Verantwortung stellte und ihrer Schwester und Hanny beistand. Und obwohl Ruths Ende nicht ohne Vorwarnung kam, war ihr Tod ein immenser Schock für Midge und Hanny. Das Leben ohne Ruth war so anders. Doch entgegen aller Erwartungen gelang es Tante Midge mit ihrer Heiterkeit, der zarten Hanny über die schwere Zeit der Trauer hinwegzuhelfen.

Mit achtzehn nahm Hanny ihr Studium in London auf, und natürlich begleitete Tante Midge sie, denn sie konnte es kaum abwarten, endlich wieder den Rummel der Metropole um sich zu haben, auch wenn sie kurz darauf erstaunt feststellen musste, dass London für sie nicht mehr viel zu bieten hatte.

»Das Gras auf der anderen Seite ist nicht immer grüner, Hanny«, erklärte sie. »In diesem Fall gibt es hier ja nicht mal Gras. Oder kaum. Und mir fehlt das Gras. Ich hätte es nie für möglich gehalten, aber ja, mir fehlt das viele Grün!«

Hanny verbrachte drei Jahre in London – Tante Midge hielt es nur drei Monate aus. Mit ihrem Job hatte sie tatsächlich so gut verdient, dass sie jetzt finanziell unabhängig war und tun und lassen konnte, was sie wollte. Sie zog zurück in das kleine Dorf in Cornwall, nahe dem Bodmin Moor, zurück in das Haus, in dem sie und Hanny gewohnt hatten, seit Ruth gestorben war. Sie fuhr regelmäßig nach London und ging auch wieder auf Reisen – nun aber nicht aus geschäftlichen Gründen, sondern zu ihrem Privatvergnügen.

Nach dem Abschluss ihres Studiums stellte auch Hanny fest, dass ihr Cornwall fehlte und sie vom Londoner Großstadtmief genug hatte. Auch sie beschloss, in den Westen zurückzukehren, aber sie wollte nicht wieder mit Midge unter einem Dach wohnen. Jedenfalls nicht auf Dauer. Sie wollte ihr eigenes Häuschen.

Ihre Mutter hatte ihr einen kleinen Treuhandfonds hinterlassen, auf den sie Zugriff hatte, wenn sie einundzwanzig war – allerdings nur auf so viel, wie sie selbst bereits aus eigener Kraft angespart hatte. Da sie gerade erst in den Beruf der Illustratorin eingestiegen war und sich noch etablieren musste, nahm sie einen Nebenjob in einem angesagten Bistro an und arbeitete, so viel es ihr irgend möglich war, um die Hälfte einer Anzahlung für ein eigenes Haus zusammenzusparen. Eines Tages entdeckte sie das Cottage und verliebte sich Hals über Kopf in das kleine urige Haus. Von da an arbeitete sie noch mehr, bis sie endlich das nötige Geld beisammenhatte. Ihren Treuhandfonds setzte sie als Sicherheit für den Kredit ein, der für ihr geringes Einkommen eigentlich etwas zu hoch war.

Sie war an einem warmen Herbstabend eingezogen, und bereits am darauffolgenden Abend – wohlweislich, bevor sie alles ausgepackt hatte, damit möglichst wenig zu Schaden kommen konnte – feierte sie die Einweihung mit einem Grillfest. Jai – ihr bester Freund und gleichzeitig der Mann, der sie mit Aufträgen versorgte – war immer noch untröstlich, weil er seine geliebte Mitbewohnerin und beste Freundin ans Land verloren hatte, außerdem kamen einige von Hannys alter Londoner Gang sowie neue Freunde aus dem Bistro, die wiederum Freunde mitbrachten. Dafür, dass sie gar keinen großen Bekanntenkreis, sondern eher eine Handvoll richtig guter Freunde hatte, entwickelte sich das kleine Grillfest zu einer ziemlich guten Party.

Und wie das Leben so spielte: Bei dieser Gelegenheit lernte sie Bastian kennen. Weit nach Mitternacht, als alle bereits mehr oder weniger alkoholisiert waren und unter den vielen Gäste, von denen sie nicht einmal die Hälfte kannte, Aufbruchsstimmung herrschte. Die Gesellschaft löste sich auf wie Frühnebel in der Sonne – und gab den Blick frei auf ein Naturschauspiel. Auf ihn.

Er stand mit ein paar Leuten zusammen, und als er bemerkte, dass sie zu ihm sah, kam er zu ihrer Überraschung auf sie zu.

»Du bist also Hanny.«

Sie nickte. Zu mehr war sie nicht fähig.

»Bastian.«

Er reichte ihr die Hand.

Sie gab ihm ihre, und er hielt sie eine Millisekunde länger als erwartet. Gerade so lange, wie Hanny benötigte, um sich in sein warmherziges Lächeln und seine blaugrauen Augen zu verlieben. Aber da wurde er auch schon von drei weiblichen Partylöwinnen weggezerrt, die um seine Aufmerksamkeit buhlten, und weg war er wieder.

Von da an beobachtete Hanny ihn verstohlen von der anderen Seite des Zimmers. Sie war fasziniert von seiner

Schönheit, es war, als vertiefe sie sich in den Anblick eines Gemäldes. Verträumt sog sie dieses Bild von einem Mann in sich auf, und jedes Mal, wenn er ihrem Blick begegnete, fühlte sie sich ertappt und sah schnell weg.

Als sie dann wieder zu ihm hinsah, war sein Blick fest auf sie gerichtet. Dieses Mal nahm sie allen Mut zusammen und schaute nicht weg. Sie lächelte sogar. Und sie sah, wie er ihr Lächeln erwiderte. Und damit war es um sie geschehen, sie wusste es bereits in dem Augenblick.

Am nächsten Morgen waren alle außer Jai und ein paar verkaterten Londoner Freunden verschwunden.

Aber das Gefühl war noch da, es war noch genauso gegenwärtig wie die Leute. Immer wieder sagte sie sich, es sei doch nur ein Lächeln gewesen. Aber es war eben nicht einfach nur ein Lächeln gewesen.

Fortan war er ihr erster Gedanke am Morgen und ihr letzter am Abend. Sein Name klang ihr ständig in den Ohren … Bastian.

Bastian.

Bastian.

Sie ließ sich den Namen auf der Zunge zergehen und genoss die Bewegungen, die ihr Mund und ihre Lippen machten, um ihn auszusprechen.

Sie erzählte niemandem davon und behielt ihr kleines Geheimnis für sich wie einen Schatz, an dem sie sich nur erfreute, wenn sie sicher war, dass niemand anderes zusah.

Und dann traf sie ihn wieder, abends in einer Bar. Kaum entdeckte sie ihn, verwandelte sie sich von der Zweiundzwanzigjährigen, die sie war, in eine Zwölfjährige. Mit einem einzigen Blick gingen zehn Jahre Selbstbewusstsein und Würde dahin.

Es dauerte fast eine halbe Stunde, bis er auf sie aufmerksam wurde, was vermutlich auch daran lag, dass sie sich, so gut es ging, versteckte. Und daran, dass er in ein ausgesprochen lebhaftes Gespräch mit seinen Freunden vertieft war.

Sie konnte sich kaum sattsehen an ihm. Alles an ihm strahlte: seine Augen, sein Lächeln, seine Art. Ihr kam es vor, als sei er doppelt so lebendig wie alle anderen im Raum, dreimal so aufmerksam, viermal so dynamisch, fünfmal so schön. Und darum tausendmal interessanter als alle anderen zusammen. Sie konnte den Blick nicht von ihm abwenden, konnte nicht anders, als ihn zu beobachten und zu bestaunen. Jetzt wusste sie, dass das Bild, das sie sich seit ihrer ersten Begegnung von ihm gemacht hatte, nicht nur ein Wunschbild war.

Dann sah er in ihre Richtung, und bevor sie sich wieder verstecken konnte, hatte er sie entdeckt. Er verstummte mitten im Satz, ließ seine Freunde stehen und kam auf sie zu.

»Hallo. So sieht man sich wieder.«

Sein Lächeln sprach Bände.

Sie gingen zu ihr.

Staunend sah er sich in dem Haus um, das nach außen wie ein ganz normales Cottage daherkam und innen eher einer Galerie oder Bibliothek glich.

»Wow, so habe ich das von der Party gar nicht mehr in Erinnerung, was ist das für ein Haus?«

»Mein Zuhause. Mein Arbeitsplatz. Alles.« Sie zuckte die Achseln.

»Alles«, entgegnete er und sah sie dabei so intensiv an, dass es sie in Verlegenheit brachte.

Sie brannte darauf, ihm ihre Arbeiten zu zeigen – und

hätte sie gleichzeitig am liebsten vor ihm versteckt. Also bot sie ihm erst mal ein Glas Wein an. Kaum hatte er das in der Hand, ging er auf Entdeckungsreise, und sie folgte ihm nervös bis zu der Tür, hinter der sich ihr Atelier befand.

Er zögerte.

Die Tür stand einen Spalt offen, was sich dahinter verbarg, war klar – den Teil mit »Und was machst du so?« hatten sie längst hinter sich.

Hanny, die Illustratorin.

Bastian, der Arzt.

Er hatte sich schon gleich im Flur gefragt, ob die Kunst an den Wänden wohl von ihr war. Jetzt blätterte er in ihren Skizzenbüchern, ihren Mappen, den Belegexemplaren der Bücher, die sie bisher illustriert hatte, und fand das alles richtig gut. Er wollte unbedingt mehr über sie erfahren, aber sie war nicht sonderlich gesprächig, und so studierte er ihre Bücherregale, die drei ganze Wände einnahmen.

Romane, Biografien, Lyrik. Und vor allem: Kunstbücher. Ganze Türme dicker, schwerer Bände.

»Die hast du alle gelesen?« Seine Hand ruhte auf einem ihrer Lieblingswerke. Er lächelte sie an.

Hannys Magen zog sich unwillkürlich zusammen. Sie schüttelte den Kopf und erwiderte sein Lächeln. Er bemerkte einen Anflug von Wehmut darin.

»Viele davon gehörten meiner Mutter.«

»Gehörten?«

»Sie hat Bücher geliebt. Überhaupt Sprache. Geschriebene und gesprochene. Ihren Rhythmus. Wie eine Melodie, hat sie immer gesagt.« Ihre Finger strichen zärtlich über ein paar Bücher. »Sie war Schriftstellerin.«

»Was hat sie denn geschrieben?«

»Romane. Liebesgeschichten. Sie war nicht berühmt, aber sie hat sich damit ihren Lebensunterhalt verdient. Was echt erstaunlich ist, ich hatte nämlich immer das Gefühl, dass sie mehr Zeit damit verbrachte, die Bücher anderer Leute zu lesen, als eigene zu schreiben. Sie hatte noch mehr, aber ich habe nicht genügend Platz, jetzt stehen sie in Kisten auf dem Dachboden. Du hättest mal ihre Bibliothek sehen sollen ... Eigentlich war das ganze Haus eine einzige Bibliothek. In jedem einzelnen Zimmer waren Bücher.«

»Klingt toll.«

»War es auch.«

»Aber du wolltest da nicht wohnen bleiben?«

»War zu groß.«

Zu groß ohne sie.

Schon seltsam, wie selbst das kleinste alte Haus sich zu groß anfühlen konnte, sobald nur ein einziger Mensch fehlte.

»Aber das hier hätte ihr auch gefallen.« Hanny sah sich um und zuckte die Achseln. »Das bin ich.«

Und genau so war es. Das Haus war wie ein erweiterter Teil von ihr. Ein Abbild ihrer Persönlichkeit. Warm, einladend, herrlich vielseitig, bezaubernd.

Im Wohnzimmer, das sich über die gesamte andere Seite des Hauses erstreckte, hatte Hanny noch mehr Bücher untergebracht, aber hier hörte sie vor allem Musik. Sie bestand darauf, dass man nie genug CDs haben konnte, und ignorierte die Tatsache, dass das Medium eigentlich schon wieder veraltet war. Genau wie DVDs. Sie besaß reihenweise Filme.

»Du bist die organisierteste Sammlerin, die mir je begegnet ist. Stehen die in alphabetischer Reihenfolge? Ja, klar. Und nach Genre sortiert ...«

»Wie viele Liebesfilme?«

»Hast du was gegen Liebesfilme?«

»Geht so. Ich stehe mehr auf Liebe im echten Leben.«

Sie hob eine Augenbraue und blickte ihn herausfordernd an, was sie in seinen Augen nur noch attraktiver machte.

»Ich finde, alle Männer sollten sich Liebesfilme ansehen, das würde ihnen gar nicht schaden.«

»Ach, ja?«

»Ja, klar. Wenn Männer wissen wollen, was Frauen von Männern erwarten, dann müssen sie sich nur die Männer in diesen Filmen ansehen.«

»Ich soll mir die jetzt alle angucken?«

»Du kannst es dir auch einfacher machen und *Stolz und Vorurteil* lesen. Und ich meine tatsächlich lesen«, betonte sie lächelnd. »Nicht den Film ansehen. Lies es und strebe danach, Mr Darcy zu sein.«

Er lehnte sich gegen die Regale. Sein Grinsen rief Fältchen um seine Augen hervor, die ihn so unglaublich sexy machten, dass Hanny die Luft wegblieb.

»Reich und arrogant? Das ist es, was Frauen wollen?« Sein wunderbares Lächeln wurde noch breiter. »Das ist es also, was ich all die Jahre falsch gemacht habe.«

»Na ja, reich ist natürlich kein Muss, aber auf jeden Fall ein Plus.« Auch Hannys Lächeln wurde breiter, und ihre honigfarbenen Augen strahlten noch intensiver. »Aber arrogant, nein. Es geht natürlich um Darcys Schokoladenseiten ...«

»Also nicht um seine Distanziertheit?«

Sie zuckte die Achseln und bewegte den Kopf, ohne dass auszumachen war, ob sie ihn schüttelte oder nickte.

»Mit der Arroganz ist das so eine Sache. Die kann Frauen entweder abschrecken oder anmachen. Kommt immer auf die Dosierung an ...«

Aber das wusste er natürlich schon.

Dr. Bastian Summers. Im Erobern von Frauenherzen brauchte er ganz sicher keine Nachhilfe. Er war klug, witzig, hinreißend. Und er hatte *Stolz und Vorurteil* bereits gelesen, denn er konnte eine intelligente Unterhaltung über das Buch führen.

In dieser ersten gemeinsamen Nacht redeten sie noch über so viele andere Dinge: über Physik und Metaphysik, Philosophie, den Sinn des Lebens, die Energie und das Universum. Ein bisschen schräg, aber wunderbar.

Als er ging, war es schon wieder hell.

Ihr Bett war unberührt geblieben, er hatte sie nicht einmal geküsst. Zum Abschied berührte er nur ihre Hand, strich mit den Fingerspitzen ganz zart über ihre. Die Berührung war so sanft und gleichzeitig so gewaltig, dass Hanny vor Schreck die Hand zurückzog. Sie ließ ihn gehen. Wenn auch ungern.

Dann ging sie zu Bett, um wenigstens ein bisschen auszuruhen. Sehnlichst wünschte sie sich, er läge neben ihr. Warum hatte sie ihn gehen lassen? Warum hatte sie ihn nicht mit hinaufgenommen? Fast schon ärgerte sie sich über ihre ewige Zurückhaltung. Doch als sie später wieder aufwachte, erfüllte sie ein ganz wunderbares Gefühl der Gegenseitigkeit. Ein Glücksgefühl, das man nur empfand, wenn man einen Seelenverwandten gefunden hatte, einen Freund fürs Leben.

Ein Glückgefühl, das ihr verriet, dass sie sich rettungslos verliebt hatte.

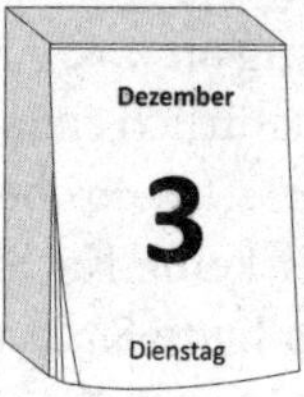

Sie hatte das Klopfen erwartet, oder besser: darauf gewartet. Trotzdem schrak sie zusammen. Und noch bevor sie vorsichtig die Haustür öffnete, wusste sie, dass er weg sein und etwas für sie hinterlassen haben würde.

Wieder lag ein Geschenk gleich neben der Fußmatte.

Es war etwas kleiner als die Pralinenschachtel gestern, aber genauso aufwendig in goldenes Papier und Chiffonband eingepackt. Weihnachtlich.

Sie stieß es vorsichtig mit der Fußspitze an, um ein Gefühl für sein Gewicht zu bekommen. Es rutschte sofort ein ganzes Stück über die Fliesen.

Sie bückte sich, kniff die Augen zusammen, besah es sich von allen Seiten, schnupperte daran. Fehlte nur noch, dass sie mit einem Stöckchen daran herumstocherte, um zu sehen, ob es vielleicht explodierte. Dann nahm sie es in die Hand und schüttelte es ein wenig.

Es gluckerte.

Eine Flüssigkeit?

Alkohol?

Hanny hatte seit fast vier Wochen keinen angerührt.

Sie trank ohnehin nicht viel. Sie vertrug auch kaum etwas, musste nur an einem Glas Weißwein riechen und war schon reichlich beschwipst. Also würde sie auch jetzt nicht mit dem Trinken anfangen, das wäre wirklich vollkommen idiotisch.

Aber in dem Geschenk war kein Alkohol, jedenfalls kein trinkbarer: Es war ein kleiner Flakon von Coco Chanel.

Parfum?

Wieso schenkte er ihr denn bitte Parfum, sie legte doch nie welches auf? Und er wusste das, es hatte ihm sogar immer gefallen. Er fand, sie roch von Natur aus zum Anbeißen lecker und brauchte keine künstlichen Aromastoffe. Was wollte er ihr mit dem Parfum sagen? Dass er sie nicht mehr riechen konnte? Dass er ihren Eigengeruch unangenehm fand?

Sie wollte dem Impuls nachgeben, das Fläschchen genau wie die Blumen wegzuwerfen, aber dann riss sie sich zusammen.

Hanny konnte Verschwendung nicht ausstehen. Die Blumen wären ohnehin schnell verwelkt gewesen, aber das kostbare Parfüm konnte sie doch nicht einfach wegwerfen. Sie würde es Edith schenken, wenn sie von ihrer Deutschlandtournee zurück war. Edith, ihre treue Freundin, die dreißig Jahre älter war und mit der sie trotz aller Unterschiede in ihrem Charakter so vieles verband. Wie sehr sie sie jetzt vermisste. Sie wohnte in der Nähe in einem alten, früher zu einer Kupfermine gehörigen Maschinenhaus mit Blick aufs Meer. Gewöhnlich roch sie nach Mottenkugeln und Mentholzigaretten, da wäre Coco Chanel schon eine deutliche Verbesserung.

Hanny stellte die Schachtel zurück in den Küchenschrank, hinter eine Reihe Dosen mit Baked Beans. Dann bekam sie einen Putzflash. Sie wischte den vernachlässigten Küchenboden und leerte den müffelnden Abfalleimer. Der war so vollgestopft, dass sie kaum den schwarzen Müllbeutel aus dem Eimer herausbekam und Schwierigkeiten hatte, ihn zuzubinden, ohne Teile des Inhalts auf den gerade gewischten Fußboden zu verteilen.

Und in dem Moment sah sie es: An dem Geschenkpapier des Parfums klebte eine weitere Karte. Darauf stand klar und deutlich eine Drei geschrieben.

Sie runzelte die Stirn. Dann wühlte sie ein bisschen tiefer in der Tüte und zog das Geschenkpapier von den Pralinen hervor. Auch hier waren keine gefühlsduseligen oder sonstigen Worte zu lesen, sondern die schlichte Zahl Zwei.

Sie musste noch tiefer in der Mülltüte wühlen, bis sie die inzwischen etwas aufgeweichte Karte fand, die mit den Blumen gekommen war. Und auch auf ihr stand nichts weiter als eine Zahl, diesmal die Eins. Ein bisschen verwischt von Kaffeesatz, aber immer noch klar zu erkennen.

Hanny legte die Karten nebeneinander auf den Tisch.

Was sollte das denn werden? Was für ein Spiel spielte er?

Ach, sie wollte am liebsten gar nicht darüber nachdenken. Sie wollte am liebsten überhaupt nicht an Bastian denken.

Noch während sie krampfhaft versuchte, nicht an Bastian zu denken, klingelte es an der Tür. Wer mochte das sein? Schon wieder er?

Zögernd schlich Hanny über den Flur und lugte vorsichtig durchs Fenster seitlich der Eingangstüre. Vor Überraschung blieb ihr die Spucke weg: Edith! Nach einem kurzen Moment des Schocks riss Hanny die Tür auf und fiel ihrer Freundin in die Arme.

Das musste Telepathie gewesen sein.

»Was machst du denn schon hier? Was ist aus deiner Tour in Deutschland geworden? Wie schön, dich zu sehen!«, rief sie überschäumend vor Glück über die willkommene Ablenkung.

Edith war nun mal unberechenbar. Mehr als einmal war es schon vorgekommen, dass sie eine Tour mittendrin abbrach oder dass Edith nicht auf die Bühne ging, obwohl ein Publikum auf sie wartete. Sie war launisch und konnte sehr stur sein. Aber ihr Humor war grandios, und Hanny liebte Edith für ihre Schrulligkeit.

Edith war Pianistin, Musikerin und Komponistin. Einige ihrer Stücke waren ziemlich bekannt, aber das lag vor allem daran, dass so ziemlich alles, was sie schrieb, gnadenlos von den Kritikern verrissen wurde und es diese Verrisse in der Regel auf die Titelseiten schafften. Als sie Hanny das erste Mal etwas vorspielte, hatte Edith sie mit der Virtuosität und Schönheit ihres Spiels zu Tränen gerührt. Leider hatte sie aber auch eine große Schwäche für völlig unmelodische Klavierkonzerte vor großem Saal, bei denen sie fast schon gewaltsam jede Menge unsynkopierte Akkorde anschlug, die die Wellen und den Wind der Küste von Cornwall darstellen sollten. Ihr machte es nichts aus, dass ihre Musik verrissen wurde. Einer ihrer Lieblingssprüche in diesem Zusammenhang war: »Die wenigsten wirklich bedeutenden Künstler wurden zu Lebzeiten als solche erkannt.«

Für gewöhnlich kam Edith tagsüber bei Hanny vorbei, weil sie eine Runde quatschen wollte. Und tatsächlich quatschte *sie* dann auch eine Runde: Ihr Redeanteil lag bei hundert Prozent. Hanny machte das nichts aus, denn sie war eine sehr gute Zuhörerin.

Doch für jemanden, der so egozentrisch war, hatte Edith auch eine ganz erstaunliche Intuition, weshalb sie heute nicht bei ihr vorbeischaute, um über sich selbst zu reden, sondern um herauszufinden, was bei ihrer Freundin eigentlich los war.

Zum ersten Mal, seit sie sich kannten, sagte sie nach der Begrüßung erst einmal gar nichts. Sie zog sich die schneebedeckten Winterstiefel aus, spreizte und streckte die langen Zehen in ihren gestreiften Wollsocken und stellte ihre Antennen auf. Da lag Störung in der Luft. Und zwar nicht zu knapp.

Irgendetwas war vollkommen anders als sonst.

Sie lehnte sich gegen die Arbeitsfläche und wartete, bis Hanny ihr einen Kaffee gemacht hatte. Dabei bemerkte sie, dass die feinen, schlanken, sonst so ruhigen Künstlerhände der Freundin zitterten.

Als Hanny sich an den Küchentisch setzte, schnappte Edith sich den gegenüberliegenden Stuhl und setzte sich so, wie sie es immer tat: Sie drehte den Stuhl mit der Lehne nach vorne und platzierte sich mit gespreizten Beinen darauf.

Dann sah sie Hanny ernst an und sagte in dem intensiven Bariton, den der Bademeister am Strand gut als Nebelhorn einsetzen könnte:

»Schieß los.«

»Wie bitte?«

»Was hat er getan? Nun sag schon. Er hat doch irgendwas ausgefressen.«

Es dauerte noch eine Weile, bis Hanny ihr in die Augen sehen konnte. Als es ihr schließlich gelang, sagte sie: »Ist das so deutlich?«

Edith legte den Kopf auf die Seite und sah ihre Freundin

aus kleinen, wachsamen Augen an wie ein Vogel, der aufmerkte.

»Für wie blöd hältst du mich, Hannelore?« Edith war der einzige Mensch, der hin und wieder Hannys vollen Namen aussprach.

»Natürlich halte ich dich nicht für blöd«, entgegnete Hanny pflichtschuldigst.

»Dann erzähl mir jetzt, was passiert ist.«

Hanny blinzelte, dann kam sie direkt zur Sache.

»Er ist weg.«

Sollte Edith überrascht gewesen sein, so verstand sie gut, das zu verbergen.

»Er ist weg. Aus freien Stücken oder weil du ihn darum gebeten hast?«

»Letzteres.« Und dann musste Hanny zu ihrer eigenen Überraschung lächeln. »Das heißt, ich habe ihn eigentlich nicht darum gebeten … Ich habe ihn rausgeschmissen … Er hatte da gar nichts zu melden.«

»Ach?«

»Ich habe alle seine Sachen aus dem Schlafzimmerfenster in den Vorgarten geworfen …«

Dieses Mal war Edith auf jeden Fall überrascht. Erstaunt öffnete sich ihr Mund.

»Du? Im Ernst?«

Die wohlerzogene, besonnene, Jedes-Problem-kann-gelöst-werden-wenn-man-nur-vernünftig-miteinander-redet-Hanny hatte sämtliche Habseligkeiten ihres geliebten Bastian aus dem Fenster geworfen?

Hanny nickte.

»Eine seiner Unterhosen blieb zunächst im Apfelbaum hängen, wie eine Flagge auf Halbmast.«

Jetzt musste Hanny lachen, doch gleich darauf war sie

den Tränen nahe, aber nur kurz, weil Edith über den Tisch hinweg ihre Hände nahm. Edith fasste normalerweise nie jemanden an, und der Schreck darüber, dass sie es nun tat, reichte aus, um die Tränen zu stoppen.

»Und was hat der Gute gemacht, um dich so auf die Palme zu bringen?«, hakte Edith vorsichtig nach.

Hanny schüttelte den Kopf und schwieg.

»Ist schon gut. Du musst nichts sagen. Ich kann es mir denken.« Missbilligend schürzte Edith die Lippen.

Edith ließ sich zu ihrem üblichen Vortrag darüber hinreißen, wie die Menschen nur so blöd sein konnten, zu glauben, dass Zweierbeziehungen wirklich auf Dauer funktionieren könnten.

»Das willst du jetzt wahrscheinlich überhaupt nicht hören, aber ich glaube, dass es das Beste für dich ist. Ich bin deine Freundin, und ich werde jetzt nicht irgendeinen sentimentalen Scheiß reden. Wahrscheinlich ist es das Beste für dich, dass er weg ist. Wahrscheinlich wird es dir ohne ihn viel besser gehen, Hanny, das sage ich ja schon die ganze Zeit. Männer sind einfach darauf programmiert, Frauen unglücklich zu machen. Die können da gar nichts für. Ganz egal, was für nette, tolle Kerle die sonst sind. Sie sind von Natur aus darauf programmiert, ihre Gene möglichst weit zu verbreiten. Männer, die sich mit einer einzigen Frau zufriedengeben können, existieren nicht. Punkt. Schluss. Aus. Basta. Nimm doch mal deinen Vater, der ist doch ein Paradebeispiel. Mit der wievielten Frau ist er jetzt verheiratet? Mit der vierten?«

»Mit der fünften«, brummte Hanny unwillig. »Aber nicht alle Männer sind wie er.«

»Nein, aber viel mehr Männer *wären* wie er, wenn sie sicher sein könnten, ungeschoren davonzukommen. Wenn die Gesellschaft nicht vorgeben würde, dass es *normal* ist, einen Beruf zu haben, ein Auto, eine Frau, ein Haus und zwei Komma vier Kinder. Na, wenigstens das ist dir erspart geblieben.«

Edith blieb den ganzen Tag.

Und redete. Und redete. Und redete.

Hier und da baute sie eine sekundenlange Pause in ihren Monolog ein, um Hanny die Gelegenheit zu geben, das Wort zu ergreifen und ihr Herz auszuschütten. Aber entweder bemerkte Hanny diese Pausen gar nicht, oder sie wollte sie einfach nicht bemerken.

Am Abend, als Edith um zehn Uhr den Rückzug antrat, war Hanny so erschöpft von all den unterhaltsamen Geschichten, mit denen Edith sie so wunderbar abgelenkt hatte, dass sie sofort ins Bett ging und augenblicklich in einen komatösen Schlaf fiel.

Nach vier Stunden segensreichem Nirwana förderte ihr sich endlich entspannendes Gehirn die Antwort zutage, nach der sie seit dem Morgen gesucht hatte, und sie riss die Augen auf.

»Hör auf, beständig gegen eine Wand zu hämmern und dabei zu hoffen, sie möge sich in eine Tür verwandeln.«

Chanel.

Coco Chanel.

Das hat Coco Chanel einmal gesagt.

Erfreut über diesen Geistesblitz, der ihr im Traum widerfahren war, schloss sie die Augen wieder, um noch einmal einzuschlummern.

Als sie Bastian kennenlernte, war er gerade mit seinem Medizinstudium fertig geworden und hatte seine erste Stelle in einer angesehenen Hausarztpraxis am Ortsrand der kornischen Küstenstadt Quinn angetreten. Er war ganz aufgeregt gewesen.

Spätabends hatte er sie mit in die Praxisräume in dem wunderbaren alten Gebäude genommen und ihr stolz alles gezeigt. Die private Praxisführung endete in seinem neuen Sprechzimmer, einem großen Raum mit hohen Stuckdecken und einem alten lederbezogenen Schreibtisch, Bücherregalen voller medizinischer Fachliteratur, einem Chefsessel für ihn auf der einen und zwei kleineren Stühlen für die Patienten auf der anderen Seite des Schreibtischs, auf dem die üblichen Faltblätter mit Patienteninformationen lagen. Ein seriöses Ambiente für einen seriösen Beruf.

Das Beste von allem war, dass er von dort aufs Meer sehen konnte. Na ja, das Zweitbeste ...

Selbstverständlich hatte Hanny alles genauso überschwänglich bewundert, wie sein stolzes Lächeln es förmlich verlangt hatte. Strahlend sah sie sich in dem Sprechzimmer um und war glücklich, weil er so glücklich war. Und während sie sich so umsah, fiel ihr zwischen seinen gerahmten Approbations- und anderen Urkunden ein Rahmen auf, der aus der Reihe fiel. Er enthielt ein Zitat der berühmten Modeschöpferin.

Er erklärte ihr, er habe es dort aufgehängt, damit es ihn daran erinnere, Coco Chanels Rat *nicht* zu befolgen. Er war nämlich überzeugt, mit der nötigen Ausdauer letztlich alles verändern zu können, wenn man es nur leidenschaftlich genug wollte.

Dann führte er ihr seinen großen Leder-Drehsessel vor, auf dem je nach Sitzordnung durchaus zwei Personen Platz hatten ...

Am nächsten Tag war er bei ihr eingezogen.

Am ersten Dezember.

Und als Einzugsgeschenk hatte er ihr einen kleinen Adventskalender mitgebracht – ganz klassisch mit prächtigem Weihnachtsmotiv und vierundzwanzig Türchen, hinter denen sich kleine Schokoladenstückchen verbargen.

Er zwinkerte ihr zu, dann öffnete er flugs das erste Türchen und mopste sich die Schokolade dahinter.

Jeden Tag, wenn sie das aktuelle Türchen öffnete, musste sie feststellen, dass er die Schokolade dahinter bereits gegessen hatte.

Aber am Weihnachtsmorgen, als sie die wenigen Geschenke, die sie von ihm bekommen hatte, auspackte, war eben dieser Adventskalender darunter gewesen. Bastian hatte die Leerräume hinter den Türchen mit ihren geliebten Schokoparanüssen gefüllt. Hatte sie mit chirurgischer Präzision so zurechtgeschnitten, dass sie hineinpassten.

Seither hatte er ihr jedes Jahr zum ersten Dezember einen Adventskalender geschenkt, jedes Jahr größer, schöner, toller.

Und genau das tat er jetzt wieder.

Er schenkte ihr einen Adventskalender.

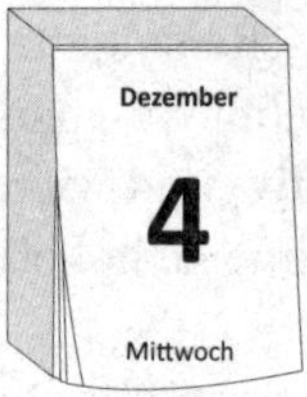

An diesem Morgen wartete sie bereits auf ihn. Hinter dem Vorhang versteckt, sah sie nach draußen, seltsam entschlossen, sich heute seinem Anblick auszusetzen.

Auch wenn sie das eigentlich gar nicht wollte. Und es gleichzeitig mehr wollte als alles andere. Und es doch wieder nicht wollte. Die schwankenden Gefühle verursachten ihr Übelkeit – ja, ihr war richtig schlecht.

Jetzt würde er bestimmt gleich kommen. Ihre Füße waren Eisblöcke, und ihr Herz raste mit einer gefühlten Frequenz von hundert Schlägen pro Sekunde.

Dann hörte sie ein Auto in der Auffahrt. Es hielt, die Autotür wurde geöffnet und geschlossen, und Sekunden später tauchte er neben der Hecke auf.

Er machte ein so geheimnisvolles Gesicht, dass sie unter normalen Umständen darüber hätte lachen müssen. Doch sie war wie versteinert und unfähig, sich zu rühren.

Er ging den kleinen Weg auf das Haus zu, stellte das Päckchen vor der Tür ab, klopfte an und lief dann, so schnell er konnte, weg und verschwand hinter der Hecke aus Hannys Blickfeld.

Wenige Augenblicke später sah er hoffnungsvoll über die Hecke. Er wartete. Und wartete. Dann sank er enttäuscht in sich zusammen.

Hanny hörte, wie er verschwand.

Autotür auf, Autotür zu, Motor an, Gas geben, Reifen rollen.

Weg.

Hanny wandte den Blick vom Fenster ab, lehnte sich gegen die Wand und ließ die Luft aus den Lungen entweichen.

Sie schloss die Augen. Gerade hatte sie ihn zum ersten Mal seit jenem Abend gesehen. Natürlich hatte sie vorher überlegt, wie es ihr damit wohl gehen würde, aber auf das, was da jetzt mit ihr passierte, war sie nicht vorbereitet gewesen.

Ihr Magen fühlte sich an wie ein voll besetzter Aufzug, dessen Seile reißen und dessen Passagiere panisch kreischen, während er nach unten rast.

Mit dem Rücken an der Wand rutschte sie zu Boden. Er hatte schmaler ausgesehen, blasser, mit dunklen Ringen unter den Augen und einem verkniffenen Zug um den schönen Mund. Beim Friseur war er offenbar auch nicht gewesen in der Zwischenzeit. All das hatte sie in den wenigen Sekunden wahrgenommen, und das, obwohl es draußen noch nicht einmal richtig hell war.

Nun war sie völlig alle, fühlte sich schlaff wie ein Luftballon mehrere Tage nach einer Party. Sie konnte unmöglich hinuntergehen, um nachzusehen, was er ihr heute gebracht hatte.

Lieber wollte sie ein bisschen arbeiten, um die Sorgen zu vergessen. Mit Aquarellfarben, Gouache und Kreide konnte sie sich noch immer Erleichterung verschaffen.

Im Schlafanzug ging Hanny hinunter in ihr Atelier. Außer Hannys Staffelei und dem Hocker, auf den sie sich jetzt setzte, standen keine Möbel in dem Raum. Bis auf die obligatorischen Regale natürlich, die im ganzen Haus zu finden waren und mit Büchern, CDs, Arbeitsmaterial und mit Kunstobjekten, Gemälden oder Drucken ihrer Lieblingskünstler gefüllt waren.

Ein Kritiker hatte einmal geschrieben, Hannys Illustrationen vereinten den Charme eines Atwell, die Eleganz eines Lepape sowie die Prägnanz eines Brâncusi und würden durch die Farben Kandinskys zum Leben erweckt. Hanny war ein bescheidener Mensch und hoffte nur, dass all das heißen sollte, dass sie gute Arbeit leistete.

Jai wusste, dass man sie für brillant hielt. Sie könnte doppelt so viele, nein, drei oder gar viermal so viele Aufträge haben, wenn sie wollte. Die Hingabe, mit der sie sich jedem Projekt widmete, die Sorgfalt bis ins kleinste Detail, die Qualität der abgelieferten Arbeit und ihre unkomplizierte Art machten sie für Autoren und Verleger gleichermaßen zu einer beliebten und nachgefragten Illustratorin. Gleichzeitig sorgte sie selbst dafür, ihren eigenen Markt nicht zu übersättigen, indem sie nie mehr als zwei Buchprojekte pro Jahr annahm.

Für Hanny war das Illustrieren ein Lebenselixier. Sie brauchte es wie das Atmen, ohne konnte sie nicht leben. Es war für sie das reine Glück.

Aber heute konnte sie sich nicht konzentrieren. In den letzten vier Tagen hatte sie den Radiergummi so oft gebraucht wie in den letzten vier Jahren nicht mehr.

Seufzend legte sie den Stift ab, rollte auf dem Hocker zurück, weg von der Staffelei und der fehlerhaften Zeichnung. Sie betrachtete die Auslese an Radiergummis – ein weiterer von Hannys Sammlerspleens – im Regal und überlegte, welchen von ihnen sie nehmen sollte. Vielleicht den, der aussah wie ein Bethmännchen? Kaum hatte sie »Bethmännchen« gedacht, schoss ihr der Gedanke an »Frühstück« durch den Kopf.

Der Hunger war eine seltsam unberechenbare Größe, wenn es einem emotional schlecht ging. Entweder war er ein piepsendes Mäuschen oder ein brüllendes Monster, dazwischen gab es offenbar nichts. Vor zehn Sekunden noch hätte sie keinen Bissen herunterbekommen, und jetzt hatte sie das Gefühl, seit Wochen nichts gegessen zu haben und selbst von einem ganzen Brotlaib und einem Pfund Butter nicht satt werden zu können.

Auf dem Weg in die Küche konnte sich es sich einfach nicht verkneifen, die Haustür zu öffnen. Als sie es sah, begann ihre Unterlippe zu beben. Vergessen war der rumorende Magen.

Eine Weile stand sie einfach nur da und sah es sich an.

Genau wie gestern und vorgestern.

Eingepackt in dasselbe Goldpapier, gebunden mit dem gleichen Chiffonband.

An dem Band hing eine Karte. Schon bevor sie hinsah, wusste sie, dass die Zahl Vier darauf stehen würde.

Was heute wohl drin war?

Was kam nach Blumen, Pralinen und Parfum?

Schmuck vielleicht, wenn er sich an die üblichen Klischees hielt, die Schachtel war jedenfalls klein genug.

Aber Bastian und Schmuck – nein, das konnte nicht sein. Während all der Jahre, die sie zusammen waren, hatte er ihr keinen gekauft.

Generell war Schenken nicht gerade seine Stärke, er befürchtete immer, ihr ja doch nur das Falsche auszusuchen.

Lieber schenkte er ihr Gutscheine oder gemeinsame Ausflüge. Im Gegensatz zu Hanny, die gerne zu Hause blieb, liebte Bastian das Reisen. Und er hatte es tatsächlich geschafft, ihr beizubringen, dass es seinen ganz eigenen Reiz hatte, wegzufahren und dann wiederzukommen. Aber das beste Geschenk in ihrer gemeinsamen Zeit war Sid gewesen. Sie hatte ihn sich selbst ausgesucht.

Auf einmal packte Hanny wieder traurige Verzweiflung.

Wenn Sid doch noch da wäre. Mit ihm war alles irgendwie erträglicher gewesen. Manchmal ging Hanny durch den Kopf, ob sie Sid wohl mehr vermisste als Bastian, aber das hing sicher damit zusammen, dass sie wusste, dass sie Sid nie wiedersehen würde. Jedenfalls nicht in diesem Leben. Wogegen Bastian, so wie es aussah, schon morgen wiederkommen würde. Und übermorgen. Und überübermorgen und immer so weiter, bis zum vierundzwanzigsten Dezember.

Bis dahin waren es noch drei Wochen.

Sie hatten dieses Jahr so viel vorgehabt.

Seltsamerweise fiel ihr erst jetzt das schöne Wetter auf.

Von Hannys Cottage hatte man einen phantastischen Blick über die verschneite kornische Landschaft, durch die sich eine von niedrigen Hecken flankierte, schmale Straße schlängelte. Hinter den landwirtschaftlich genutzten, sich ins Tal erstreckenden Feldern erhoben sich immer neue Hügel, gefolgt von einem weiteren Streifen Land und schließlich dem Meer. Manchmal, wenn es nachts vollkommen still war, konnte sie es hören, das sanfte Murmeln der Wellen. Jetzt gerade war der Blick so schön, dass es sich perfekt als Postkartenmotiv geeignet hätte. Oder vielleicht besser als Weihnachtskartenmotiv. Sogar ein Rotkehlchen saß auf dem gemauerten Torpfosten, neigte den Kopf zur Seite und sah sie aus schwarzen Knopfaugen forschend an. Mit seinen kleinen Füßen hinterließ es gabelähnliche Spuren im Schnee.

Früher hatte es in Cornwall nur selten Schnee gegeben.

Bis vor etwa drei Jahren hatte es, soweit Hanny sich erinnern konnte, nur immer etwa alle zwölf Jahre mal geschneit. Dann aber reichlich, und sie und Midge hatten sich seinerzeit wie die Kinder darüber gefreut. Mit Fäustlingen und Pudelmützen ausgerüstet, hatten sie sich vor dem Haus, in dem sie gemeinsam wohnten, eine Schneeballschlacht geliefert.

Und dann, vor drei Jahren, hatte es auf einmal angefangen, im angeblich wärmsten Landesteil Englands jeden Winter zu schneien.

Im ersten Jahr war es einfach nur klasse gewesen.

Bastian liebte Schnee.

Er hatte Hanny geweckt, bevor es hell war, und sie mit nach draußen geschleppt, um einen gigantischen Schneemann zu bauen. Den ganzen Vormittag waren sie auf zu Rodelschlitten umfunktionierten Tabletts die Hügel hinuntergeschlittert, auf der Hälfte der Strecke stecken geblieben und den Rest lachend heruntergekullert.

Am Abend war alles wieder weg gewesen.

Bastian hatte Glühwein gemacht. Mit dampfenden Bechern in den behandschuhten Händen standen sie in der Abendsonne auf der Terrasse und sahen dabei zu, wie der mühsam geformte Schneemann Pfützen bildete und schmolz.

Und als so gut wie nichts mehr von ihm übrig war, zog Bastian sie an sich, schob seine immer noch behandschuhte Hand unter ihre Kleidung und küsste sie. Hanny war dahingeschmolzen wie der Schneemann, wobei der zu allem Überfluss von Sid angepinkelt wurde, was den Schmelzvorgang rapide beschleunigte.

Sid.

Ach, Sid.

Auch Sid liebte den Schnee, er tanzte immer mit den Schneeflocken um die Wette. Und wenn ein Hund tanzte, dann war er doch restlos glücklich.

Oder? Na ja, vielleicht hatte er auch nur verdammt kalte Pfoten.

Da fiel Hanny auf, dass ihre nackten Füße schon fast genauso blau waren wie der Himmel. Ihre Zehen glichen gefrorenen Garnelen. Schnell schnappte sie sich das Geschenk und ging ins Haus.

Dieses Mal öffnete sie es gleich. Und es handelte sich keineswegs um Schmuck. Sondern um eine kleine, durchsichtige Plastiktüte voller Radiergummis …

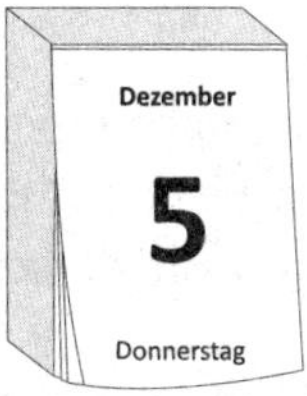

Hanny wachte schon früh auf. Die Nacht war eine Tortur gewesen, sie hatte kaum Schlaf gefunden und war vollkommen durchgefroren, denn schließlich war sie es gewöhnt, ihren Rücken an einen warmen Körper zu schmiegen. Jetzt war das Bett leer und irgendwie kalt, und das, obwohl sie mitten in dieser nicht enden wollenden Nacht aufgestanden war und sich so viel angezogen hatte, wie sie nur konnte.

Zuerst würde sie diese klamme Kälte aus dem Haus vertreiben und eine behagliche Wärme schaffen, so viel war klar. Aber die Brennholzkörbe waren leer, und Hanny wusste, dass es um den sonst immer säuberlich hochgestapelten Holzvorrat unter der Plane hinter der Garage genauso schlecht bestellt war. Also würde sie rausgehen und Holz hacken, auch wenn das sonst immer Bastians Aufgabe gewesen war. Aber meine Güte, was sollte schon so schwer daran sein, eine Axt zu schwingen, das würde ihr sicher guttun.

Ausholen, draufhauen, entspannen.

Wenn sie sich dazu noch einen bestimmten Kopf auf

dem Hackklotz vorstellte, würde sie die Scheite sicher in Windeseile spalten und gleichzeitig eine gewisse Genugtuung empfinden.

Klang doch eigentlich nach einem guten Plan. Beherzt zog sie sich Stiefel und Handschuhe an und passte – unförmig, wie sie mit ihren Kleiderschichten war – sogar in ihren Mantel.

Als sie die Tür öffnete, um sich hinaus ins Freie zu schieben, konnte sie natürlich nicht anders, als unwillkürlich nach einem kleinen Päckchen Ausschau zu halten, das ein gewisser Bastian Alexander möglicherweise dort abgelegt hatte.

Aber da war nichts.

Keine glitzernde Überraschung. Seltsam. Das Ganze lief erst seit fünf Tagen, und trotzdem hatte sie sich schon an die kleinen Gaben gewöhnt.

Hatte sie erwartet.

Erwartungen waren gefährlich.

Schnell schüttelte Hanny diesen Gedanken ab, suchte und fand die Axt, nahm sie zur Hand und legte los. Sie unternahm so viele Schwingversuche, dass ihr warm genug wurde, um eine Schicht auszuziehen, doch selbst jetzt, da sie mehr Bewegungsfreiheit hatte, wollte es nicht recht klappen. Offenbar reichten ein rechter Arm und der gute Wille allein nicht aus.

Es dauerte eine Weile, bis sie bemerkte, dass ihre ziemlich peinlichen Holzhackversuche beobachtet wurden: Die ebenfalls gründlich eingepackte Edith lehnte an der Garagenwand und sah Hanny amüsiert zu.

»Was machst du da?«

»Ich schneid mir die Fingernägel!«, gab Hanny pampig zurück, ohne aufzusehen.

Edith grinste. Sie mochte es, wenn Hanny bissig wurde. »Hast du eigentlich einen Waffenschein?«

»Das ist keine Waffe, das ist ein Gebrauchsgegenstand.«

»Ja, solange es im Schuppen steht. Aber jetzt ist es in deinen Händen ... Da würde ich es auf jeden Fall als Waffe bezeichnen. Warte ...« Sie ging auf Hanny zu, die gerade wieder die Axt heben wollte, und nahm sie ihr aus der Hand. »Lass mich mal. Du brauchst ja ewig.«

Edith war geschickt und schnell.

In der Hälfte der Zeit, die Hanny benötigt hatte, um einen Scheit vierzehnmal zu verfehlen, spaltete Edith zehn. Dann half sie ihr, sie ins Haus zu tragen, und wurde mit einem Kaffee belohnt.

»Zwei Tage hintereinander? Wie komme ich denn zu der Ehre?«, fragte Hanny, als sie am Küchentisch saßen. Ihre Holzhackniederlage nagte an ihr.

»Wollte bloß sichergehen, dass du nicht von irgendeinem Balken baumelst«, frotzelte Edith, schlürfte ihren Kaffee und hielt Hanny die leere Tasse zum Auffüllen hin.

Hanny verzog das Gesicht zu einer Grimasse, um ihr Grinsen zu verbergen.

Auch heute blieb Edith lange zu Besuch, und Hanny freute sich über den Beistand ihrer Freundin. Was hätte der heutige Tag sonst für sie bereitgehalten? Ihren Auftrag hatte sie gestern abgeschlossen, in ihre Arbeit konnte sie sich also nicht verkriechen.

Als Edith am späten Nachmittag nach Hause ging, stand Hanny am Küchenfenster und sah hinaus in den Garten, der noch immer unter der Schneedecke ruhte. Sie mochte den Schnee. Er gab ihr das Gefühl, auf einer Insel zu sein, umgeben von einem Wassergraben.

Allein.

Warum war Bastian heute nicht hier gewesen?

Der verdammte Mistkerl. Er spielte mit ihr. Sie wollte nicht mit ihm reden, also sicherte er sich ihre Aufmerksamkeit auf andere Weise. Und dabei war er doch mit dieser … dieser …

Mist, wieso brachte sie ihren Namen nicht über die Lippen? War doch nur ein Name!

Sie war doch auch nur ein Mensch. Sie. Sie war die Sorte Frau, in die Männer sich so leicht verliebten. Sie war wunderschön. Und eine starke Persönlichkeit dazu.

Bastian hatte immer gesagt, dass sie, Hanny, schön war, aber sie wusste, dass sie keine konventionelle Schönheit war. Sie fand ihre Nase zu groß, und ihre Haare weigerten sich, eine Frisur zu bilden. Außerdem hatten ihre Schwäche für Kuchen und Schokolade ihren Hintern mehr geformt, als ihr lieb war …

Sie dagegen war gertenschlank. Sie hatte meterlange Wimpern, die nicht doppelt getuscht werden mussten, um überhaupt gesehen zu werden. Eine kecke Stupsnase. Kecke Brüste, Körbchengröße B. Einen kecken, knackigen Po.

Keck.

Rundherum keck.

Diese Schnepfe.

Ach, ja, das seidig glänzende Haar hatte Hanny ganz vergessen. Und die glatte Samthaut, auf der nicht sofort Pickel sprossen, wenn irgendwelcher Stress anstand. Das Schlimmste war, dass *sie* immer auf das Heftigste mit Bastian geflirtet und Bastian immer jegliches Interesse an ihr abgestritten hatte. Mehr noch, er hatte sogar gesagt, er fände sie unattraktiv.

»Sie mag ja äußerlich schön sein, aber innerlich …«, hatte er mal gesagt, als er betrunken war und zu einer Aussage genötigt wurde.

»Hättest du dir nicht einfach eine hässliche Frau aussuchen können!?!«, schimpfte Hanny laut, als sie sich daran erinnerte.

Entschieden verstaute Hanny das Geschirr im Küchenschrank, das noch draußen gestanden hatte, und beschloss, ins Atelier zu gehen. Auf dem Weg dorthin kam sie an der Haustür vorbei, und ohne lang nachzudenken, streckte sie noch einmal den Kopf heraus, um ganz beiläufig Ausschau nach einem gewissen Päckchen zu halten, das jemand dort abgelegt haben könnte.

Wieder nichts.

Enttäuscht wollte sie sich schon wieder umdrehen, als sie es schließlich doch entdeckte. Sie musste das Päckchen am Morgen übersehen haben, denn es steckte halb verborgen in einem der großen Gummistiefel, die sie draußen vor der Tür immer für Gäste bereithielt.

Verführerisch, aber irgendwie auch vorwitzig, sprang ihr das glitzernde Päckchen nun förmlich ins Auge.

Mit einer schnellen Bewegung schnappte sie es sich und legte es erst einmal auf den Küchentisch.

Dort ließ sie es erst mal liegen und versuchte, sich mit Zeichnen abzulenken. Aber sie brachte keinen einzigen Strich zustande, weil sie vor allem damit beschäftigt war, auf gar keinen Fall an das Päckchen auf dem Küchentisch zu denken.

Und doch schaffte sie es, bis zum Abend zu warten. Die Kaminfeuer, die sie den ganzen Tag in Gang gehalten hatte, erloschen langsam, und im Haus wurde es wieder kühler.

Erst da gab sie nach. Bedächtig zog sie die Schleife auf und entfernte das Geschenkpapier. Zum Vorschein kam eine Schachtel. Sie öffnete sie, arbeitete sich durch mehrere Lagen Seidenpapier und zuckte zurück, als ihre Fingerspitzen etwas Unerwartetes berührten.

Gummi. Neues, dickes Gummi.

Eine Wärmflasche!

In Pink!

Eine Wärmflasche, denn er wusste, dass ihr im Bett immer kalt war, selbst wenn er sich von hinten an sie drückte und den Arm um sie schlang …

Typisch Bastian.

Halb lachend, halb weinend füllte Hanny die Wärmflasche mit heißem Wasser und hielt sie sich gegen das Herz. Vielleicht ließ es sich damit erwärmen. Doch so heiß und innig sie es sich auch wünschte – sie fühlte noch immer die kalte Wut.

Dieses Mal wachte sie vom Klingeln des Telefons auf. Sie zuckte zusammen, als habe sie einen Stromschlag bekommen. Verschlafen wie sie war, hob sie erst nach mehrfachem Klingeln ab, aber da war es bereits zu spät – der Anrufer hatte schon wieder aufgelegt. Dann sah sie auf die Uhr.

Zwanzig nach neun!

So lange schlief Hanny sonst nie! Im Gegenteil – sie war eine ausgeprägte Frühaufsteherin, aber ihr Tagesablauf war völlig durcheinandergeraten, seit Bastian und Sid weg waren.

Die Nummer auf dem Display verriet, dass es Jai gewesen war.

Jai. Als sie sich kennenlernten, fanden sie durch einen Zufall heraus, dass sie am selben Tag Geburtstag hatten, und beschlossen, dies sei als Wink des Schicksals zu verstehen: von da an waren sie Freunde. Sie hatten sich während des Studiums in London kennengelernt. Zwar studierten sie an verschiedenen Unis – Hanny an der St. Martins, Jai an der City –, aber eines Abends standen beide etwas verloren auf derselben Party herum. Sie sahen sich an, lächelten einander zu, tranken ein Glas Wein zusammen und gründeten zwei Tage später eine WG.

Zwei Jahre lang verbrachten sie jeden Tag miteinander, und als Hanny dann beschloss, London zu verlassen und wieder nach Cornwall zu ziehen, heulten sie beide wie die Schlosshunde. Fast wäre Jai mitgekommen, aber dann ergatterte er einen Job in einer der angesehensten Literaturagenturen Londons.

Und Hanny war seine erste Vertragspartnerin gewesen …

Heute war Jais Anruf die Rettung, denn sicher hatte er Arbeit für sie.

Einen neuen Auftrag, mit dem sie sich ablenken konnte.

Mit klopfendem Herzen rief sie ihn zurück.

Es dauerte etwas, bis er zum Punkt kam. Zum einen, weil er in dem Glauben war, sie wollte mal eine kreative Pause machen, und wusste, wenn sie dieses Buch erst gelesen hatte, würde sie nicht Nein sagen. Zum anderen, weil Unterhaltungen mit Jai immer etwas von einem Drei-Gänge-Menü hatten: zur Vorspeise Fragen nach dem Befinden; als Hauptspeise der neueste Tratsch; zum Nachtisch neueste private Entwicklungen. Erst zum Espresso wurde dann der eigentliche Grund des Anrufes kredenzt.

Heute kam Hanny Gott sei Dank um die Fragen nach dem Befinden herum, weil der neueste Tratsch nämlich so brisant war, dass Jai sich nicht lange beherrschen konnte. Zehn Minuten lang berichtete er ihr haarklein von einem Lektor bei einem bekannten Verlag, der dabei erwischt worden war, sein eigenes Buch unter fremdem Namen im eigenen Verlag zu veröffentlichen.

»Der Witz ist, durch die ganze Publicity, die die Sache

hervorgerufen hat, kann man jetzt schon davon ausgehen, dass diese kleine Novelle ein Bestseller werden wird. Mich würde es ja nicht wundern, wenn der Gute das alles absichtlich so eingefädelt hat. Das würde heißen, er hat sich selbst eine fette Vorschusszahlung angedeihen lassen und von den Zeitungen auch noch Kohle für die Story kassiert! Und da sagen die Leute, der Kerl sei dumm. Das ist doch superclever!«

Ohne Punkt und Komma ließ Jai sich weitere fünf Minuten über diesen »Skandal« aus. Wenn er redete, konnte man meinen, er würde nie atmen. Seine Sprachmelodie war eine wunderbare Mischung aus koreanischem Akzent und tuntiger Affektiertheit. Als er zum Ende seines reich ausgeschmückten Berichtes gekommen war, holte er tief Luft und sagte wie nebenbei:

»Ach, übrigens, ich hätte da einen neuen Auftrag für dich. Ich hab dir 'ne Mail geschickt. Kannst es ja mal lesen und dich dann melden.«

Und damit legte er auf.

Hanny stürzte sich auf seine E-Mail wie ein hungriger Hund auf sein spätes Abendessen.

Noch während sie las, lächelte sie. Von dem Autor hatte sie noch nie zuvor etwas gehört, die Story war schräg: Es ging um einen kleinen Jungen und sein geliebtes Schwein.

Das Schwein konnte sprechen, und es konnte Witze machen. Es fuhr im Sportwagen durch die Gegend und war ein Meister der Backkunst. Außerdem konnte es steppen, und es klärte Geheimnisse auf.

In ihrer Vorstellung fertigte Hanny bereits die ersten Zeichnungen an, als sie Jai zurückrief.

»Ich bin begeistert!«

Jai seufzte erleichtert. Hanny musste von einem Buch restlos überzeugt sein, das wusste er, sonst illustrierte sie es nicht. Wenn ihr die Grundidee nicht gefiel, war sie nicht inspiriert. Und wenn sie nicht inspiriert war, würden ihre Zeichnungen auch die Betrachter nicht inspirieren, so einfach war das. In ihren Augen war es daher für alle Beteiligten besser, einen Auftrag auch mal abzulehnen, und Jai akzeptierte das. Aber bei diesem Buch hatte der Verlag darauf bestanden, dass Hanny es illustrieren sollte. Man war überzeugt davon, dass dies der nächste große Kinderbuchhit werden würde.

Jai hatte nicht gewagt, auch nur anzudeuten, dass Hanny möglicherweise nicht zur Verfügung stand.

»Du nimmst also an?« Er war sehr bemüht, das hoffnungsvolle, bange Beben in der Stimme zu unterdrücken.

»Na, klar. Ich hab schon die ersten Entwürfe im Kopf.« Sie fing an, auf einem Block ein Schwein zu skizzieren.

»Wunderbar! Klasse! Dann schick ich dir gleich mal das ganze Manuskript. Das heißt, ich schicke es dir jetzt … sofort. In diesem Moment. Ich drücke jetzt auf Senden. Und … Weg ist es! Und binnen Nanosekunden bei dir. Freut mich wirklich, Hanny. So. Jetzt, wo das Geschäftliche geregelt ist … Wie geht's dir?«

Jai verstummte und wartete ab. Sein Problem war ja nun gelöst, und er hatte alle Zeit der Welt, sich ausführlich anzuhören, wie es seiner Lieblingsfreundin ging.

Aber Hanny brachte immer noch keinen Ton heraus.

»Alles in Ordnung, Hanny?«

Hanny war sich schon im Klaren darüber, dass sie jetzt besser möglichst schnell antworten sollte, und trotzdem schwieg sie weiter.

Normalerweise log sie nicht.

Nicht, dass sie kategorisch etwas dagegen hatte zu lügen. Trotz der Sache mit Bastian war sie ganz bestimmt keine glühende Verfechterin der absoluten Wahrheit und Ehrlichkeit um jeden Preis. Manchmal bewahrte eine kleine Notlüge die Menschen vor unnötigen Verletzungen. Manchmal rettete sie sogar Leben.

»Ja, danke. Alles gut«, brachte sie schließlich hervor.

Damit dürfte sie erst mal aus dem Schneider sein.

Sie sah auf das Blatt Papier mit der Skizze des Schweins. Erschrocken stellte sie fest, dass es Bastians Augen hatte.

Schnell strich sie es durch, bereute es aber im nächsten Moment. Dieses Schwein mit Bastians Augen hatte etwas an sich …

Sie fing erneut an, es zu zeichnen.

»Alles gut?«, hakte Jai nach.

»Hmhm«, brummte Hanny und wechselte dann schnell das Thema. »Weißt du was, ich glaube, ich fange sofort mit dem Schweinebuch an. Mir kommen schon die ersten Ideen.«

»Willst du dir nicht wenigstens ein paar freie Tage gönnen?«

»Ach was, Ausruhen ist völlig überbewertet … Kennst mich doch, Jai, ich liebe meine Arbeit.«

»Und was ist mit dem großartigen Bastian? Was sagt der dazu? Habt ihr gar nichts geplant?«

So hatte er ihn schon immer genannt: Den großartigen Bastian. Jai war nämlich selbst ein klein wenig in ihn verliebt. Aber damit befand er sich in großer Gesellschaft, denn fast jeder, der Bastian kennenlernte, verliebte sich ein wenig in ihn. Er tat den Menschen einfach gut.

»Äh, also … Das ist so … Bastian und ich, wir … also, wir sind nicht mehr zusammen.« Sie sagte das viel zu entspannt und verpasste gleichzeitig einem weiteren Schwein Bastians Augen. »Ich kann dir Ende der Woche schon die ersten Entwürfe schicken, wenn du willst. Gefällt mir echt gut, Jai. Ist mal was anderes.«

Doch ihr Versuch, das Thema zu wechseln, scheiterte kläglich.

»Wie bitte?!?!?!?« Das Kreischen hätte sie auch ohne Telefon von London bis hierher gehört. Jetzt riss sie den Hörer von ihrem Ohr weg.

Als sie ihn wieder heranholte, hörte sie noch den Rest seines quietschenden Koreanisch, dann schaltete er wieder um auf quietschendes Englisch.

»... gerade richtig gehört? Nein, habe ich nicht. Da war eine Fehlschaltung in der Leitung, oder? Du und Bastian ... ihr ... Im Ernst?«

»Wir sind nicht mehr zusammen«, wiederholte Hanny so leise, dass er sie kaum hörte.

Er schwieg, während er das verdaute, dann stieß er einen Seufzer aus.

»Ich komme«, verkündete er.

Und noch bevor sie widersprechen konnte, hatte er aufgelegt, denn er kannte sie lang genug, um zu wissen, dass sie widersprechen würde.

Es klopfte laut und eindringlich an der Tür. Eigentlich war es mehr ein Hämmern, als wenn das Haus in Flammen stünde.

Gerade mal zwei Minuten war es her, seit sie mit Jai gesprochen hatte. Selbst er, der alles immer in Windeseile erledigte, konnte es so schnell nicht hierherschaffen.

Vorsichtig lugte Hanny aus dem Fenster ihres Ateliers, aber von dort konnte sie nicht sehen, ob es Bastian war, der vor der Haustür stand und einen solchen Höllenlärm veranstaltete, dass sogar drei in einem Baum sitzende Krähen krächzend aufflogen und verschwanden.

Aber dann rückte der Besucher in Hannys Blickfeld.

Natürlich. Er war es. Und er sah zum Atelierfenster herüber.

Hanny wich zurück, damit er sie nicht sehen konnte.

Dann lief Bastian plötzlich den Weg hinunter und verschwand hinter der Hecke.

Sie hörte eine Autotür. Wartete auf das Motorengeräusch. Doch stattdessen tauchte sein Kopf wieder über der Hecke auf. Er schien in Eile. Und er trug etwas ziemlich Großes.

Dann hämmerte er wieder an die Tür.

Eindringlich. Ein bisschen unhöflich auch.

Jetzt reichte es ihr.

Entschieden stapfte sie aus dem Atelier, ging in den Flur und blieb vor der Haustür stehen.

Schloss einen Moment die Augen.

Atmete tief durch und ging entschlossen den letzten Schritt auf die Tür zu.

Im selben Moment hörte das Klopfen auf.

Sie riss die Tür auf, bereit, ihm all die Verwünschungen an den Kopf zu werfen, die sie die letzten Wochen heruntergeschluckt hatte.

Aber da war er schon so gut wie weg.

Dieses Mal hatte er bis zum letzten Moment gewartet und war dann offenbar doch zu feige gewesen. Sie sah gerade noch, wie er durch das Gartentor und hinter der Hecke verschwand.

Dann hörte sie die Autotür zuschlagen. Den Motor aufheulen. Das Auto davonfahren.

Hannys Zorn verpuffte, als sie das riesige Paket sah. Die Verpackung war längst nicht so elegant wie die der vorangegangenen Geschenke, weniger sorgfältig und eher provisorisch.

Und es bewegte sich!

Im selben Augenblick wusste sie, was es war, sie wusste es einfach.

Behutsam hob sie das Paket vom kalten Boden auf, um es in die warme Küche zu tragen, wo sie es vor dem Herd abstellte und sich sofort daranmachte, es zu öffnen.

Und während sie das Band entfernte und den Deckel aufklappte, arbeitete sich der Welpe ihr bereits entgegen. Schleckend und strampelnd fiel er heraus, zitterte und gab ein leises Wimmern von sich.

Zutraulich und Wärme suchend tapste er sich voran und auf Hannys Schoß. Hanny nahm den kleinen, zitternden Hundekörper hoch, drückte ihn sich sanft an die Brust und küsste das zarte Wesen auf seinen seidigen Kopf.

»Du Dreckskerl, Bastian. Du elender Dreckskerl«, flüsterte sie, während sie das Hündchen zärtlich an sich presste.

Schwer zu sagen, was genau es war. Eine Hündin, das auf jeden Fall. Deshalb kam – in Gedenken an Sid und dessen Namensgeber Sid Vicious – auch nur ein Name infrage: Nancy.

Und die Rasse?

Kurzes, weiches, hellgraues Fell, großer Brustkorb, lange Beine, riesige Augen, langes, schmales Gesicht und die typische traurige Aura eines ausgesetzten Tieres. Vielleicht ein Whippet-Mischling oder ein Lurcher-Welpe, aber Hanny war sich nicht sicher.

Wie auch immer Hanny das kleine Tier genannt hätte, es hätte womöglich auf alles gehört, so anhänglich und zutraulich, wie es Hanny überallhin folgte. Es hatte sogar die Schnauze gegen das Glas der Duschkabine gedrückt, als Hanny sich gestern fertig machte, und sich auf die eine Ecke des Handtuches gesetzt, mit dem Hanny sich abtrocknen wollte.

In dem Paket hatte sich auch ein Hundekorb befunden, der am Abend seinen Platz neben Hannys Bett bekommen hatte. Ein seltsames Gefühl. Nicht, dass Sid jemals im

Hundekorb geschlafen hätte. Er hatte immer abgewartet, bis er an Bastians Atem hören konnte, dass er eingeschlafen war, und war dann zu Hannys Füßen unter die Decke geschlüpft.

So, wie es aussah, eiferte Nancy ihrem Vorgänger nach, denn als Hanny an diesem Morgen aufwachte, lag Nancy auf ihrem Kopfkissen. Sie hatte den warmen, weichen Bauch an Hannys Wange gedrückt und gab für ein so zartes Wesen erstaunlich laute Schnarchgeräusche von sich.

Unwillkürlich musste Hanny lächeln. Sie schloss die Augen, lauschte der tiefen, regelmäßigen Atmung des Welpen und dachte an Sid.

Sie hatten ihn aus purer Ironie Sid Vicious genannt, denn er war der sanftmütigste, liebste, fröhlichste Hund der Welt. Zwei Jahre war er alt gewesen, als sie ihn bekamen, ein junger Terriermischling, den man halb verhungert auf irgendeiner Müllkippe gefunden und ins Tierheim gebracht hatte.

Von dort war er zu Hanny und Bastian gekommen.

Er brauchte eine ganze Weile, um zu begreifen, dass er dort in guten Händen war und bei ihnen bleiben durfte. Für immer. Dass er ein Zuhause hatte. Aber als er das dann erst mal verstanden hatte, war er nicht mehr von Hannys Seite gewichen.

Er hatte sich zu so was wie ihrem dritten Bein entwickelt. Wann immer sie hinuntersah – er war da. Rechtes Bein, linkes Bein, Sid.

Als er dann weg war, fiel ihr alles schwerer. Sie musste lernen, wieder nur mit zwei Beinen durch die Welt zu gehen.

Zum ersten Mal hatte sie damals Bastian zurückgewiesen. Seine und ihre Trauer waren einfach zu viel gewesen.

Aber manchmal ist der Moment, in dem man einen geliebten Menschen zurückweist, genau der Moment, in dem man diesen Menschen am allermeisten braucht.

Das wusste er doch?

Und doch hatte er sie so im Stich gelassen.

Hanny wollte diesen Gedanken abschütteln und öffnete schnell die Augen.

Sie blickte direkt in ein weiteres Paar Augen. Große, kohlschwarze Augen. Sofort wurde ihr ein klein wenig warm ums Herz. Nancy hatte sich noch ein bisschen dichter an sie gekuschelt.

Hanny strich Nancy über den weichen Bauch, worauf der kleine Schwanz heftig anfing zu wedeln.

Aus dem Hundeblick sprach bereits sklavische Liebe.

»Du kannst nichts dafür, dass er ein Dreckskerl ist«, flüsterte Hanny ihrem neuen Schützling zu. »Das hier ist dein neues Zuhause. Herzlich willkommen.«

Draußen schien die Sonne.

Hanny stand auf und stellte auf denkbar unangenehme Weise fest, dass Nancy in der Nacht mal gemusst und statt auf die strategisch im Zimmer verteilten Zeitungen in Hannys neue Hausschuhe gepinkelt hatte. In die Hausschuhe, die Bastian ihr nur wenige Tage vor der verhängnisvollen Nacht geschenkt hatte, weil sie immer so kalte Füße hatte.

Das war sehr aufmerksam von ihm gewesen. Erstaunlich aufmerksam für jemanden, der mit seinen Gedanken eigentlich schon längst bei einer anderen war. Seit jener Nacht hatte sie die Hausschuhe natürlich nicht mehr getragen, aber just an diesem Morgen wollte es das Schicksal, dass sie ihre Wut vergaß und, ohne nachzudenken, hineinschlüpfte …

Angewidert musste sie nun feststellen, dass das Lammfell triefend nass war.

Hanny sah das Hündchen an – und lächelte.

»Da hätte ich ja auch mal selbst draufkommen können.« Nancy wedelte begeistert mit dem Schwanz, weil ihr neues Frauchen offenkundig so zufrieden mit ihr war.

Auf Händen und Knien krabbelte Hanny ins Badezimmer, um den Teppich zu schonen. Nancy hielt das für ein neues Spiel und sprang entzückt vor ihr herum, bellte, lief hinter sie, beschnupperte die gespreizten, feuchten Zehen, verzog die Schnauze, lief wieder an Hannys vorderes Ende und schleckte ihr übers Gesicht.

Hannys konnte nicht anders, als über diese Situation zu lachen, und freute sich auf eine ausgiebige Dusche.

Als sie aus der Kabine kam, hatte Nancy vor lauter Begeisterung über Hannys Zufriedenheit mit der Hausschuh-Pinkel-Aktion gleich auch noch auf den Badezimmerboden gemacht.

Hanny wischte alles auf, hob mit spitzen Fingern die besudelten Hausschuhe an einer trockenen Ecke an und überlegte, wie sie sich ihrer entledigen könnte. In Ermangelung einer besseren Idee warf sie sie kurzerhand aus dem Fenster.

Da ertönte von unten ein empörtes Kreischen, gefolgt von einer quietschenden Schimpftirade.

»Was ist denn das bitte für ein Empfang? Werde ich hier gerade mit Schuhen beworfen? Hallo? Iiihgitt, die stinken ja! Iih, ist das etwa Pisse? Hallo-o? Hanny, ist das Pisse? Warum tust du mir das an? Warum bewirfst du mich mit bepinkelten Schuhen?«

Es war Jai.

Er hatte zwar angekündigt zu kommen, aber sie staunte

dennoch nicht schlecht, dass er tatsächlich da war, und noch dazu so früh am Tag.

Das Staunen wich ganz schnell einer überbordenden Freude, die sie noch in Handtücher gehüllt nach unten stürmen und die Küchentür aufreißen ließ.

»Jai!«, rief sie und strahlte ihn an.

»Na, das ist doch schon ein deutlich besserer Empfang als stinkende Hausschuhe. Also, ich weiß nicht, da stehe ich zu absolut unchristlicher Zeit auf und bewege mich von der schönen warmen Stadt ins ewige Eis der Pampa, und du bewirfst mich mit vollgepinkelten Schuhen …«

Doch bevor er sich noch länger entrüsten konnte, warf Hanny sich ihm auch schon um den Hals.

»Ah, tut das gut! Körperwärme! Wow, ist das kalt hier, Hanny. Im Ernst, in London könnte man dagegen meinen, in eine dicke Thermodecke eingemummelt zu sein …« Ihn schauderte.

»Eine Thermodecke aus Smog, ja. Hier haben wir wenigstens saubere Luft.« Hanny atmete tief ein, als wolle sie ihm etwas beweisen, fror dann aber auch, als sich ihre Lungen mit Eisluft füllten, zumal sie ja nur in ihr Handtuch gehüllt war. »Du hast recht, es ist arschkalt. Also komm schon rein und wärm dich auf, während ich schnell in meine Klamotten schlüpfe.«

Sie zog ihn herein und flitzte hoch, um sich etwas überzuwerfen.

Als sie wieder herunterkam, sah Jai seine Freundin prüfend an.

»Liebes, wie siehst du eigentlich aus?«

Normalerweise hatte alles an ihr einen honiggoldenen

Anstrich: ihre Augen, ihre Haare, ihre Haut. Alles war immer so weich, so süß, so golden.

Und jetzt? Grau. Sie war grau.

Nicht ihre Haare.

Gott sei Dank nicht ihre wunderschönen Haare.

Aber ihre Haut. Ihre Ausstrahlung. Als hätte jemand ein wunderschönes, in Herbstfarben glühendes Bild plötzlich in Schwarz-Weiß abgespeichert.

»Danke«, schnaubte sie und seufzte. »Ich dachte, du wolltest herkommen, um mich aufzubauen, nicht, um mich noch mehr runterzuziehen.«

»Ja, aber ist doch wahr! Und ich sage dir immer die Wahrheit, das haben wir so abgemacht, schon vergessen? Meine Güte, wie konntest du dich denn nur so gehen lassen?« Tadelnd schnalzte er mit der Zunge, ging auf sie zu und strich ihr glättend mit den Daumen über die Augenbrauen.

Hanny wich zurück. Gleich würde er ein Taschentuch hervorzaubern, es mit Spucke befeuchten und ihr damit das Gesicht abtupfen.

»Kaffee?«

»Au ja, gerne.« Das Ablenkungsmanöver funktionierte. Jai fasste sich an den Hals, hustete künstlich und sagte: »Meine Kehle ist vollkommen ausgedörrt. Hast du auch etwas Saft da?«

»Klar. Orange?«

»Großartig. Und ich habe uns Frühstück mitgebracht.« Er ließ die Hand in seiner Mulberry-Kuriertasche verschwinden. »Ich hab den Taxifahrer gebeten, bei dem tollen Feinkostladen in dem verschlafenen Nest anzuhalten, das du eine Ortschaft nennst.«

Das heiterte Hanny schlagartig auf. Vergessen waren alle kritischen Kommentare zu ihrem Aussehen.

Na, wenigstens hatte sie nicht auch das Essen eingestellt, dachte Jai, das war ja wohl ein gutes Zeichen, oder?

»Sag bloß, du hast Plunderteilchen mitgebracht?«

»Aber hallo. Und zwar viel zu viele. Ich weiß doch, dass du von Plunderteilchen nicht genug haben kannst. Pfirsich, Kirsch und Apfelstrudel ...«

»Also gab es doch einen Grund dafür, dass ich dich so gernhabe.«

»Einen Grund? Sagtest du *einen* Grund? Es gibt ja wohl zig Gründe, mich zu mögen.«

»Zigtausend sogar«, bestätigte Hanny und nahm ihn wieder in den Arm. »Zighunderttausend. Millionen. Wenn ich das mit Kirsche haben darf.«

»Ich habe von jeder Sorte drei besorgt, du kannst also von mir aus zwei mit Kirsche haben. Wenn du lieb bist. Ach, übrigens ...« Er fasste in die Manteltasche. »Das hab ich vor der Haustür gefunden. Da hat dir wohl jemand ein Geschenk gebracht?«

Das Päckchen war genauso klein, wie das gestrige Paket groß gewesen war. Und wieder wunderschön eingepackt.

Hannys Lächeln wirkte mühsam. Sie starrte auf Jais ausgestreckte Hand.

Jai bemerkte ihre veränderte Miene, ließ das offenbar unerwünschte Päckchen wieder in der Manteltasche verschwinden und wechselte das Thema.

»Der Typ im Laden war übrigens fast genauso appetitlich wie die Sachen, die er verkauft.«

»Wer? Sylvester?«

Hanny verdrehte die Augen.

»Der Mann ist mindestens achtundsechzig.«

»Och, ich hab nichts gegen ältere Männer ...« Lasziv zwinkerte Jai ihr zu. »Der hat ganz schön mit mir geflirtet, wenn du mich fragst. Er hat mir eindeutig zugezwinkert, als wir über gute Eier sprachen.«

Hanny grinste, was Jai freute. Mission completed.

»Schön, dass du hier bist«, sagte sie.

»Wirklich?«

Mit einem Mal sah sie ihn ernst an und nickte. »Wirklich.«

»Und ich dachte schon, du wärst sauer auf mich, weil ich hier einfach so aufkreuze, ohne zu fragen.«

»Dachte ich auch.«

»Aber eigentlich bist du ja nie auf irgendjemanden sauer.«

Sie schwiegen beredt, dann sahen sie einander an. Jais Blick war fragend. Er strahlte Mitgefühl aus.

»Was hat er denn angestellt?«

Hanny zuckte die Achseln. Offenbar zweifelte er in seiner Loyalität keine Sekunde daran, dass Bastian allein schuld an der Trennung war.

»Willst du es mir erzählen?«

Sie dachte einen Augenblick nach.

Wollte sie es ihm erzählen?

Wollte sie darüber reden? Eigentlich wollte sie nichts besprechen, analysieren, rationalisieren. Und schon gar nicht ihre soeben zu Grabe getragene Beziehung.

Jai setzte sich an den Tisch und sah sie an.

Dann beschloss er, es sei der richtige Moment, das Geschenk wieder aus der Manteltasche zu holen, und legte es vor sie hin.

»Willst du mir vielleicht erzählen, was das ist?« Er zog die Augenbrauen hoch.

»Woher soll ich das wissen? Dazu müsste ich es ja erst mal auspacken«, gab sie streitlustig zurück.

Jai kniff die dunklen Mandelaugen zusammen.

»Du weißt genau, was ich meine, Hanny.«

Immerhin guckte sie jetzt ein bisschen reumütig.

»Seit dem ersten Dezember steht jeden Tag eins vor der Haustür.« Sie zuckte mit vorgegebener Lässigkeit die Achseln.

»Aha. Ein Adventskalender.« Jai nickte.

Hanny lächelte schwach.

»Nicht schlecht. Ich hab mehrere Tage gebraucht, um das zu durchschauen.«

»War doch schon immer so: Du siehst klasse aus, und ich hab den Grips«, witzelte er. »Und?«

»Was und?«

»Was hat er dir bisher geschickt?«

»Am ersten Tag Blumen, am zweiten Pralinen, am dritten Parfum, am vierten Radiergummis, am fünften eine Wärmflasche und gestern ... Ach, du Scheiße! Gestern!«

Ohne von ihrem Plunderteilchen abgebissen zu haben, ließ Hanny es auf den Teller fallen. Sie sprang auf und stürmte aus der Küche. Völlig verdattert folgte Jai ihr und kollidierte dann auf der Treppe mit ihr, weil sie abrupt stehen blieb.

Die kleine Nancy wusste noch nicht, wie man eine Treppe hinunterkam. Sie hatte Hanny folgen wollen, war dann aber vor lauter Angst ganz oben stehen geblieben und irgendwann erschöpft eingeschlafen.

Jetzt wachte sie davon auf, dass ihr neues, über alles geliebtes Frauchen die Treppe hinaufstürmte, und fing an zu winseln, mit dem Schwanz zu wedeln und sich um sich selbst zu drehen.

Jais »Uff«, als er mit Hanny zusammenstieß, wurde abgelöst von einem entzückten »Oooooh!«, als er Nancy sah.

»Nein, wie süß!«, rief er, drängte sich an Hanny vorbei und nahm das kleine Wesen auf den Arm. »Hanny! Ist der süß!« Jais Stimme war vor lauter Entzücken bereits eine Oktave höher. »Den hast du am Sechsten gekriegt?«

Hanny nickte. Jai nahm das Hündchen mit in die Küche, wo sie sich beide wieder an den Tisch setzten.

Jai hob Nancy hoch, küsste das weiche Fell auf ihrem Kopf, atmete ihren Welpenduft ein und sah dann zu Hanny. Er wusste, dass sie beide an Sid dachten.

»Wenn du mir nicht erzählen willst, was passiert ist, würdest du mir dann vielleicht erzählen, wie du dich fühlst?«

»Taub.«

»Okay. Und wenn du diesen Winzling hier siehst?«

»Du hast recht. Dann fühl ich mich sehr lebendig. Diese junge Dame hier ist klasse.«

»Scheint mir auch so. Hat sie schon einen Namen?«

»Nancy.«

»Na, das ist doch mal was ...«

Hanny nickte.

»Und das da?« Er nickte Richtung Geschenk. Sie rührte sich nicht.

»Wirst du es auspacken?«

Sie zuckte die Achseln.

»Soll ich es auspacken?«

Sie zuckte wieder die Achseln.

Das war kein Nein. Und weil er vor Neugier fast platzte, balancierte er den schmusenden Welpen in der einen Hand und packte mit der anderen das Geschenk aus.

»Wie kriegst du das bloß mit einer Hand hin?« Sie nahm ihr Kirschplunderteilchen und biss herzhaft hinein.

»Hanny. Du weißt doch, wie geschickt ich bin. Ich kann

auch mit der Zunge einen Knoten in einen Kirschstiel machen.« Er rümpfte überrascht die Nase. »Girls Aloud? Hallo-o? Meint er im Ernst, du stehst auf Girls Aloud?«

Hanny sah die CD an, die er ausgepackt hatte, und musste schwer schlucken.

»Ich mag Girls Aloud, Jai, und du auch, schließlich bist du schwul. Du findest Girls Aloud klasse.«

»Vorurteile hast du ja zum Glück keine.«

»Nö. Aber es geht auch gar nicht um die Band an sich.« Sie biss sich auf die Unterlippe. »Und auch nicht um ihre Musik.«

»Und worum geht es dann?«

Worum ging es?

Um etwas, an das sie sich jetzt erinnerte. Dunkel.

Kurz nachdem Bastian bei ihr eingezogen war, saßen sie gemeinsam an diesem Tisch. Sie hatten gerade zu Abend gegessen, tranken Wein und redeten über Oliver. Oliver Cornwell. Einen von Bastians besten Freunden. Hanny mochte ihn nicht besonders. Sie fand, er war eine totale Nervensäge, aber Bastian kannte ihn schon sein ganzes Leben.

»Im Grunde ist er ein feiner Kerl, Hanny. Er kann ein ziemlicher Arsch sein, aber er hat auch seine guten Seiten.«

»Ach, ja? Wie zum Beispiel?«

»Äh …«

Sie wartete.

»Hm …«

»Siehst du, nicht mal dir fällt was Positives ein.« Hanny lachte ihm ins Gesicht. Nicht gehässig. Hanny war nie gehässig. Bastian hatte in diesen ersten Monaten ihrer Beziehung gelernt, dass Hanny nur selten jemanden nicht mochte. Aber Oliver hatte sich auch nicht gerade angestrengt, von ihr gemocht zu werden, er beklagte sich nur, dass Bastian nicht mehr so viel Zeit mit ihm verbrachte.

»Oliver ist ein Prolet, Bastian. Das Einzige, wofür er sich interessiert, ist Fußball, Bier und Randale. Ist auch völlig in Ordnung, er ist, wie er ist, ich werde ihn immer freundlich hier aufnehmen. Aber wir haben nicht besonders viel gemeinsam, und darum werden wir wahrscheinlich niemals richtig gute Freunde werden ...«

»Ihr habt jede Menge gemeinsam!«

»Wie zum Beispiel?«

»Äh ... Er mag Bier.«

»Und ich mag kein Bier.«

»Aber du magst Streuselkuchen, da ist auch Hefe drin.«

»Aber natürlich, stimmt! Wie hatte ich das nur übersehen können! Wir atmen beide, wir essen beide, wir schlafen beide, wir haben so wahnsinnig viel gemeinsam!«

»Ihr mögt beide Kunst.«

Da verstummte ihr Lachen, und sie hob überrascht die Augenbrauen.

»Oliver Cornwell interessiert sich für Kunst?«

»Aber hallo. Gestern Abend haben wir über Gedichte gesprochen.«

»Willst du mich verarschen?«

»Na ja, also nicht direkt über Gedichte ... mehr über Liedtexte ... und darüber, dass die eigentlich wie Gedichte sind und dass Gedichte einen ganz schön berühren können, dass Liedtexte aber durch die Musik sogar noch tiefer in einen vordringen.«

»Wie tiefsinnig«, merkte Hanny spöttisch lächelnd an.

»Für Olivers Verhältnisse, ja.«

Hanny hielt sich die Hand vor den Mund, um ihr breiter werdendes Grinsen zu verbergen.

»Und dann kamen wir drauf, welche Liedtexte wir die besten aller Zeiten finden.«

»Und? Was war sein Vorschlag?«

»Tja, das war nicht so einfach ...« Bastian zuckte die Achseln und verzog die Mundwinkel zu einem Schmunzeln. »Aber am Ende entschied er sich dann für das zutiefst philosophische *Something kinda ooooh, jumping on my toot-toot.*«

Hanny konnte nicht an sich halten und prustete los.

»Something kinda ooooh!« Hanny kreischte vor Lachen.

»Oli meint, das sei wahnsinnig aussagekräftig und anrührend ...«

»Okay, wenn du drauf bestehst. Aber ihr habt was vergessen.« Schelmisch sah sie ihn von der Seite an. *»I really really really wanna, zig a zig ahhhh.«*

Doch er zuckte nur die Achseln.

»Nein, haben wir nicht vergessen. Wir haben uns durchaus über die Bedeutung dieses historisch einzigartigen Liedtextes ausgetauscht, aber die Spice Girls kamen dann eben doch nicht gegen Girls Aloud an. Oli meinte, ›Something kinda ooooh, jumping on my toot-toot‹ würde wirklich etwas bei ihm auslösen. Er sehe es bildlich vor sich. Es würde ihn berühren. *Something kinda ooooh ...*« Er schürzte die Lippen und riss die Augen auf. »Oli meint, auf einmal ist es da und zack!« Er erhob sich ein wenig von seinem Stuhl und haute sich mit der flachen Hand auf den Hintern. »Hüpft es dir auf deinen *toot-toot ...*«

Hanny lachte, und Bastian lächelte. Er liebte ihr Lachen. Es war wie überschäumender Sekt.

Er musste sie einfach küssen.

Schnell beugte er sich über den Tisch zu ihr, nahm ihr Gesicht zwischen die Hände und küsste sie zärtlich auf den Mund. Dann sah er ihr tief in die Augen.

Hanny lachte zwar nicht mehr, war aber trotzdem etwas außer Atem.

»Und du?«, hatte sie geflüstert. »Welcher Liedtext gefällt dir besonders gut?«

»Der von *This Never Happened Before.*«

»Kenn ich gar nicht.«

»Doch, kennst du. Aus dem Film *Das Haus am See.* Das Lied an sich finde ich gar nicht so toll, aber ich mag den Text.«

»Wie geht der?«, hatte sie so leise gefragt, dass er sie kaum noch hören konnte. Und er hatte zitiert:

»I'm very sure
This never happened to me before
I met you and now I'm sure
This never happened before
Now I see
This is the way it's supposed to be
I met you and now I see
This is the way it should be.«

Hanny merkte gar nicht, dass sie die Augen geschlossen hatte, bis sie sie wieder öffnete. Jai durchbohrte sie fast mit seinem Blick.

Sie hatte ganz vergessen, dass er da war. Wo sie war. Wie die momentane Lage war. Sie war vollkommen eingetaucht in alte Zeiten.

Und dann wusste sie es.

Worum es ging.

»Er schickt mir das, weil …« Sie nahm das Chiffonband zur Hand und ließ es durch ihre Finger gleiten. Es fühlte sich so zart an wie seine Hände, als er ihr Gesicht umfasste. »Er schickt mir diese Sachen, weil …« Ihre Stimme wurde wackelig. »Weil er mich an die guten Zeiten erinnern will.«

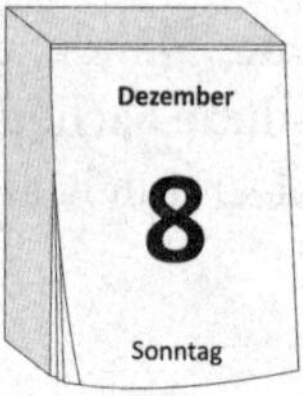

Mitten in der Nacht wachte Hanny auf. *Something kinda ooooh* tanzte in Endlosschlaufe durch ihre Gehirnwindungen, an Schlaf war unmöglich zu denken.

Plötzlich fiel es ihr wie Schuppen von den Augen.

Schokoladenmuscheln!

Auf einmal erinnerte sie sich, als sei es gestern gewesen. Knapp zwei Jahre waren sie bereits ein Paar, als sie Urlaub in Schottland machten und in einer kleinen Bed-and-Breakfast-Pension unterkamen. Das Badezimmer war noch aus den Siebzigern gewesen: Badematten und Toilettendeckelbezug in flauschigem Pink, eine Balletttänzerin mit Reifrock verbarg die nächste Klopapierrolle. Auf die weißen Fliesen hatte man Muscheln gemalt – in Schokoladenbraun.

Die ganze Pension war so wunderbar geschmacklos gewesen, und Hanny und Bastian waren aus dem Bett und dem Lachen gar nicht mehr herausgekommen. Am letzten Tag hatten sie zusammen in der Badewanne gelegen, umgeben von schokoladenfarbenen Muscheln, und Hanny hatte mit Nagellack eine der Fliesen mit ihren Initialen bemalt.

Es war ein wunderschöner Urlaub gewesen.

»Ich sag da nur: Schokomuscheln ...« war einige Monate lang einer der Sätze gewesen, mit dem sie dem jeweils anderen ein verträumtes Lächeln aufs Gesicht zaubern konnten.

Und jetzt diese Musik, die ebenfalls Erinnerungen hervorrief. Erinnerungen an Bastians Gesicht, als er das »ooooh« so überdeutlich aussprach, an seine vergnügt aufblitzenden blaugrünen Augen.

Während sie ihren Gedanken nachhing, drängte sich ein lautes Schnarchgeräusch in ihr Bewusstsein. Jai. Die Angewohnheit, im Laufe der Nacht zu ihr ins Bett zu kriechen, hatte er offenbar noch nicht abgelegt. In London war es so gewesen, und nicht einmal Bastian hatte ihn davon abbringen können.

Hanny machte ein Bein lang und stupste ihn mit dem Fuß an, worauf Jai stöhnte und sich noch kleiner zusammenrollte.

Hanny war die einzige Frau, mit der Jai in einem Bett schlief. Ihm ging es einzig und allein darum, ihren warmen Körper neben sich zu haben und sie atmen zu hören. Hinter einer großspurigen, selbstbewussten Fassade verbarg sich ein kleiner, von seiner Familie wegen seiner Homosexualität verstoßener Junge, der ebendiese Familie bitter vermisste. Er litt sehr darunter, dass seine Eltern und Geschwister nichts mehr mit ihm zu tun haben wollten.

In diesem Moment war Hanny ihm so dankbar. Seine Anwesenheit linderte den Schmerz und beruhigte sie, wenn ihr wie jetzt alle möglichen Gedanken durch den Kopf rasten.

Jai erwachte, um festzustellen, dass es erst sechs Uhr und Hanny bereits aufgestanden war.

Er fand sie auf dem Treppenabsatz vor. In Schlafanzug und Morgenmantel mit aufgestelltem Kragen saß sie vornübergebeugt auf dem Platz vor dem Fenster, pulte sich Hautfetzen von den Zehen und sah alle paar Sekunden hinaus.

»Was machst du hier?«, wollte er wissen, doch sie machte nur »Pscht!«, ließ von ihren Zehen ab, packte Jai am Handgelenk und zog ihn neben sich. Sie legte den Finger auf die Lippen für den Fall, dass er das »Pscht!« nicht begriffen hatte, und bedeutete ihm dann, sich so zu setzen, dass man ihn von draußen nicht sehen konnte. Er war nun schon so lange mit ihr befreundet und außerdem noch verschlafen, also tat er, wie ihm geheißen. Und gerade, als er sein »Was machst du hier?« endlich doch wiederholen wollte, stellte sich draußen die Antwort ein.

Eigentlich fand Jai die Darbietung ziemlich komisch – und gleichzeitig wusste er, dass es in dieser Situation überhaupt nichts zu lachen gab. Der entspannte, selbstbewusste, gut aussehende Bastian, der großartige Bastian, der den Weg zur Haustür sonst mit entwaffnendem Lächeln und strahlendem Blick entlangschlenderte, als hätte er die Sonne höchstpersönlich verschluckt, schlich zur Haustür wie ein geprügelter Hund.

Doch trotz dieses erheiternden Anblicks galt Jais Augenmerk Hanny und ihrer Reaktion auf Bastians Erscheinen. Ihre Gefühle standen ihr ins Gesicht geschrieben. Sie warf nur einen kurzen Blick auf Bastian, dann sank sie in sich zusammen und schloss die Augen, bis er wieder weg war. Mehr konnte sie offenbar nicht ertragen.

Jai nahm ihre Hand und drückte sie.

»Ist er weg?«, war das Erste, was sie an diesem Morgen zu Jai sagte.

Jai sah noch einmal hinaus, wie ein Erdmännchen, das den Kopf aus der Höhle streckt, um zu sehen, ob ein Feind lauert. Dann nickte er.

»Im Westen nichts Neues ...«

Sie rührte sich nicht.

»Und? Wollen wir mal nachsehen, was er dir heute gebracht hat?«

Sie schwieg.

»Komm schon ... Vielleicht ist es was zu essen ... Hmmm! Was Leckeres zum Frühstück! Komm schon, Hanny.« Er stand auf, ergriff ihre Hände und brachte sie dazu aufzustehen. »Du weißt doch, was wir zu tun haben, wenn das Leben uns eine Zitrone schenkt? Wir machen eine Zitronen-Baiser-Torte draus!«

Sie rannten um die Wette zur Tür. Das, was sich in den letzten Tagen eher wie ein Spießrutenlauf angefühlt hatte, wurde durch Jais Anwesenheit plötzlich zu einem Spiel. Wie gut das tat!

Und natürlich war Hanny schneller ...

Zurück in der Küche reichte sie das Päckchen an Jai weiter.

»Sicher?«

Sie nickte.

»Na gut ...«

Er ließ sich nicht zweimal bitten.

Rasch riss er das wunderschöne Papier auseinander. Dann hielt er inne und betrachtete mit gerunzelter Stirn den Inhalt des Päckchens.

»Brandy?«

Hanny nahm ihm die mit Samt ausgeschlagene Kiste ab und holte die Flasche heraus.

»Er will, dass ich meine Sorgen ertränke …«

»Ich bin mir ziemlich sicher, dass er genau das nicht meint …«

»Tut er auch nicht.« Hanny drehte die ungewöhnlich geformte Flasche in der Hand und hielt sie so, dass die dunkle, goldene Flüssigkeit das Licht einfing. »Komisch. Ich könnte das hier trinken, um alles zu vergessen, aber er will genau das Gegenteil. Er will, dass ich mich erinnere.«

Neugierig sah Jai sie an.

»Und woran?«

»An die guten Zeiten.«

»Brandy erinnert dich an gute Zeiten?«

Hanny presste die Lippen aufeinander und nickte.

»Aber du trinkst doch gar keinen Brandy, Hanny.«

»Stimmt. Fast. Ein einziges Mal in meinem Leben habe ich Brandy getrunken.«

»Ein einziges Mal?«

»Ein einziges Mal.« Sie schwieg einen Augenblick, dann sah sie ihren Freund an. »Und danach *nie wieder*«, fügte sie hinzu.

Jai war sicher, dass da gerade der Schatten eines Lächelns über ihr Gesicht gehuscht war. Er stützte die Ellbogen auf den Tisch, legte das Kinn in die Hände und sah sie tröstend an.

»Jetzt erzähl schon«, sagte er leise.

Und wartete.

Bis sie endlich redete.

Es war ihr erster gemeinsamer Urlaub gewesen.

Als alles, einfach alles, noch ganz neu gewesen war. Als sie noch nicht wusste, auf welcher Seite des Bettes er am liebsten schlief, weil sie im Bett noch kaum Schlaf gefunden hatten – jedenfalls nicht, wenn sie gemeinsam darin lagen. Als sein nackter Körper, wenn er nicht an ihren geschmiegt war, sie immer noch verlegen den Blick senken oder verschämt lächeln ließ. Als sie ihn nur dann, wenn sie glaubte, er würde es nicht merken, betrachtete und seinen Anblick in sich aufsog wie eine Biene köstlichen Nektar.

Sie waren nachts nach Südfrankfreich gefahren, und manchmal, wenn sie ihn von der Seite ansah, während er fuhr, musste sie sich selbst kneifen, um sicherzugehen, dass sie nicht träumte. Er war so schön. So feingliedrig und wohlproportioniert. Alles an ihm faszinierte sie: die ganz leichte Adlernase, die hohen Wangenknochen, sein Mund und seine Augen. Sein lebendiger funkelnder Blick ließ ihr Herz höher schlagen jedes Mal, wenn er den ihren traf.

Bei der Ankunft waren sie ausgelassen gewesen, hatten gelacht, sich gekitzelt, sich dann geküsst, sich gestreichelt und miteinander geschlafen. Sie hätten dort ewig eng umschlungen im Bett liegen bleiben können, doch als die Sonne aufging, machten sie sich auf den Weg, um die Gegend zu erkunden. So früh am Morgen war es noch frühlingshaft warm gewesen, aber je höher die Sonne stieg, desto heißer wurde es. Bis die Luft über dem Asphalt flimmerte.

Sie hielten an einem Supermarkt und füllten den staubigen Plastikkorb mit frischen, knusprigen Baguettes, herrlich stinkendem Weichkäse und gutem Rotwein. Als sie wieder ins Auto stiegen, verbrannten sie sich auf den Sitzen fast die nackte Haut. Sie fuhren abwechselnd durch offene Landschaft an weiten Feldern vorbei und durch Wälder, dann folgten sie der Küstenstraße und hatten stets das glitzernde Meer neben sich.

Hanny lehnte sich zurück, schloss die Augen und genoss den Wechsel zwischen Licht und Schatten. Ihr Lächeln wollte kein Ende nehmen. Bastian fand, dass sie an diesem Tag eine ganz besondere Zufriedenheit ausstrahlte.

Sie picknickten an einem menschenleeren Strand, den sie nur entdeckten, weil sie sich verfahren hatten. Sie waren durch einen Wald gelaufen, dessen Boden von Kiefernnadeln und Sand bedeckt war, hatten das Meer und die Zikaden gehört und schließlich jenen perfekten, halbrunden, weißen Sandstrand erreicht, der ganz sanft ins glitzernde Mittelmeer abfiel.

Sie badeten nackt, bis sie trotz der Hitze eine Gänsehaut bekamen und im seichten Wasser ihre eigene Version von *Verdammt in alle Ewigkeit* inszenierten. Wobei sie allerdings feststellen mussten, dass Sex, Sand und Salzwasser dann doch nicht so gut zusammenpassten.

Kaum hatten sie sich wieder angezogen, rückte eine französische Großfamilie an, und Hanny und Bastian ließen sich lachend und mit geröteten Wangen auf ihrer Picknickdecke nieder, aßen Brot und Käse, tranken Wein, flüsterten und kicherten.

Als die Sonne unterging und das blaue Meer langsam orange färbte, lud die Großfamilie sie zu sich ans Lagerfeuer ein. Sie rösteten Langusten und tranken Rotwein.

Alles in allem war es ein wunderschöner, warmer Tag gewesen, an den sie sich nur zu gerne erinnerte. Die spontane Gastfreundschaft, die gemeinsamen Aktivitäten, die sommerlich-romantische Stimmung und das gute Essen überbrückten alle Altersunterschiede und Sprachbarrieren. Das Rauschen des dunklen Meeres, Taschenlampen, Gesang. Ihre Hand in seiner, während sie nebeneinander im Sand saßen. Blicke, die jedes Wort überflüssig machten. Ihr Kopf an seiner Schulter, ihre Lippen auf seiner Haut. Der Salzgeschmack.

Als die Kinder eingeschlafen waren und der Wein ausgetrunken, verabschiedeten sie sich voneinander. Hanny und Bastian fuhren zurück zu ihrer Pension, deren anscheinend etwas einsamer Besitzer sie wie lange nicht gesehene Freunde begrüßte und zu sich auf die Terrasse mit Blick über die dunkle Landschaft einlud. Er machte ihnen ganz wunderbaren Kaffee und stellte dann eine Flasche französischen Brandy auf den Tisch.

Hanny war Brandy nicht gewöhnt. Gepaart mit einem langen Tag in der Sonne wirkte er wie Absinth auf die Schriftsteller der Bohème.

Als sie am nächsten Morgen aufwachte und nur mühsam die Augen öffnete, sah sie Bastian nackt neben sich liegen. Er hatte das Kinn in die Hand gestützt und beobachtete sie mit einem leichten Lächeln auf den Lippen.

Instinktiv wollte sie sich die Decke über den nackten Körper ziehen, doch er lachte nur und hielt ihre Hand fest.

»Jetzt mal keine falsche Scham«, neckte er sie. »Nicht nach letzter Nacht.«

»Letzte Nacht?«

Sie dachte einen Moment nach. Und dann, als der Kater und die Erinnerung gleichzeitig einsetzten, stöhnte sie auf.

Er hatte ihr die Haare aus dem Gesicht gehalten, ihr über den Rücken gestrichen, ihr das Gesicht gewaschen und sie ins Bett gebracht.

Noch bevor sie alle möglichen Entschuldigungen stammeln konnte, legte er ihr seine warme Hand auf die Stirn, streichelte ihre Wange, berührte mit den Fingerspitzen ihre Lippen, ihren Hals …

»Er will dich an eine Nacht erinnern, in der du dich in einen Fischteich erbrochen hast!«, empörte Jai sich und riss Hanny damit aus der verklärten Erinnerung.

Schwups, war sie nicht mehr im sommerlichen Südfrankreich, zwischen weißen Leinenlaken, bei hereinfallendem Sonnenlicht, elektrisiert von seiner Berührung, vollkommen verloren in seinen wunderschönen Augen …

»Die Story kenne ich, die hat Bastian mir erzählt!«

Hanny runzelte die Stirn, als Jai seinen Namen aussprach, aber Jai war jetzt so gefangen von seiner eigenen Erinnerung an diese Geschichte, dass ihm das gar nicht auffiel. Er hatte sich damals, als Bastian sie ihm erzählte, nämlich fast an seinem Mojito verschluckt.

»Du hast sechs Gläser Brandy getrunken und dann in den Fischteich neben der Pension gekotzt!« Jai lachte. »Und daran will er dich erinnern?«

Traurig schüttelte Hanny den Kopf, konnte sich aber dennoch ein Schmunzeln nicht verkneifen.

»Nein, Jai. Das ist es nicht, woran er mich erinnern will …«

Hanny schloss die Augen und war wieder in jenem kühlen Zimmer. Seine Hände glitten über ihre Haut, zogen sie näher an ihn heran. Zärtlich knabberte er an ihrem Ohr und flüsterte: »Ich liebe dich, Hanny Richmond.«

Sie schlug die Augen wieder auf.

Jai wartete noch immer.

Mit seinem Schweigen und seinem drängenden Blick hoffte er, sie zum Reden zu bringen.

»Ich möchte nicht darüber reden, Jai.«

Er sah sie noch einen Augenblick an und nickte dann.

»Gut. Und *was* möchtest du gerne?«

Hanny dachte eine Weile nach.

»Dass wir uns einen Gammeltag auf dem Sofa machen.«

»Großartig!«, freute Jai sich. »Du triffst die Filmauswahl und organisierst Decken, ich durchstöbere deine Küche nach etwas Essbarem.«

Als sie in London zusammenwohnten, war das eine ihrer Lieblingsbeschäftigungen an einem Sonntagnachmittag gewesen. In aller Regel diktiert von den Katerfolgen des Samstagabends, die sie mit erhöhter Zucker- und Fettzufuhr in Schach zu halten versuchten. Jetzt kam Hanny das Ganze fast wie eine Zeitreise vor. Filme, die sie schon tausendmal gesehen hatten, eine wiederbelebte Freundschaft. Zum ersten Mal, seit Bastian weg war, machte Hanny es sich im Wohnzimmer bequem. In den letzten Wochen hatte sie sich tagsüber nur in ihrem Atelier und in der Küche aufgehalten. Im Wohnzimmer konnte sie das Alleinsein schlechter ertragen, weil sie dort immer mit Bastian gesessen hatte.

Jetzt prasselte im Kamin ein Feuer, *Die Thomas-Crown-Affäre* flimmerte über den Bildschirm, in ihrem Schoß befand sich eine Schale mit Schokolade, und Jai und Nancy kuschelten sich mit ihr unter die Decke.

Jetzt war alles gut.

Sie lümmelten den ganzen Tag vor der Glotze herum und gingen am Abend so früh ins Bett, dass Hanny mitten in der Nacht wieder wach lag.

Jai schnarchte.

Nancy schnarchte.

Erstaunlich, wie viel Platz zwei so kleine Wesen im Bett einnehmen und was für einen Höllenlärm sie machen konnten. Hanny fand keine gute Lage, schlief immer nur für fünf bis zehn Minuten ein und war, wenn sie dann wieder aufwachte, irgendwann total gerädert. Aber natürlich wusste sie, dass es nicht an Jai und Nancy lag. Es hätte um sie herum totenstill sein können, sie hätte dennoch keine Ruhe gefunden.

Also stand sie so leise, wie sie konnte, auf. Wie immer, wenn die Sorgen sie plagten, suchte sie Zuflucht in ihrem Atelier. Doch als sie den Fuß der Treppe erreichte, fiel ihr noch etwas anderes ein.

Der Brandy. Leise holte sie die Flasche aus dem Schrank.

Wollte nur mal kosten, um sich an den Geschmack zu erinnern. Und an alles andere.

Sie schenkte sich einen winzigen Schluck ein, schloss die Augen und trank. Das Aroma umspielte ihre Zunge, brannte im Hals und stieg hinauf in die Nase.

Mit geschlossenen Augen erinnerte sich Hanny an das letzte Mal, als sie Brandy getrunken hatte, und wurde von einer solchen Nostalgie gepackt, dass Leugnen dieses Mal zwecklos war.

»Du fehlst mir«, flüsterte Hanny. »Und ich finde es scheiße, dass du mir fehlst. Ich will dich nicht vermissen, ich will einfach gar nichts mehr spüren. Ich will, dass mir alles egal ist. Bastian wer? Ach, ja, stimmt, den kannte ich. Ist Jahre her. Netter Typ. Dachte ich zumindest. Bis ...«

Sie schenkte sich einen weiteren Schluck ein.

Jai wachte im Morgengrauen von ohrenbetäubend lauter Musik auf.

Volle Lautstärke. Coldplay. Charlie Brown.

Verschlafen rappelte er sich im Bett auf.

Keine Hanny. Keine Nancy.

Entführt! Außerirdische!, schoss ihm als Erstes durch den Kopf, doch dann schalt er sich selbst für seine Hysterie, zog sich seine Klamotten über den Schlafanzug und hüpfte, sich noch die Hose hochziehend, die Treppe hinunter. Die letzten beiden Stufen fiel er mehr, als dass er ging oder hüpfte, dann fing er sich und stakste in die Küche.

Das kleine Hündchen war schon da.

Nancy hatte es irgendwie geschafft, auf die Bank vor dem Fenster zu gelangen, lief dort rastlos hin und her, jaulte und wedelte mit dem Schwanz. Zwischendurch drückte sie das Köpfchen gegen die Glasscheibe, als wolle sie Jai etwas zeigen.

Er sah hinaus.

Überall Schnee.

Und Hanny.

Hanny tanzte im Schnee.

Die Arme ausgebreitet, den Kopf im Nacken drehte sie sich und drehte sich und drehte sich.

Sie sah nach oben, in den heller werdenden Himmel. Es war ihr, als könne sie fliegen.

»Hanny! Was machst du da?!«

Es dauerte eine Weile, bis sie zum Stillstand kam. Wie ein Kreisel. Jai gab ihr die Hand, um sie zu halten, aber sie torkelte noch ein bisschen und schielte beim Versuch, Jai anzusehen.

»Hanny, was machst du da?« Mit einer tiefen Sorgenfalte auf der Stirn sah er sie an.

Aber sie grinste nur.

»Ich leuchte im Dunkeln«, sagte sie noch, dann fiel sie um.

Landete fast lautlos im Schnee.

Jai betrachtete sie.

Dann lachte er.

Fing an, sich zu drehen.

Ließ sich neben sie in den Schnee fallen.

Ihre Atemwolken wurden eins.

Dann drehte er sich zu ihr um.

»Du hast von dem Brandy getrunken, Hanny.« Aus seiner Stimme klangen Sorge und Belustigung.

»Ich habe von dem Brandy getrunken, Jai.«

Sie nickte. Auf ihrem blonden Haar glitzerten Schneekristalle.

»Du bist blöd«, sagte er liebevoll.

»Ich bin blöd«, bestätigte sie. »Ich bin saublöd. Ich war so blöd zu glauben, dass er der Mann meines Lebens ist, Jai ...« Ihre Stimme wurde rau und drohte zu brechen. »Ich dachte, er wäre der Mann meines Lebens.«

Schweigend nahm Jai ihre Hand und drückte sie.

Ein wahrer Freund ist jemand, der sich neben einen in den Schnee legt, einem mit seiner blau gefrorenen Hand die blau gefrorene Hand hält, mit einem lacht, mit einem weint, einen im Arm hält, bis man aufhört zu weinen, einen wieder ins Haus bringt, einem das Haar aus dem Gesicht hält, während man sich auf unschöne Weise des Brandys entledigt, den man sonst nie trinkt, der einen unter die warme Dusche stellt, einem saubere Sachen anzieht und ins Bett packt.

Und das alles ohne ein einziges belehrendes Wort.

Jai wachte um kurz vor zwölf auf. Hanny schlief tief und fest, den Mund leicht geöffnet, und rührte sich keinen Millimeter, als Jai so leise wie möglich, aber de facto lauter als sonst aufstand.

Nancy sah ihn aus einem schwarzen Auge reichlich vorwurfsvoll an, aber Hanny schlief weiter. Auf Zehenspitzen schlich er sich nach unten und staunte nicht schlecht, als er das Chaos vorfand, das Hanny vergangene Nacht in der Küche veranstaltet hatte. Wie es aussah, hatte sie der Heißhunger gepackt, bevor sie zum Tanzen hinaus in den Garten gegangen war. Alle möglichen Sachen lagen angeknabbert herum, als hätte sich eine räuberische Riesenmaus über sie hergemacht.

Summend fing er an aufzuräumen. Jai tat das gerne. Er liebte es, Gummihandschuhe zu tragen und sich mit einem Putzlappen und einer Flasche Reinigungsmittel zu bewaffnen.

Als Hanny schließlich aufstand, war alles picobello sauber, und auf dem Tisch warteten frisch gebrühter Kaffee und ein koreanisches Eiersandwich auf sie.

Leider fühlte Hanny sich, als hätte man ihr aus nächster Nähe mit einer Winchester SXP in den Kopf geschossen, und verspürte herzlich wenig Appetit auf Toast mit Ei, Kohl, Möhren und braunem Zucker. Aber sie war Jai so dankbar für seine Fürsorge, dass sie trotzdem einen Biss wagte. Sie würgte und versuchte es noch mal.

Jai hatte Mitleid mit ihr, nahm ihr das Sandwich ab und aß es selbst. Er servierte ihr stattdessen Kaffee und Orangensaft sowie trockenen Toast und Butter. Lächelnd sah er ihr beim Essen und Trinken zu und leistete ihr Gesellschaft.

Hanny ergriff als Erste das Wort.

»Ich bin saublöd, oder?« Sie lächelte gequält.

»Du kannst es nicht ewig verdrängen, schon gar nicht mithilfe von Alkohol.«

»Ja, ja, ist ja gut ...«, stöhnte Hanny und musste aufstoßen.

Jai schüttelte den Kopf und lächelte mitfühlend.

»Willst du nachsehen, was heute vor der Tür steht?«

Sie schüttelte so energisch den Kopf, wie es ihr unter den gegebenen Umständen möglich war.

»Er ist Arzt. Vielleicht hat er was gegen die Schmerzen hingelegt?«

»Du meinst, statt eines Geschenks, das mir noch mehr wehtut?«

»Wieso gehst du davon aus, dass sein nächstes Geschenk dir wehtun wird?«

»Wieso nicht?«

»Feigling.«

Sie zuckte die Achseln.

»Nö. Bin kein Feigling. Ich weiß nur nicht, ob ich mich überhaupt unfallfrei von diesem Stuhl erheben kann, bevor ich noch eine Tasse Kaffee getrunken habe.«

Bereitwillig schenkte er ihr eine Tasse ein, fasste sich mühselig in Geduld, während sie trank, und ließ den Blick bedeutungsvoll zu Flur und Haustür wandern. Schließlich konnte sie weder seine Blicke noch ihre Kopfschmerzen länger ertragen und ging mit ihm zur Tür.

Das heutige Päckchen war größer als das von gestern. Hanny zog die Strickjacke enger um sich und tat, als ließe sie den Blick über die Landschaft schweifen.

»Ist das nicht ein herrlicher Anblick? Die Landschaft, so schön weiß und ...«

»Ja, wirklich toll. Bis alles grau und matschig wird. So wie dein Gesicht. Wann bist du eigentlich zum letzten Mal draußen gewesen, Hanny?«

Sie sah ihn an. »Ich gehe jeden Tag aus dem Haus.«

Er zog die Augenbrauen hoch. »Um die Post reinzuholen, oder was?«

Sie wich seinem Blick aus. »Ich unternehme Sachen.«

»Wie zum Beispiel?«

»Äh ...« Verzweifelt suchte sie nach einer Antwort, gab sich dann aber geschlagen.

»Siehst du!« Er stupste sie in die Seite. »Du hast keine Ahnung, was du mal machen könntest. Du hast dich in diesem Haus verkrochen wie Osama bin Laden sich in seinem Erdloch. Sogar deine Einkäufe lässt du dir liefern.«

Das wollte sie gerade vehement abstreiten, als der Lieferwagen des Supermarktes vor dem Haus hielt.

»Das ist eine einmalige Ausnahme«, brummte Hanny.

»Morgen, Hanny!«, rief der Fahrer fröhlich und winkte, als er aus dem Wagen sprang.

Jai brauchte gar nichts zu sagen. Er zog einfach nur eine Augenbraue hoch.

»Äh ... Morgen, John.«

Sie wartete, bis er wieder weg war.

Jai winkte dem Wagen hinterher und grinste Hanny wissend an.

»Ist das so wichtig?«, brummte Hanny zu ihrer Verteidigung. »Ja, gut, ich komme also zurzeit nicht sonderlich viel unter Leute. Na und? Wo ist das Problem?«

»Es schadet deiner Gesundheit.«

»Also, ich finde, es kann keinen Schaden anrichten, zu dieser Jahreszeit zu Hause zu bleiben. Überleg doch mal, was alles an Viren herumschwirrt, und dann die vielen Leute, die betrunken Auto fahren …«

»Du weißt genau, was ich meine. Ich rede von deiner Seele.«

Dagegen konnte sie nichts sagen. Sie wussten beide, dass er recht hatte.

»Wir gehen heute mal aus«, verkündete er in einem ungewöhnlich strengen Ton, von dem Hanny wusste, dass er keine Widerrede zuließ. »Wo geht man hier so hin, wenn man es krachen lassen will?«

»Man fährt nach London«, murmelte Hanny trocken.

»Ach, jetzt komm schon, Hanny. Hier muss es doch auch etwas geben, wo man mal ein bisschen Party machen kann?«

Party? In Little Over? Der *Hotspot* des Ortes war der Tante-Emma-Laden, und der Höhepunkt des Besuches bestand darin, in der altmodischen Süßigkeitenabteilung ein Pfund Zitronenbonbons und Erdbeerlollis zu kaufen. Im Pub saßen jede Menge Jugendliche, die ihre gefälschten Ausweise vorzeigten und süßen kornischen Cider soffen, als hinge ihr Leben davon ab. Als flösse durch ihre Adern kein Blut, sondern ebendiese goldene Flüssigkeit. Das einzige Restaurant war die reinste Leichenhalle, und zwar nicht nur bezüglich des Fleisches auf den Tellern, sondern auch bezüglich der Gäste. Der »Seniorenteller« war der absolute Favorit auf der ohnehin schon sehr übersichtlichen Speisekarte.

»Der Frauenverein veranstaltet heute Abend im Gemeindehaushaus Bingo«, klärte sie ihn auf.

Sie sahen einander an und prusteten dann los.

»Komm, ich helf dir, die Sachen reinzubringen«, sagte Jai lachend und zeigte auf die Tüten, die der freundliche John gerade abgestellt hatte. »Und das da.« Er nickte Richtung Paket.

Kaum hatten sie die Einkäufe ins Haus gebracht und ausgeräumt, wurde es Hanny wieder übel.

»Ich leg mich lieber wieder ins Bett«, sagte sie, aber Jai hielt sie an der Hand.

»Nichts hinlegen. Du musst mal hier raus. Und wenn es nur ist, um frische Luft zu schnappen.«

»Ich muss ins Bett.«

Jai fasste sie bei den Schultern und schüttelte sie sanft.

»Du musst hier raus.«

»Mir ist hundeübel, ich muss ganz bestimmt nicht raus.«

»Dir wird es an der frischen Luft gleich besser gehen.«

»Es wird mir gleich besser gehen, wenn ich mich hinlege.«

»Wir wissen doch beide, dass du dich unter der Bettdecke nur versteckst.«

»Wenn du mich jetzt gehen lassen würdest, würde ich unter der Bettdecke schlafen!«

»Raus mit dir, Hanny.«

»Ins Bett mit mir, Jai.«

»Luft, Hanny.«

»Seit wann bist du denn so ein Frischluftnazi?«

»Und seit wann bist du ein Eremit?«

Kampflustig sahen sie einander in die Augen.

Dann fiel die Spannung von ihnen ab, und sie lachten.

»Du bist kein Eremit.«

Hanny blies sich eine Strähne aus dem Gesicht und seufzte.

»Danke. Und du bist kein Frischluftnazi. Hast ja recht. Ich habe mich versteckt.«

»Dann lass uns doch mal rausgehen. Einen Spaziergang machen. Mit Nancy.«

»Dafür ist sie noch zu klein.«

»Dann machen wir eben keinen Spaziergang.«

Jai grinste verschwörerisch, schnappte sich ihre Hand und zog sie mit sich zur Küchentür, wo er sich in Rekordzeit Mantel und Stiefel anzog, um gleich darauf Hanny ebenfalls in Mantel und Stiefel zu helfen. Dann zog er sie mit sich hinaus, quer durch den Garten zu dem windschiefen, von Efeu und kahlen Glyzinien überwucherten Verschlag, den Hanny als Garage und Gartenschuppen benutzte.

Jai ließ ihre Hand los, rüttelte an der froststeifen Brettertür, bis sie sich krachend öffnete, und zeigte mit ausladender Geste auf das Objekt seiner geheimen Pläne.

»Wie wär's mit einer kleinen Ausfahrt?«

Er zeigte auf eine kultige alte Vespa aus den Siebzigerjahren. Quietschrot, wenn man die Staubschicht entfernte. Sie gehörte Hannys Mutter, und da Bastian gerne daran herumgebastelt hatte, wusste Hanny, dass sie fahrtüchtig war. Allerdings hatte sie nun schon lange niemand mehr gefahren.

»Ich glaube nicht, dass die verkehrssicher ist, Jai.«

Doch Jai ignorierte ihren Protest und schwang sich auf den Sitz. Er sah den Schlüssel stecken und grinste fast im Kreis. Aufgeregt hielt er die Luft an, drehte den Schlüssel und juchzte, als der Motor zu Leben erwachte.

Das Ding hörte sich an wie ein Rasenmäher, aber Jais Miene nach zu urteilen, klang es in seinen Ohren wie eine Harley.

»Steig auf, Baby!« Er strahlte sie an.

»Das ist nicht dein Ernst!« Hanny wich einen Schritt zurück und trat dabei fast auf Nancy, die ihnen durch die offene Küchentür gefolgt war. Sie zitterte vor Kälte. Ihr Fell war noch viel zu dünn, um den eisigen Wind abzuwehren. Hanny nahm die Kleine hoch und packte sie unter ihren Mantel.

»Steig auf! Siehst du, Nancy will auch mit!«, behauptete er, als der kleine Hund neugierig die Schnauze aus Hannys Mantel steckte.

»So ein Quatsch.«

»Wieso ist das Quatsch?«

»Weil es gefährlich ist.«

»Wieso gefährlich? Ich habe in Busan Moped fahren gelernt, und wenn ich in einer Millionenstadt wie Busan unfallfrei fahren kann, dann kann ich das wohl auch auf den Landstraßen in Cornwall. Jetzt komm schon!«

Er gab Gas.

Und sah dabei sehr zufrieden aus.

»Nun komm schon«, drängelte er wieder. »Weg mit den Spinnweben.«

»Ich bin noch im Schlafanzug.«

»Na, und? Wen interessiert das? Sieht doch sowieso keiner unter dem Zelt von einem Mantel. Wo hast du den bloß her? ... Ach ... Hanny ... Komm schon, bitte, und wenn es nur einmal die Einfahrt hoch und runter und einmal rund um den Garten ist ... *Get the motor running ... Head out on the highway ...*«

Schelmisch grinste er sie an und sah, wie es bei ihr dämmerte.

»Komm schon, Hanny! Wie geht's weiter?« Sein Blick war hoffnungsvoll.

Ihr waren die Zweifel immer noch anzusehen, obwohl gleichzeitig ein Lächeln ihre Lippen umspielte.

»*Looking for adventure – in whatever comes my way*«, sang sie weiter, und Jai hörte gerade so lange auf, Gas zu geben, wie er brauchte, um freudig in die Hände zu klatschen. Dann schob er das knatternde Gerät ganz dicht an Hanny heran und plärrte: »*Born to be wild*!«, wobei er das letzte Wort wunderbar schräg und reichlich in die Länge gezogen sang.

Hanny stieg auf.

»Auf geht's!«, rief Jai, und schon rollten sie los. Im Schnee noch etwas wackelig, auf der inzwischen geräumten Straße dann schon etwas schneller.

Sie boten einen kuriosen Anblick.

Ein bemantelter Asiate in gigantischen Gummistiefeln und eine Europäerin, die sich an seinem schmalen Rücken festklammerte und in einem Schlafanzug mit Blümchenmuster, roten Gummistiefeln und einem Parkamantel steckte, aus dem das Köpfchen eines Hundewelpen herausguckte, dessen lange Ohren im Wind flatterten. Wenn die Polizei sie so gesehen hätte, wären sie auf der Stelle festgenommen worden, aber sie hatten Glück.

Nancy genoss jede Sekunde dieses Abenteuers, bei dem sie über die Landstraßen kurvten, lachten, dem Tempolimit keine Beachtung schenkten (sie fuhren viel zu langsam), über schneeverwehtes Laub und durch eisige Pfützen rutschten und ein paar verdattert dreinschauenden Fußgängern zuwinkten. Sie schmetterten *Born to be Wild*, obwohl es in dem Lied gar nicht um ein Moped geht, und *I Want To Ride My Bicycle*, bis die kalte Luft in ihren Kehlen schmerzte.

Als Jais Hände sich nicht mehr gesund und rosig, sondern eher steif und taub anfühlten und die kleine Nancy sich ganz in die wohlige Wärme unter Hannys Parka zurückgezogen hatte, wo sie friedlich schlief, kehrten sie unfallfrei zum Cottage zurück.

Ihr spontaner Ausflug hatte nicht einmal eine Stunde gedauert, und doch war es, als habe die Welt sich komplett verändert, als sie wieder da waren. Die Sonne schien heller, und das Cottage wirkte nicht mehr vollkommen von der Außenwelt abgeschnitten. Aber vor allem fühlte Hanny sich nicht mehr so isoliert. Ihr Ausflug hatte tatsächlich so einige Spinnweben beseitigt.

Vielleicht würde ja schon bald der Schnee schmelzen.

So wie Hannys Herz aus Eis.

Nach dem Ausflug mit der Vespa schaltete Jai das von Hanny seit Wochen nicht angerührte Radio ein und machte ein Feuer im Kamin.

Hanny holte die leise schnarchende Nancy aus dem Inneren ihres Mantels und legte sie ganz vorsichtig in ihren behelfsmäßigen Hundekorb. Dann holte sie die lange Zeit vernachlässigte Teekanne aus dem Schrank und machte Tee.

Gemeinsam setzten sie sich an den Küchentisch, auf dem noch immer das Paket thronte.

»Und?«, fragte Jai.

»Und«, antwortete Hanny.

»Soll ich?«

Hanny nickte.

»Oder wollen wir es zusammen aufmachen?«

Sie zögerte einen Moment, aber dann gab sie sich einen Ruck, und sie machten das Paket gemeinsam auf.

Zum Vorschein kam Hannys absolutes Lieblingsgebäck: Schokoladenéclairs.

»Ach«, seufzte Jai, während ihm bereits das Wasser im Mund zusammenlief. »Ach, na klar. *Die* Dinger.«

Bastian war ein Gourmet – dafür hatte seine Mutter gesorgt. Sie hatte ihm nicht nur mit in die Wiege gelegt, Wert auf gutes Essen zu legen, sondern ihm später auch beigebracht, es selbst zuzubereiten. Nach und nach entwickelte er eine bewundernswerte Vielfalt und beherrschte die französische, italienische und asiatische Küche aus dem Effeff.

Seine größte Stärke war Süßgebäck. Zwar machten sich seine Rugby spielenden, Bier trinkenden Freunde darüber lustig, aber wenn es darum ging, die Ergebnisse seines als »Weiberkram« beschimpften Hobbys zu vernichten, standen sie dann doch Schlange.

Nur Schokoladenéclairs machte er nicht gerne. Nicht etwa, weil ihre Zubereitung zu schwierig gewesen wäre, sondern einzig, weil sie immer so schnell weg waren.

Hanny war süchtig nach dieser Süßigkeit – sie verschlang sie schneller als ein Staubsauger ein Goldkettchen. Darum machte er die Éclaris nur zweimal im Jahr: zu Weihnachten und zu Hannys Geburtstag.

So war es jedenfalls bisher gewesen. Bis zu Hannys letztem Geburtstag. Da hatte er ihre besten Freunde eingeladen und mit großer Hingabe ein Dutzend Éclairs gebacken. Allerdings ohne die Rechnung mit Hannys Appetit zu machen. Bereits am Vorabend hatten sie und Jai sich in ihrem von Wiedersehensfreude befeuerten Übermut über die Éclairs hergemacht und die Köstlichkeiten restlos aufgefuttert.

Bastian hatte ihre schuldbewussten Gesichter gesehen, dann die Ärmel hochgekrempelt und klaglos noch ein Dutzend gebacken. Zwar versteckte er die Éclairs dieses Mal, doch Jai, der alte Zuckerspürhund, fand sie: in der Gemüseschublade des Kühlschranks.

»Die Rückkehr der Schokoéclairs!«, hatte er seiner Komplizin freudig verkündet, als sie das zweite Dutzend als Mitternachtsimbiss verspeisten. Eigentlich war ihnen schon längst schlecht, aber sie futterten trotzdem weiter.

Bastian entdeckte den zweiten Mundraub früh am nächsten Morgen. Dieses Mal lachte er nicht mehr so entspannt. Dennoch stellte er sich tatsächlich hin und machte ein weiteres Dutzend, das er wiederum richtig gut versteckte. Dachte er.

Bis er sah, dass die beiden sich je drei Éclairs zum Frühstück reinzogen.

Das dritte Dutzend war also zur Hälfte vernichtet, und Bastian machte sich daran, ein viertes zu backen. Nolens volens. Grummelnd und vorwurfsvoll dreinschauend rührte er den Brandteig an.

Als er am Abend auf der Party die dieses Mal wirklich gut versteckten Éclairs servierte und Hanny und Jai sich wie die Geier darauf stürzten, hatte er genug, warf mit Wörtern wie »Gierhälse« und »absolut lächerlich« um sich und verkündete, nie wieder Éclairs zu machen.

Und das war sein voller Ernst gewesen. Man sah es Bastian stets zweifelsfrei an, wenn er etwas ernst meinte.

Und sie hatte es ihm angesehen. Hatte die Wolke, die sich vor die Sonne seines Gemüts schob, gesehen.

An jenem Abend.

Hanny sah erst die Schokoéclairs an, dann Jai und schüttelte den Kopf.

»Ich kann die nicht essen.«

Ihr Freund erfasste den Ernst der Lage. Und obwohl seine Miene ehrliche Enttäuschung spiegelte, unterstützte er Hanny voll und ganz.

»Natürlich nicht«, pflichtete er ihr bei. »Nach allem, was er getan hat, dürfen wir nicht einmal dran riechen.«

Jai wusste immer noch nicht, was Bastian sich eigentlich hatte zuschulden kommen lassen – er wusste nur, dass seine geliebte Hanny jedenfalls nichts falsch gemacht haben konnte. Auch ohne lange Erklärungen lag in seinen Augen die Verantwortung für die Beziehungsmisere ganz klar bei dem ehemals wunderbaren, nun verachtenswerten Bastian.

Und deshalb hatte sie recht. Wie sollten sie jemals etwas essen, das der verachtenswerte Bastian gemacht hatte?

Ganz gleich, wie köstlich es auch sein mochte.

Sie erklärten feierlich, das Gebäck an die Vögel zu verfüttern. Dann sahen sie einander tief in die Augen. Und fielen am Ende doch selbst über das Süßzeug her. Ohne Rücksicht auf Verluste hauten sie rein, stopften sich um die Wette voll, bis ihre Wangen mutierten Hamsterbacken glichen und ihre Gesichter schokoladenverschmiert waren.

Und auf einmal bemerkte Hanny, dass sie wieder lächelte. Endlich.

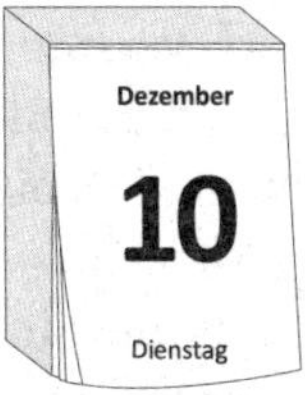

Ihr Lächeln hielt bis zum nächsten Morgen an. Was für ein seltsames Gefühl. Zwar war sie nicht gerade durch und durch glücklich, aber doch immerhin nicht kreuzunglücklich. Und nicht kreuzunglücklich zu sein war ein so immenser Fortschritt, dass es für ein Lächeln reichte.

Und sie lächelte noch mehr, als Jai ihr beim Frühstück eröffnete, dass er seine Stippvisite noch ein wenig ausdehnen und einen weiteren Tag bleiben würde. Sie lachte sogar laut auf, als sie hörte, welche Ausreden er auftischte, als er in der Agentur anrief.

»Ich sage euch, Montezumas Rache, aber fragt nicht nach Sonnenschein, das muss an Hannys Essen liegen, die hat da so viel Chili reingehauen, das glaubt ihr gar nicht. In mir rumort es wie im Vesuv, keine Ahnung, wie oft ich heute Nacht rausmusste ... Ja, klar ... Ich schick sie gleich mal zur Apotheke, vielleicht haben die ja Zement, der würde helfen. Oder vielleicht doch lieber Gelatine ... Nein, nein, keine Panik, morgen geht es mir bestimmt schon viel besser. Aber ich komme dann etwas später, nehme den ersten Zug und dürfte rechtzeitig für den Termin mit Gordon Gough um zwei da sein. Ja, versprochen. Ja. Versprochen. Natürlich verspreche ich das. Ich würde euch doch niemals mit dem Blutsauger alleinlassen. Großes Indianerehrenwort. Du bist ein Schatz. Ja, klar, mache ich. Bis morgen, Nicolette.«

Mit einer Mischung aus Bewunderung und Beängstigung sah Hanny ihn an, nachdem er aufgelegt hatte.

»Jetzt kenne ich dich schon so lange und hatte keine Ahnung, dass du lügen kannst, ohne rot zu werden. Vesuv? Zement? Gelatine?«

Jai grinste nur.

»Verborgene Talente. Unschuldige Notlügen, du kennst mich doch, ich bin eine total ehrliche Haut, aber was muss, das muss. Du willst doch, dass ich noch einen Tag bleibe, oder?«

»Ich will nicht, dass du noch einen Tag bleibst.« Hanny machte einen Schmollmund und versuchte zum ersten Mal, seit er da war, nicht, ihre Gefühle zu verbergen. »Ich will, dass du noch zehn Jahre bleibst.«

Bestürzt sah er sie an.

»Ich würde ja auch länger bleiben, aber du kennst ja Gordon Gough. Hält sich für Gott. Und ich muss ihn ständig daran erinnern, dass er nur Schriftsteller ist.«

»Ich weiß …« Sie zog die Nase kraus. »Tut mir leid. Ich freu mich total, dass du wenigstens noch einen Tag bleibst. Ehrlich.«

»Und zu Weihnachten komme ich wieder. Wenn du das immer noch willst.«

»Wenn ich das immer noch will?«, rief Hanny, warf sich ihm an den Hals und umarmte ihn so heftig, dass akute Rippenbruchgefahr bestand.

»Wenn du zu Weihnachten nicht hier bist, gibt's Kloppe.«

Jai verbrachte Weihnachten immer mit Hanny. Ganz gleich, wo Hanny Weihnachten feierte, Jai war dabei. Freunde und Verwandte hatten inzwischen begriffen und akzeptiert, dass die beiden nur im Doppelpack zu haben waren.

Natürlich hatte Jai auch andere Freunde, aber Hanny war mehr als nur eine gute Freundin, sie war seine Familie. Und Weihnachten war nun mal ein Familienfest.

»Wann kommt Midge?«, wollte er wissen.

»Am vierundzwanzigsten.«

»Du hast es ihr noch nicht erzählt?«, riet er und konnte sich den vorwurfsvollen Ton nicht verkneifen.

Hanny schüttelte den Kopf.

»Ich will ihr nicht den Urlaub verderben.«

»Ach, Hanny, sei doch nicht albern! Du tust ja gerade so, als würde sie nur einmal im Jahr wegfahren, dabei ist sie ständig auf Achse. Könnte sich glatt Phileas Fogg nennen. Du musst es ihr sagen. Sie würde es dir übel nehmen, wenn du es ihr weiter verschweigst. Sie will doch für dich da sein.«

»Eben. Und ich will sie nicht hierhaben. Was mich angeht, so muss sie nicht für mich ›da‹ sein, ich komme prima allein zurecht. Abgesehen davon würde sie sowieso nur eines wollen: *reden.*« Hanny sprach das letzte Wort aus, als sei es tabu.

»Und das willst du immer noch nicht?«

»Was soll das bringen, Jai? Wenn man über die Dinge redet, walzt man sie doch nur unnötig aus. Und wozu soll man etwas auswalzen, das passiert ist, Jai? Passiert ist passiert, und ich muss zusehen, damit fertigzuwerden. Mein Gott, ja, die Beziehung ist vorbei, aber mein Leben geht doch weiter!«

»Bist du dir sicher?«

»Dass mein Leben weitergeht?«

»Dass die Beziehung vorbei ist.«

Hannys Augenbrauen wanderten bis unter den Haaransatz.

»Selbstverständlich.«

Doch Jai war nicht überzeugt.

»Bastian scheint da anderer Ansicht zu sein. Ich wette mit dir, dass auch heute wieder ein Geschenk vor der Haustür steht.«

Er hatte recht. Hanny hatte bereits heimlich nachgesehen, während Jai im Büro anrief. Sie wollte sichergehen, dass es sich nicht bewegte, nicht bellte, miaute oder gar muhte. Und ließ es dann, wo es war.

»Kann schon sein, aber was heißt das schon?«

Wie aus der Pistole geschossen kam seine Antwort:

»Dass er sich mit dir versöhnen will?«

»Du meinst, dass er ein schlechtes Gewissen hat?«, gab sie trotzig zurück.

»Das ist nicht dasselbe, Hanny, das weißt du ganz genau.«

Sie schwieg.

»Also, was ist? Holst du es rein?«, fragte er nach einer kurzen Schonzeit.

Ihre kalten Finger umklammerten den warmen Kaffeebecher.

Sie zuckte die Achseln.

»Wozu? Egal, was es ist, es wird nichts ändern. Ja, wir haben wunderbare Zeiten zusammen gehabt. Aber daran hätte er vielleicht besser denken sollen, bevor er ... als er ... bevor er ...« Um ein Haar hätte sie ausgesprochen, was passiert war. Im letzten Moment biss sie sich auf die Zunge.

Jai musste abermals seine brennende Neugier zügeln. Er würde sie nicht fragen, was Bastian ausgefressen hatte. Er würde warten, bis sie es ihm aus freien Stücken erzählte. So wollte sie es, und er würde das respektieren. Aber er konnte sie ein klein wenig in die richtige Richtung schieben. Denn ganz gleich, was sie sagte: Reden half. Wenn man nicht redete, setzten die Dinge sich fest und gärten wie Hefe in einem warmen Küchenschrank. Er wusste das nur zu gut aus eigener Erfahrung.

Was seine eigene Familie betraf, so waren ihm leider die Hände gebunden. Die hatte ihn abgeschrieben. Sie wollten nicht mit ihm reden, ihn nicht einmal sehen. Aber Hanny war anders. Sie hatte ein so großes Herz, sie hatte tiefstes Verständnis für alles und jeden. Was also hatte Bastian getan, das sie so sehr verletzt hatte, dass sie es ihm nicht verzeihen konnte? Er könnte einfach mal aus der Hüfte schießen und raten. Er musste sie einfach zum Reden bringen, und zwar nicht, weil er gerne pikante Details gehört hätte, sondern weil er um ihr Seelenheil besorgt war. Er hatte nur noch einen Tag Zeit, wenn es ihm nicht bald gelang, an sie heranzukommen, würde er sie mit ihrem Kummer alleinlassen müssen.

Und darum beschloss er, heute ein klein wenig unnachgiebiger zu sein, und marschierte schnurstracks zur Haustür, schnappte sich das Geschenk, das ebenso zuverlässig davorstand, wie die Sonne jeden Morgen aufging, marschierte zurück in die Küche und stellte es auf den Tisch. Machte es ohne Umschweife auf. Befreite eine

Schachtel, die er, ohne sie genauer anzusehen, Hanny reichte.

»Aufmachen«, kommandierte er.

Verdutzt nahm Hanny ihm die Schachtel ab. Irgendwie blieb ihr gar nichts anderes übrig. Aber was war bloß in ihren sonst so sanftmütigen Freund gefahren? Was sollte der Kasernenhofton?

»Aufmachen!«, wiederholte er, obwohl sie inzwischen beide ahnten, was sich in der Schachtel befand.

Sie machte sie auf.

»Die Rückkehr der Schokoéclairs!« Jai nahm die Schachtel, betrachtete den Inhalt und musste unwillkürlich grinsen. »Er weiß, dass ein Dutzend nicht reicht.«

Sie weinte nicht, wurde nur kreidebleich.

Jai biss sich auf die Lippe, stellte die Schachtel ab, streckte die Arme über den Tisch und legte seine Hände auf Hannys.

»Was hat er getan, Hanny?«

Es dauerte eine Weile, aber dieses Mal antwortete sie.

»Er hat einen Fehler gemacht«, flüsterte sie.

»Und ein einziger Fehler bedeutet schon das Ende?«

Sie schwieg.

Ja, dachte sie.

Das war ihre Antwort. Jede Faser ihres Körpers schrie: Ja!

Aber Jai sah ihr an, dass Zweifel in ihr aufstiegen.

Er wartete etwas, dann hakte er nach:

»Ein einziger Fehler bedeutet schon das Ende?«

Sie starrte auf die Tischplatte. Ohne den Blick zu heben, sagte sie:

»Ja.«

»Spricht da jetzt dein Herz oder dein Verstand?«

»Ich weiß es nicht«, flüsterte sie. »Ich weiß es wirklich nicht.«

Und das war's. Mehr wollte Hanny nicht sagen. Sie stand auf, machte Kaffee, teilte die Éclairs unter ihnen auf.

Jetzt lächelte sie ihn unsicher an.

»Ich versuche wohl, die Leere in mir mit Essen aufzufüllen«, analysierte sie, verzog das Gesicht und biss einmal ordentlich ab.

»Und? Funktioniert's?«

»Hat es schon jemals funktioniert? Man fühlt sich nur noch schlechter, weil man sich nicht mehr nur einsam und elend fühlend, sondern noch dazu fett und verfressen.«

Das reichte Jai bereits als Eingeständnis. Sie fühlte sich also einsam und elend. Da wäre er auch von selbst draufgekommen. Aber es war gut, dass Hanny es selbst aussprach. Zwar weigerte sie sich nach außen hin immer noch zu reden, doch er spürte, dass sie sich endlich ein wenig öffnete. Aber er wusste auch, wenn er zu viele Fragen stellte, würde sie wieder dichtmachen. Für jemanden, der »reden« als sein schönstes Hobby bezeichnen könnte, war es verdammt schwer, zu schweigen und abzuwarten.

Er nahm sich ein Éclair und biss ein so großes Stück davon ab, dass es ihm unmöglich war zu sprechen. Morgen war auch noch ein Tag, an dem er sie in die Mangel nehmen und endlich die Wahrheit aus ihr herauspressen konnte. Heute würde er daran arbeiten, ihr Lächeln zu festigen.

»Gut. Und was machen wir, wenn wir die alle aufgefuttert haben?«, fragte er, als es ihm wieder möglich war.

Sie zuckte die Achseln und schluckte.

»Keine Ahnung. Ich weiß nur, was wir nicht machen, und das ist Vespa fahren. Okay?«

Jai seufzte übertrieben und verdrehte pseudo-enttäuscht die Augen.

»Also, weißt du …«

»Keine Diskussion.« Hanny hielt kurz inne, rülpste, entschuldigte sich, lachte verschämt und staunte über sich selbst.

»Ich habe immer noch Nachwirkungen von meiner Liaison mit dem Brandy … Vespa fahren auf rutschigen Straßen mit Schlaglöchern ist daher nicht angesagt.«

»Und du meinst nicht, dass das vielleicht mit den jüngsten Éclair-Eskapaden zu tun hat?«

»Natürlich nicht!« Sie zwinkerte ihn an.

»Also eher was Ruhiges?«

»Messerscharf erfasst.«

»Schade auch.« Jai zwinkerte ihr zu. »Ich habe nämlich auf dem Nachbarfeld einen herrenlosen Traktor gesehen …«

Am Ende beschlossen sie, so zu tun, als seien sie in London, und gönnten sich einen weiteren Faulenzertag: Bad statt Dusche, ausgedehntes Frühstück, Stadtbummel, spätes Mittagessen in einem Bistro (bei dem sie jeden Gang zweimal bestellten, wenn ihnen danach war), Leute beobachten, tratschen … Sie lachten viel und sprachen kein einziges ernstes Thema an.

Dann schleppte Jai sie in den Feinkostladen, wo er hemmungslos mit Sylvester flirtete, der affektiert lächelte und ihnen jede Menge Leckereien mitgab, von denen locker acht Personen satt geworden wären.

Aber sie schafften es auch zu zweit, die Köstlichkeiten zu vernichten. Na ja, Nancy half ihnen ein bisschen.

Und dann machten sie eine Flasche Rotwein auf und spielten Karten. Hanny schnupperte einmal am Rioja und glaubte, sich sofort wieder übergeben zu müssen, also trank Jai die Flasche ganz allein. Und nachdem sie kurz vorm Zubettgehen noch einmal mit Nancy draußen im Garten gewesen waren, lachte er und verschwand in die Dunkelheit.

Um ihn wiederzufinden, brauchte Hanny keine Taschenlampe. Sie musste nur den Geräuschen nachgehen.

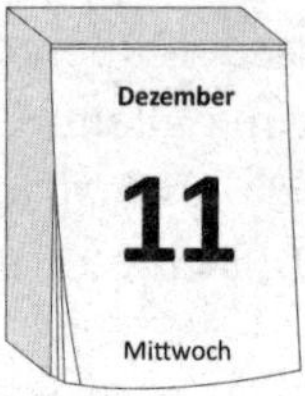

Als Jai irgendwann endlich aufstand, saß Hanny bereits mit der obligatorischen Kaffeetasse in den Händen am Küchentisch und las Zeitung.

Sie sah auf, als er hereinkam, und lächelte ganz automatisch. Sie musste daran denken, wie sie Jai vorgefunden hatte. Er hatte auf dem Fahrersitz des herrenlosen Traktors auf dem benachbarten Feld gesessen, war brummend und hupend auf dem Sitz herumgehüpft und hatte am Steuer herumgerissen wie ein Kind in einem Spielauto ...

Obwohl ihr selbst der Appetit fehlte, hatte sie Frühstück für Jai gemacht. Sein Lieblingsfrühstück: Pfannkuchen mit Kirschen.

Während Jai freudestrahlend über seinen Teller herfiel, beobachtete Hanny ihn. Sie wirkte, als sei sie endlich bereit zu reden. Tatsächlich räusperte sie sich so, wie sie sich nur räusperte, wenn sie über etwas nachgedacht und beschlossen hatte, darüber zu sprechen. Ein kleines, höfliches Husten.

Neugierig sah er sie an.

Wartete geduldig.

Er wusste, ein falsches Wort von ihm und sie würde sich wieder in das Schneckenhaus zurückziehen, in dem sie sich seit einem Monat versteckte.

Also wartete er.

Und dann, endlich …

»Er hat eine andere«, waren die Worte ihrer Wahl.

Das überraschte ihn nicht. Er nickte. Genau damit hatte er gerechnet.

»Seit wann?«

»Weiß ich nicht.«

Das war's. Hanny hüllte sich wieder in Schweigen. Als er den Mund zu einem Kommentar öffnete, schüttelte sie den Kopf, stand auf und fing an, die Küche aufzuräumen.

Das Taxi, das ihn zum Bahnhof bringen sollte, stand bereits vor der Tür. Dennoch wartete er noch, bis Hanny das nächste Päckchen, die nächste Büchse der Pandora, wie er sie jetzt insgeheim nannte, geöffnet hatte.

Ein weiteres Dutzend Schokoéclairs.

Im Grunde hatten sie es beide gewusst. Da sie sicher sein konnte, am nächsten Tag wieder welche zu bekommen, und weil es sie so schmerzte, tatsächlich ausgesprochen zu haben, was passiert war, bestand sie darauf, dass Jai die Schachtel mitnahm.

Jai hob die Hände und trat einen Schritt zurück.

»Ich kann die nicht mitnehmen.«

»Du musst.«

»Du wirst es bitter bereuen, wenn sie erst mal weg sind.«

»Morgen kommen wieder welche. Du weißt doch: Vier Dutzend. Bitte. Tu's für mich. Nimm sie mit.«

Also nahm er sie mit. Aber erst, nachdem sie sich minutenlang umarmt hatten und der ungeduldige Taxifahrer bereits nervös auf dem Gaspedal herumdrückte.

Sie wollten beide nicht, dass er fuhr. Und sie wussten beide, dass er musste.

»Komm schon, Hanny, ich muss los«, sagte er schließlich und löste sich – wenn auch ungern – aus der Umarmung.

»Nicolette kriegt einen Herzinfarkt, wenn ich zu dem Termin mit Gordon Gough zu spät komme.«

»Kannst ihm ja ein Éclair anbieten. Das würde ihn bestimmt aufheitern.«

Jai sah sie einen Moment an. In einem letzten Versuch, ihr wieder ein echtes Lächeln aufs Gesicht zu zaubern, öffnete er die Schachtel, holte ein Éclair heraus, betrachtete es sehr genau und hielt es Hanny dann aufrecht vor die Nase. »Einmal knicken und dann einführen.«

Grinsend fuchtelte er mit dem Teil herum und wurde dafür mit einem Lächeln belohnt.

Sie winkten einander überschwänglich zu, bis sie sich nicht mehr sehen konnten.

Dann ließ er abrupt den Arm sinken, zog sein Handy aus der Tasche und wählte eine Nummer. Die lange Tonfolge in der Leitung deutete darauf hin, dass es sich um eine Nummer im Ausland handelte. Er ließ es ziemlich lange klingeln, und gerade, als er resigniert auflegen wollte, nahm am anderen Ende jemand ab.

Jai lächelte erleichtert, als er die vertraute Stimme hörte.

»Willkommen zu Hause, tolle Frau. Lange nicht gequatscht. Wie geht's dir?«

Hanny sah ihm nach. Beinahe hätte sie ihm alles erzählt, aber sie war sich nicht sicher, ob er sie verstehen würde.

Und sie wollte an ihrer Haltung zu den Geschehnissen festhalten und sich nicht von anderen Leuten verunsichern lassen.

Im Moment hatte sie keine Ahnung, wie es ihr eigentlich ging. Was sie fühlte. Denn im Moment ließ sie so gut wie gar keine Gefühle zu.

Jetzt, wo Jai weg war, blieb ihr nur eins zu tun: arbeiten.

Sie ging ins Atelier, fuhr den Computer hoch und öffnete das Manuskript, das Jai ihr geschickt hatte. Sie las weiter, und schon wollte sie anfangen zu malen.

Sie klemmte ein weißes Blatt Papier auf die Staffelei.

Öffnete den Tuschkasten.

Nahm einen Pinsel zur Hand.

Machte einen ersten Pinselstrich.

Hielt inne.

Der Pinsel schwebte über dem Papier.

Zum ersten Mal, seit sie Bastians Sachen aus dem oberen Fenster geworfen hatte, unvermittelt und auch für sie selbst überraschend, ließ sie zu, dass der Gedanke, der sich gerade angeschlichen hatte, verweilte.

Sie gestattete es sich, über *sie* nachzudenken.

Sie.

Hanny schaffte es nicht, ihren Namen auszusprechen. Armselig, ja, das wusste sie selbst. Aber ihre Stimmbänder, ihre Zunge, ihr Mund brachten es nicht fertig, ihren Namen zu formen.

Sie hatte sich schon immer gefragt, wieso ein so gut aussehender Mann wie Bastian sich ausgerechnet für sie, Hanny, entschieden hatte. Normalerweise suchte man sich doch einen Partner, der ähnlich attraktiv war wie man selbst. Und obwohl Hanny selbstverständlich fest daran glaubte, dass wahre Schönheit von innen kam, hatte sie doch immer das Gefühl gehabt, dass Bastian eigentlich in einer anderen Liga spielte. Von daher konnte sie es ihm gar nicht richtig verdenken, dass er ein bisschen streunte.

»Aber warum muss es ausgerechnet eine Frau sein, neben der ich mir vorkomme wie eine Wasserspeierfratze im Seidenkleid?«, fragte sie laut.

Der Klang ihrer eigenen Stimme beförderte sie zurück ins Hier und Jetzt.

Sie hielt immer noch den Pinsel in der Hand. Als sie auf die Staffelei sah, stellte sie fest, dass sie weitergemalt hatte. Sie seufzte und legte den Pinsel ab. Eigentlich hatte sie das Wunderschwein und seinen kleinen Freund bei einem Picknick malen wollen. Jetzt saß das Schwein mit Bastians Augen an einem gedeckten Tisch und speiste mit einem hässlichen Wasserspeier in einem gepunkteten, rosafarbenen Kleid.

Es überraschte Hanny selbst, dass sie lachen musste. Jai hatte recht, sie verkroch sich schon viel zu lange in diesem Haus.

Nancy lag neben dem Ofen und schlief tief und fest. Ein Auge riskierte sie, als Hanny nach ihr rief. Sie blinzelte hinaus, sah die immer noch nicht verschwundene Schneedecke, schloss das Auge wieder und tat, als würde sie schlafen.

»Ich gehe auf jeden Fall raus, ob du mitkommst oder nicht«, forderte Hanny sie heraus.

Nancy dachte kurz nach und fing dann an zu schnarchen.

Hanny trat vor die Haustür, hinaus in die Welt, sog die eisige Luft ein und freute sich über den vom Schnee reflektierten Sonnenschein.

Sie wollte einen Spaziergang machen, aber ihre übliche Route durch den Wald schied heute aus, es sei denn, sie wollte sich Tennisschläger unter die Füße schnallen oder im Tierheim ein Rudel Huskys holen. Sie ging ums Haus und überlegte.

Die Straße war einigermaßen frei.

Die wenigen Reifenspuren, die es dort gab, bildeten eisfreie Bahnen. Sie könnte in den Ort spazieren und Schokolade besorgen – jetzt, wo sie keine Éclairs mehr hatte.

Und dann, wie eine Schneeflocke, landete ein Gedanke. Sie fand ihn zunächst so lächerlich, dass sie lachen musste.

Aber Hanny gab nach, drehte sich um und verschwand.

Fünf Minuten später knatterte sie mit einem breiten Grinsen auf den Lippen und einem schelmischen Blitzen in den Augen auf der Vespa ihrer Mutter über die Landstraße.

Sie pfiff die Filmmelodie von *Gesprengte Ketten,* bis ihr die Zähne zu kalt wurden, dann summte sie sie weiter. Jedes Mal, wenn das Moped ein bisschen rutschte, quietschte sie vor Vergnügen. Auf einmal fühlte sie sich wieder so lebendig!

Mit einer Spitzengeschwindigkeit von fünfzehn Kilometern pro Stunde erreichte sie zwanzig Minuten später das Dorf. Heil, aber komplett durchgefroren.

Als sie den Lebensmittelladen betrat, wurde es still. Sie kam sich vor wie ein Cowboy in einem Western, der schwungvoll die doppelte Saloontür aufstößt und mit klirrenden Sporen das Lokal betritt.

Natürlich redete man im Dorf über sie. Und nicht nur dort. Wahrscheinlich in der gesamten Grafschaft. Schließlich kannte jeder hier Dr. Bastian Summers und seine Familie, seine Mutter Rosemary gehörte zu den Frauen mit dem höchsten gesellschaftlichen Status in Cornwall.

Und jetzt stand Hanny auf einmal da, die ... Wie hieß so was noch? Die Gehörnte? Passte vielleicht nicht ganz, aber egal. Also, Hanny, die Gehörnte, spazierte wie eine Vogelscheuche mit Mopedhelm mitten ins Dorf und kaufte Schokolade. Spontan entschied sie sich auch für eine Flasche Rioja, denn es konnte ja nicht schaden, einen guten Wein im Haus zu haben.

Mehr oder weniger verstohlen sah man sie an, und die Blicke entgingen Hanny nicht. Also setzte sie ein ziemlich manisches Lächeln auf, grüßte alle, die sie auch nur im Entferntesten kannte, mit einem viel zu lauten und freundlichen »Hallo!«, bezahlte und stopfte sich grinsend so viele Tafeln Schokolode mitsamt der Weinflasche in die schlammbespritzte Jacke, wie eben hineinpassten.

»Sie scheint von allen guten Geistern verlassen«, hörte Hanny die Kassiererin murmeln, als sie zur Tür hinausging. Doch damit entlockte sie Hanny kein Stirnrunzeln, sondern ein noch breiteres Grinsen.

Grinsend startete Hanny den Motor, grinsend fuhr sie so los, dass schmutziger Schneematsch über das Schaufenster des Ladens spritzte und das wunderbare Arrangement von Weihnachtskarten und Kalendern sowie das empört herausspähende Gesicht der Kassiererin fast nicht mehr zu sehen waren.

Kaum auf der Straße fuhr sie direkt auf einen Streifenwagen zu.

Ihr Sturz entbehrte nicht einer gewissen Artistik, denn die Vespa kam mitten auf der Straße noch vor ihr zum

Stillstand. Hanny rutschte auf dem Hosenboden auf die Gegenfahrbahn, bis in den Rinnstein.

Erst klang es, als weinte sie, aber sie lachte.

Das Ganze sah aus wie ein Blutbad, aber wer nah genug dran war, um der anscheinend etwas durchgeknallten, inmitten der vermeintlichen Blutlache liegenden jungen Frau zu Hilfe zu eilen, wusste es besser: Es roch nämlich verdächtig nach Rioja.

Sie sammelten sie von der Straße auf und nahmen sie – betrunken wie sie offenbar war – mit auf die Wache. Das Glück war auf ihrer Seite gewesen, denn sie hatte nicht einen Kratzer abbekommen. Nur der vordere Kotflügel und ihr Ego hatten ein klein wenig gelitten.

»Na, da haben Sie wohl einen Schutzengel gehabt, Mädchen«, war der Kommentar der alten Mrs Trevethen, während der Polizeibeamte sie auf die Rückbank des Streifenwagens packte und sein Kollege die Vespa von der Straße räumte.

Auf der Wache behandelten sie Hanny gut, und nachdem sie sich überzeugt hatten, dass sie keinen Tropfen Alkohol intus hatte, ignorierte der Beamte, der Hanny kannte und gerne mochte, auf wundersame Weise, dass Hanny sich nicht einmal ausweisen konnte, geschweige denn, dass sie einen Führerschein hätte vorzeigen können. Stattdessen bot er – Eddie – ihr eine wärmende Tasse Tee an, und in der Zwischenzeit schob der alte Mechaniker Don Johnson die Maschine von dannen.

Eddie führte sie in den einzigen Verhörraum, den die winzige, charmant antiquierte Polizeiwache zu bieten hatte, und vor lauter Fürsorge vergaß er ihr zu sagen, was sie mit ihr vorhatten. Hanny malte sich bereits in den düstersten Farben aus, wie sie sie bei Wasser und Brot in ein Kellerverlies sperren würden.

Was hatte sie sich da nur eingebrockt? Hanny stützte die Ellbogen auf den Tisch und den Kopf in die Hände. Sie war leichtsinnig gewesen. Sie war komplett übergeschnappt. Ohne Rücksicht auf Verluste. Nicht ahnend, dass Eddie nur hinausgegangen war, um Teewasser aufzusetzen, wuchs ihre Sorge – und mit ihr die Erschöpfung. Ihre Ellbogen rutschten immer weiter zur Seite, bis ihre Arme auf der Tischplatte lagen und ihr Kopf auf den Armen.

Als Eddie fünf Minuten später mit dem Tee zurückkehrte, war Hanny tief und fest eingeschlafen.

Einige Stunden später wachte sie dann auf der Pritsche in einer Zelle auf, deren Tür glücklicherweise nicht verschlossen war. Anderenfalls wäre sie sicher ansatzweise durchgedreht.

Aber offenbar kümmerte man sich um sie. Denn kaum rührte sie sich, kaum hatte sie die Augen aufgeschlagen und vor Entsetzen über die fremde Zellenumgebung weit aufgerissen, stand auch schon Eddie in der Tür.

Erst lächelte er sie beruhigend an, dann ging er auf sie zu und setzte sich neben sie auf die Pritsche, als befänden sie sich in ihrem Wohnzimmer.

»Weiß ja nicht, ob dir das hilft. Aber ich weiß, wie's dir geht. Ich weiß, wie sie ist. Wir waren mal zusammen.«

Mehr sagte er nicht, doch mit diesen wenigen Worten, ausgesprochen mit sehr viel Gefühl, verriet er Hanny, dass er um die Geschichte mit Bastian wusste und sie auch ihm das Herz gebrochen hatte.

Aus einem Impuls heraus legte Hanny ihm tröstend die Hand aufs Knie, und so saßen sie eine Weile, bis die friedliche Zweisamkeit durch eine bekannt klingende Stimme gestört wurde.

»Sie lassen sie auf der Stelle frei, oder ich benachrichtige meine Anwälte!«

»Ich glaube, du wirst abgeholt.« Eddie zwinkerte Hanny zu, erhob sich, reichte ihr die Hand und half ihr auf.

»Ich kann gehen?«

»Natürlich.«

»Keine Anwälte?«

»Wir lassen dich auf Kaution frei.«

»Aber ...«

Er hob abwehrend eine Hand.

»Wir stellen hier die Fragen, Hanny. Am besten verkrümelst du dich, solange du kannst.«

Scheu lächelte Hanny ihn an.

»Danke.«

»Und du wirst nicht wieder mit der Vespa herumknattern, bevor du sie in einen verkehrssicheren Zustand gebracht hast, versprochen?

Sie machte heftige Kopfbewegungen, eine Mischung aus Schütteln und Nicken.

»Versprochen.«

»Dann sind Sie jetzt offiziell eine freie Frau, Miss Richmond.« Er zwinkerte ihr zu und reichte ihr zum Abschied die Hand. Doch Hanny, der in dem Moment aufging, dass sie sich wirklich selten blöd angestellt hatte und froh sein konnte, nicht bei Wasser und Brot in ein Kellerverlies gesperrt worden zu sein, ignorierte die Hand und nahm Eddie stattdessen in den Arm.

Sie war eine freie Frau. In jeder Hinsicht frei.

»Und wenn du irgendwann mal einfach nur reden willst, weißt du ja, wo du mich findest ...«

»Klar, ich lasse mich einfach wieder verhaften«, sagte sie schief lächelnd.

Und er grinste. »Ruf mich am besten einfach an. Ich gebe dir mal meine Handynummer, damit du nicht den Umweg über den Notruf machen musst …«

Edith, deren hippiemäßiges Künstlerinnen-Äußere so gar nicht in das kleine, geleckte Vorzimmer der Ordnungshüter passte, wäre bereit gewesen, ihrer Freundin notfalls mit einer in einem Kuchen versteckten Metallfeile zur Flucht zu verhelfen oder mit einem Brecheisen oder einem selbst gebastelten Molotowcocktail. Sie hegte ein grundsätzliches Misstrauen all jenen Menschen gegenüber, die sich für Autoritäten hielten, und die Polizei machte da ganz gewiss keine Ausnahme. Im Gegenteil.

Mal schnellte ihr Blick von links nach rechts, als rechne sie jederzeit mit einem Angriff aus dem Hinterhalt, mal fixierte sie den Beamten am Schreibtisch mit dem Blick eines Preisboxers, der sofort loskloppen würde, wenn der Ringrichter die erste Runde einläutete.

Edith war bei Hanny aufgetaucht und hatte festgestellt, dass a) das Cottage nicht abgeschlossen, b) die Vespa verschwunden und c) ein junger Welpe allein zu Hause war. Sie hatte sofort beim örtlichen Krankenhaus angerufen und danach bei der Polizei. Bingo! Mit wehenden Flatterklamotten machte sie sich sofort auf den Weg zur Wache, am Arm eine zum Hundekörbchen umfunktionierte Handtasche.

Nancy freute sich natürlich, aus ihrer Einsamkeit erlöst zu werden, aber sie war nicht ganz begeistert von ihrem Versteck – obwohl sie immerhin ein paar essbare Sachen darin gefunden hatte. Und nun blickte sie mit großen schwarzen Augen so unendlich traurig in die Welt, als säße nicht ihr Frauchen, sondern sie selbst im Gefängnis.

Aber sobald sie ihre geliebte Hanny hereinkommen sah, fing sie vor Freude an, in der Tasche mit dem Schwanz zu wedeln, was ein so putziger Anblick war, dass Hanny laut lachen musste.

Auch Hanny bot einen seltsamen Anblick: großflächig mit Rotwein bespritzt, das blonde Haar vom Rioja eingefärbt und auf der Zellenpritsche sehr ungünstig getrocknet. Sie wäre glatt als lebensgroße Lumpenpuppe durchgegangen.

»Du siehst aus, als hättest du dich geprügelt«, waren Ediths erste an Hanny gerichtete Worte. »Hast du ihr ordentlich die Meinung gegeigt?«

Hanny tat, als hätte sie keine Ahnung, wovon Edith redete.

Alle wussten, was passiert war, das ganze Land redete offenbar darüber.

Also brauchte sie es nicht zu tun.

Hanny schlug die Augen auf und empfand einen Anflug von Panik, weil sie im ersten Moment nicht wusste, wo sie war. Doch dann streckte sich Nancy neben ihr und machte beim Gähnen dieses typische, drollige Geräusch, das zufriedene Welpen in ihrer Kehle erzeugen – und Hanny fiel zu ihrer großen Erleichterung ein, dass sie zu Hause in ihrem Bett lag.

Zum ersten Mal in ihrem Leben war sie also in einer Zelle gewesen. Irgendwann war wohl für alles das erste Mal.

Nachdem Edith sie nach Hause gebracht hatte, war Hanny ins Bett gefallen und sofort eingeschlafen, obwohl sie doch bereits den halben Nachmittag verschlafen hatte, und nun wachte sie von den ersten Sonnenstrahlen an diesem Wintertag auf.

Sie dachte an den Unfall und versuchte sich zu erinnern, ob sie sich irgendwelche Verletzungen zugezogen hatte. Nein, hatte sie nicht. Jedenfalls keine körperlichen. Aber wenn sie an Bastian dachte, tat ihr nach wie vor alles weh. Sie fühlte sich, als klemmten ihre Eingeweide in einem Schraubstock.

Und dann hörte sie ihn. Natürlich wusste sie, was er ihr heute brachte: das vierte Dutzend Éclairs. Sie ertappte sich bei der Vorstellung, die Éclairs, die sie vor der Haustür erwartete, einen nach dem anderen durch Bastians Briefschlitz zu schieben. Oder vielleicht dahin, wohin der Schriftsteller Gough, wenn es nach Jai ginge, sich seine Allüren schieben konnte. Gleichzeitig merkte sie, dass sie die Dinger dringend essen musste. Sie waren einfach der perfekte kulinarische Trost, und den hatte sie dringend nötig.

Nach einer ausgiebigen Dusche öffnete Hanny schwungvoll die Tür, um sich die Éclairs zu schnappen – und sah sich unvermittelt Edith gegenüber. Ihre Freundin, die sich selten an die Vorgaben der landläufigen Etikette hielt, hatte die Schachtel bereits geöffnet und das erste Éclair schon halb verzehrt.

»Bedien dich.« Hanny zog die Augenbrauen hoch.

»Schon passiert.« Edith schämte sich überhaupt nicht. »Mann, sind die wieder lecker. Und du kannst ihm wirklich nicht verzeihen? Und wenn es nur dafür ist, dass er ein göttlicher Koch ist?«

Bei den restlichen Éclairs und einer Tasse Kaffee, am Tisch in der vom Aga und der Wintersonne erwärmten, gemütlichen Küche, redete Hanny sich den Kummer von der Seele. Nach jenem Moment der Zweisamkeit mit Eddie auf der Zellenpritsche fiel es ihr auf einmal leichter, endlich jemandem die Wahrheit zu erzählen.

Edith hörte ihr ausnahmsweise mal aufmerksam zu, doch ihr war so gut wie keine Reaktion anzusehen. Höchstens ein winzig kleines Anzeichen der Überraschung.

»Das heißt, er hat eigentlich gar nicht wirklich etwas getan?«

»Nach dem, was ich gesehen habe, kann ich mir meinen Teil denken. Außerdem hat er sie geküsst, das hat er mir danach sogar gebeichtet, als er mir zum zigsten Mal auf den Anrufbeantworter gesprochen hat.«

»Er hat sie geküsst, hat er gesagt«, wiederholte Edith. »Und ich hatte eine Reality-Ausgabe von *Fifty Shades of Kamasutra* erwartet.«

»Ich weiß.«

Sie schwiegen. Edith versuchte die Information zu verdauen.

»Ein einziger, popeliger Kuss?«

Hanny hatte mit dieser Reaktion gerechnet und sich bereits eine Antwort zurechtgelegt

»Nein, Edith, nicht ein einziger, popeliger Kuss. Den könnte und würde ich ihm natürlich verzeihen. Aber es geht um das ganze Drumherum, es ist das Drumherum, mit dem ich nicht klarkomme. Dieser einzige, popelige Kuss ist doch nur das Samenkorn, oder meinetwegen auch die Spitze des Eisberges, wer weiß das schon.«

Edith sah sie einen Moment an.

Dann nickte sie energisch.

»Verstehe«, sagte sie. »Es überrascht mich zwar, aber ich verstehe. Also, was jetzt?«

»Keine Ahnung.« Hanny zuckte die Achseln.

»Und sie? Was ist mit ihr? Wirst du sie darauf ansprechen?«

Hanny schüttelte den Kopf.

»Was soll das bringen?«

»Och, so ein kleiner verbaler Schlagabtausch unter Frauen würde sie vielleicht in ihre Schranken verweisen – und du würdest dich besser fühlen.«

»Garantiert nicht.« Fast hätte Ediths schwachsinniger Vorschlag Hanny zum Lächeln gebracht. Aber nur fast.

»Willst du es ihr denn gar nicht heimzahlen?«

»Wozu? Und vor allem: Wie? Was soll ich denn machen?«

»Wir könnten sie beschatten, ihr die Luft aus den Reifen lassen, ihr Haus beschmieren, einbrechen und ihre Klamotten zerschneiden, die Absätze von ihren Schuhen absägen, ihren Klodeckel zukleben …« Edith war ganz in ihrem Element und brachte Hanny nun endgültig zum Lächeln.

»Edith, darüber brauchst du nicht einmal ansatzweise nachzudenken! Wir werden das alles dem Karma überlassen. Was sein soll, wird sein.«

»Ach was, wir würden die Karma-Sache doch nur ein bisschen beschleunigen …«

»Oder wir würden einen Bumerang werfen, der unsanft zu uns zurückkehrt, Edith.«

»Du willst ihr das also einfach so durchgehen lassen?«

»Was soll ich denn sonst tun? Schließlich ist das hier keine Fehde unter Adelsgeschlechtern oder so. Bastian ist ein erwachsener Mann, er trifft seine eigenen Entscheidungen. Er hat sich dafür entschieden, gewisse Dinge zu tun, und er hat sich dafür entschieden, diese gewissen Dinge mit ihr zu tun. Schluss, aus, vorbei.«

»Schluss, aus, vorbei.«

»Schluss, aus, vorbei.« Sie klang deutlich entschlossener, als sie sich fühlte.

»Okay. Und das heißt, eure Beziehung ist auch Schluss, aus, vorbei?«

War sie das?

Schluss, aus, vorbei?

Hanny betrachtete die letzten Éclairs. Wohlgeformt, schön, perfekt, köstlich. Als er sie das allererste Mal gemacht hatte, hatten sie sich um die letzten gestritten, eine wahre Essensschlacht war daraus geworden. Am Ende lagen sie nackt auf dem Küchentisch und schleckten einander gierig die Schokolade von der Haut …

Schluss? Aus? Vorbei?

Er hatte etwas, das perfekt gewesen war, zerstört. Mochte sein, dass sie melodramatisch war oder viel zu penibel oder nachtragend, aber so fühlte sie nun mal. Und ganz gleich, wie sehr sie versuchte, diese Gefühle zu ändern, weil sie ihn immer noch liebte, es gelang ihr nicht.

Hanny sah zu Edith.

»Ja. Schluss. Aus. Vorbei.«

Edith schwieg erst einmal eine Weile, nahm sich noch ein Éclair und kaute nachdenklich. Dann erwiderte sie:

»Ich finde, du solltest ihm eine Chance geben, das alles zu erklären. Jede Medaille hat zwei Seiten, und von jeder Geschichte gibt es mindestens zwei Versionen, vor allem, wenn es um Beziehungen geht …«

Hanny klappte die Kinnlade herunter. Es dauerte einige Sekunden, bis sie sich wieder gefangen hatte und reden konnte.

»Du weißt, wie sehr ich unsere Freundschaft schätze, Edith. Du bist schräg, ich bin schräg, wir können zusammen schräg sein. Aber Rat in Beziehungsangelegenheiten? Von dir? Tut mir leid, aber das ist einfach *zu* schräg …«

Sie stand auf, warf die restlichen Éclairs in den Müll und wandte sich dann wieder Edith zu.

»Meiner geistigen Gesundheit zuliebe muss ich jetzt leider wieder arbeiten.«

Ohne ein weiteres Wort verschwand sie in ihrem Atelier.

Edith wartete, bis sie sicher sein konnte, dass ihre sonst so auf guten Ton bedachte Freundin nicht zurückkommen und sich entschuldigen würde. Dann holte sie die Éclairs aus dem Mülleimer, tupfte sie mit einem Geschirrtuch sauber, verstaute sie in ihrer Handtasche und ging.

Ein neuer Anfang. Stets behaftet mit Angst und banger Erwartung, aber auch mit jenem flüchtigen Gefühl, das je nach Situation beflügeln oder bremsen kann: Hoffnung.

Der letzte Monat war die Hölle gewesen, doch Hanny hatte schon Schlimmeres überlebt.

Den Tod ihrer Mutter.

Ruth hatte ihr Bestes getan, um Hanny auf ihr Ende vorzubereiten. Sie war ein sehr spiritueller Mensch gewesen, und sie hatte ihr gegenüber immer wieder betont, dass ihr Sterben nicht das Ende sein würde, sondern ein Neuanfang für sie beide. Und dass Neuanfänge kein Grund zur Trauer seien, sondern im Gegenteil zur Freude und Hoffnung.

Damals war es Hanny schwergefallen, das anzunehmen, doch sie hatte die Worte ihrer Mutter verinnerlicht. Heute war sie fest entschlossen, einen Neubeginn zu wagen. Hanny empfand genug Optimismus, um mit einem Lächeln in den Tag zu starten. Beinahe beschwingt ging sie in ihr Atelier, um sich ihrer Arbeit zu widmen.

Tatsächlich hielt ihr Lächeln bis zum Nachmittag an,

auch dann noch, als es an der Tür klopfte. In Erwartung der Einkaufslieferung dachte sie gar nicht daran, durchs Fenster zu schauen, doch da stand er nun:

Oliver.

Bastians Freund war wirklich der letzte Mensch, den sie erwartet hatte. Und der letzte, den sie sehen wollte.

Er hielt keine langen Vorreden.

»Ich finde, du bist hammerunfair.«

Keine Begrüßung, gleich ein Vorwurf.

Nicht, dass sie das überraschte, aber das erleichterte ihr den Umgang mit ihm auch nicht.

»Warum willst du ihn nicht sehen?« Ohne eine Antwort abzuwarten, redete er sofort weiter. »Ihn einfach komplett zu ignorieren, also weißt du ... Das ist kindisch und irgendwie auch total daneben, ganz ehrlich. Das hat er nicht verdient.«

Das war Hannys Ansicht nach diskussionswürdig, doch Oliver kam gerade erst richtig in Fahrt.

»Einfach so rausgeschmissen zu werden aus seinem Zuhause.«

Er wusste genauso gut wie sie, dass es vor allem Hannys Zuhause war.

»Und warum das alles? Wegen einem blöden Fehler? Das ist nicht alles allein seine Schuld, Hanny. Du hast ihn auf einen so hohen Sockel gestellt, da musste er eines Tages ja mal runterfallen ...«

»Ach, ich bin also schuld, ja? Du findest es also unfair, jemanden für einen tollen, grundanständigen Menschen zu halten? Weil das diesen Menschen unter Druck setzt? Und ihn letztlich dazu treibt, sich wie der letzte Armleuchter aufzuführen?«

Olivers Mund stand ein klein wenig offen. Hanny war

nicht laut geworden, aber ihr scharfer, sarkastischer Ton überraschte Oliver so sehr, dass er tatsächlich verstummte. »Ich habe doch gar nicht gesagt, dass ...«, stammelte er nach einer Weile.

»Hat sich für mich aber verdammt so angehört!«

Jetzt fluchte sie auch noch.

»Ich sage nicht, dass es so ... Es ist doch bloß ... Also, wenn es in einer Beziehung Probleme gibt, dann ist in den seltensten Fällen nur einer der Beteiligten daran schuld.«

Zu jedem anderen Zeitpunkt hätte Hanny sich gefreut, eine solch tiefsinnige Einsicht aus Olivers Mund zu hören.

Heute aber nicht.

»Du meinst also, es ist meine Schuld?«

Sie fixierte ihn mit einem scharfen, kalten Blick, der ihn an seine Mutter erinnerte, wenn sie wütend war. Noch einmal staunte er nicht schlecht über Hanny. Er wich ein paar Zentimeter zurück. Und versuchte einzulenken.

»Nein, das meine ich nicht«, begann er und runzelte die Stirn. Ehrlich gesagt hatte er Tränen erwartet. Tränen und vielleicht auch ein klein wenig Dankbarkeit.

»Und was meinst du dann? Sag doch bitte einfach ganz konkret, was du meinst, statt hier so einen Dünnpfiff abzulassen, und dann verpiss dich!«

Das verschlug ihm vollends die Sprache.

Nach einer Weil stammelte er:

»D... W... Was ich sagen wollte, also will, ist, dass ... äh ... Also ... Ich finde es nicht ganz fair, Bastian allein die Schuld an allem zu geben.«

Sie sah ihn eine Weile nur an. Als sie schließlich antwortete, entsprach das wieder nicht dem, was er erwartet hatte.

»Das tue ich auch gar nicht.«

Überrascht blinzelte er sie an.

»Na, dann ist ja gut ...«, faselte er, doch mehr wurde er nicht los, weil Hanny nämlich weiterredete und ihm ziemlich effizient das Wort abschnitt.

»Natürlich gebe ich auch *ihr* die Schuld.« Sie fauchte das Wort »ihr« wie ein Feuer spuckender Drachen. Und dann tat sie das, was sie bereits in dem Moment tun wollte, als sie ihn vor der Tür stehen sah.

Sie machte sie wieder zu.

Mit einem lauten Knall.

Direkt vor seiner Nase.

Atemlos lauschte sie ihrem klopfenden Herzen. Nach einer Weile schlich sie sich auf Zehenspitzen ins Wohnzimmer und spähte hinaus.

Sie konnte ihn gerade so sehen.

Er war immer noch da.

Vor ihrer Haustür, ein, zwei Schritte von ihr entfernt.

Wahrscheinlich war er zurückgewichen, als sie die Tür zugeschlagen hatte. Sie konnte seine Fersen, seine Ellbogen und ein paar blonde Haare sehen.

Sie wartete.

Er blieb stehen.

Sie wartete weiter.

Er wiegte sich ein bisschen auf seinen Absätzen, machte aber keine Anstalten zu gehen.

»Jetzt geh schon ...«, flüsterte Hanny und machte dabei ein finsteres Gesicht.

Er blieb.

Sie zählte bis dreißig.

Nichts rührte sich.

Würde er überhaupt jemals wieder verschwinden?

Wollte Hanny wirklich die Luft anhalten, bis er wieder weg war?

Sie wartete weiter. Mucksmäuschenstill.

Er blieb, wo er war.

»Jetzt geh schon!«

Er rührte sich nicht.

Stand er unter Schock, weil die »liebe, nette« Hanny ausfällig geworden war? Sie hätte alles Geld der Welt darauf gewettet, dass Oliver das gerade zum ersten Mal in seinem Leben passiert war: Er war es gewöhnt, dass man ihm Türen öffnete – nicht, dass man sie ihm vor der Nase zuschlug.

Na ja. Sie würde jedenfalls nicht den ganzen Tag da herumstehen und sich seinen Rücken ansehen. Also ging sie in die Küche, um sich einen Kaffee zu machen.

Als sie sein Gesicht vor dem Fenster sah, lehnte sie sich mit einem resignierenden Seufzer an die Arbeitsfläche, verschränkte die Arme und wartete. Auch er hatte also seinen Posten verlassen, aber er war leider nicht in die gewünschte Richtung abgehauen.

Widerwillig öffnete sie die Küchentür, worauf er hereinspazierte und sich demonstrativ an den Tisch setzte, als wollte er sagen: Jetzt bin ich hier, und du hörst mir zu. Widerstand zwecklos.

Kampflustig sah er Hanny an, und sie erwiderte seinen Blick. Das hielten sie eine gefühlte, fürchterliche Ewigkeit durch. Oliver konnte nur schlecht damit umgehen, dass Hanny, die sonst immer so entgegenkommend und freundlich gewesen war, nun eisern schwieg.

»Herrjemine, jetzt setz dich halt«, brach er entnervt das Schweigen.

Wenige Sekunden später fügte er ein zerknirschtes »bitte« hinzu, erhob sich, zog den gegenüberliegenden Stuhl unter dem Tisch hervor und bedeutete ihr, sich zu setzen.

Sie kam seiner Aufforderung nicht sofort nach, ignorierte ihn erst einmal, wandte sich ab, schenkte sich eine Tasse Kaffee ein, ohne ihm eine anzubieten, konnte dann aber doch nicht aus ihrer höflichen Haut und schenkte ihm wortlos auch eine ein. Aber statt sie ihm zu reichen, ließ sie sie neben der Kaffeemaschine stehen.

Dann setzte sie sich.

Wartete. Hielt seinen Blick aus, bis er sich seine Tasse schließlich selbst holte.

»Hör zu. Ihn einfach nur komplett links liegen zu lassen und überhaupt nicht mehr mit ihm zu reden ist grausam. Was vorbei ist, ist vorbei, aber du solltest wenigstens Klartext mit ihm reden. Der Ärmste leidet wie ein Hund.«

Er leidet wie ein Hund? Klartext reden? War sie nicht deutlich genug gewesen, als sie seine Sachen aus dem Fenster geworfen hatte? Als sie sich standhaft geweigert hatte, ihn zu sehen, wenn er aufkreuzte? Als sie ihn kein einziges Mal zurückrief? Was wollte er denn noch? Sie hatte ja sogar die Schlösser auswechseln lassen! Sollte sie es mit großen roten Buchstaben auf die Haustür malen? Ein Flugzeug mit einem Spruchband über seine Praxis fliegen lassen?

Hanny und Bastian haben sich getrennt.

Ihre Beziehung ist beendet.

In die Brüche gegangen.

Und dafür hatte *er* gesorgt.

»Ich kann einfach nicht glauben, dass du ihn nach so

vielen Jahren wegen so einem Kleinscheiß in die Wüste schickst. Was hat er denn Schlimmes getan? Hallo? Das war doch nur ein Kuss, Hanny. Ein einziger, popeliger Kuss …«

Wenn sie diese Formulierung noch einmal hörte, würde sie schreien.

»Klar, nur ein Kuss. Ich reagiere komplett über.«

Sie war nicht sicher, ob er den Sarkasmus heraushörte und ob er überhaupt hörte, dass sie etwas sagte. Er schien sich wieder gefangen zu haben und war ganz der Alte: jede Menge labern, null Toleranz.

»Jetzt mal ehrlich, mach doch bitte nicht so ein Drama aus der Sache …«

Sie machte ein Drama aus der Sache?

Heimliche Telefonate, heimliche Treffen, geheimnisvolles Flüstern in dunklen Ecken.

Das bildete sie sich doch nicht ein!

Gut, vielleicht war es etwas krass gewesen, seine Sachen aus dem Fenster zu werfen, aber es ging eben nicht nur um einen kleinen, heimlichen Kuss, das hatte ihr Bastian ja selbst unter die Nase gerieben, als er – offensichtlich angetrunken – auf ihren Anrufbeantworter gequatscht hatte. Er hatte geschworen, sie habe das alles eingefädelt, habe ihn in einem schwachen Moment erwischt. Als er wegen Sid traurig gewesen war. Beziehungsweise darüber, Hanny nicht trösten zu können. Ein Kuss, ja. Er habe ein paarmal mit ihr telefoniert, sich mit ihr auf einen Kaffee getroffen, aber nur, um ihr klarzumachen, dass nichts lief. Doch sie habe nicht lockergelassen, ihn weiter angerufen. War in seiner Praxis aufgekreuzt. Und als sie sich am 5. November in der *Bonfire Night* trafen, habe er ihr gesagt, sie solle ihn in Ruhe lassen.

Natürlich konnte man die Geschichte so oder so hören, und zuerst war Hanny auch erleichtert gewesen. Genau wie Edith hatte sie sich das Kamasutra von vorne bis hinten und von oben bis unten vorgestellt. Ein Kuss war so was wie eine Schneeflocke in einer Lawine. Und doch: Je länger sie darüber nachdachte, desto wütender wurde sie. Statt sich zu beruhigen und die Sache auf sich beruhen zu lassen.

Einen Kuss hätte sie vielleicht verzeihen können, dafür hätte sie vielleicht sogar Verständnis gehabt. Aber es war eben nicht nur dieser Kuss. Es war das ganze Drama drumherum, das sie so verletzt hatte. Die Tatsache, dass er sie nicht nur geküsst hatte (oder sie ihn), sondern er sie nach diesem Kuss angerufen und sich mit ihr getroffen hatte, mit ihr gemeinsame Sache gemacht, diesen einen kleinen Kuss aufgebauscht hatte, als müsse diese kleine Sache beschützt werden, als sei sie etwas Besonderes. Dass er aus etwas, von dem alle behaupteten, es sei nur eine unbedeutende Kleinigkeit gewesen, etwas Großes machte, etwas, um das er sich kümmerte und sich Sorgen machte. Er selbst hatte aus einem kleinen, unbedeutenden, heimlichen Kuss ein einziges großes Betrugsdrama gemacht. Ein Drama, das – da war Hanny sich ganz sicher – *sie* insgeheim jede Minute genossen hatte.

Die ganze Geschichte hatte sie enger miteinander verbunden, als jeder Kuss es vermocht hätte. Das war es, was Hanny so verletzte: Die beiden hatten jetzt etwas gemeinsam.

Es war nicht der Kuss an sich, nicht der blöde, popelige Kuss. Aber wozu sollte sie auch nur versuchen, Oliver das zu erklären? Er war ja nicht gekommen, um ihr zuzuhören.

»Ich finde, du bist wirklich extrem ungerecht. Er hat doch wohl zumindest mal eine Chance verdient, dir alles genau zu erklären. Aber du willst ja nicht mal mit ihm reden. Ich hätte nie gedacht, dass du so nachtragend sein kannst. So kleinlich. Bastian ist ein toller Typ, Hanny. Er sieht gut aus, ist intelligent, hat Humor, ist vernünftig. Ihm laufen die Frauen in Scharen nach. Und er weist eine nach der anderen ab ...«

»Nur die eine nicht ...«

Er verdrehte die Augen, als sei Hanny ein bockiges Kind, das einfach nicht zur Vernunft kam.

Eigentlich wollte er wieder »Es war doch nur ein Kuss« sagen, und Hanny wusste das. Sie konnte die Worte in seinem Kopf aufblitzen und auf seinen Lippen Gestalt annehmen sehen. Und sie wollte sie wirklich nicht noch einmal hören. Nicht von ihm. Nicht von jemandem, der ihr stets so willkommen gewesen war wie Schnee auf der nackten Haut. Genau genommen wusste sie nicht einmal, was er eigentlich hier wollte. Von Oliver hätte sie nun wirklich eine völlig andere Reaktion erwartet. Sie hätte gedacht, dass er Bastian auf die Schulter klopfte und ihm gratulierte, »die Alte endlich los zu sein«. Schließlich hätten sie doch ohnehin nie wirklich zueinandergepasst.

»Was willst du eigentlich hier, Oliver?«

Er zuckte die Achseln. »Hanny, es geht Bastian wirklich schlecht ohne dich. Er ist fix und fertig. So habe ich ihn noch nie gesehen.«

Sie sah ihn an und versuchte, sich Bastian als emotionales Wrack vorzustellen. Es wollte ihr nicht gelingen. Sie seufzte und senkte den Blick.

»Ich glaube, du gehst jetzt besser.« Sie klang genauso müde, wie sie sich fühlte. Müde von zu wenig Schlaf, von der konstanten leichten Übelkeit, von der Szene, die er ihr hier in ihrer geliebten Küche machte. In ihrer Stimme lag eine solche keinen Widerspruch duldende Entschlossenheit, dass er endlich mal wirklich die Klappe hielt.

Er sah sie an. Zwanzig Sekunden (Hanny zählte mit) rührte er sich nicht, dann drehte er sich um. Doch er steuerte nicht die Tür an, sondern die Kaffeemaschine.

Schenkte sich noch eine Tasse ein.

Und ihr auch.

Setzte sich wieder an den Tisch, ihr gegenüber.

Schob die eine Tasse zu ihr hinüber.

Wenig begeistert sah Hanny erst die Tasse und dann ihn an.

Sein Gesichtsausdruck hatte sich verändert. Der vorwurfsvolle Blick war verschwunden und etwas gewichen, das Oliver Hannys Meinung nach wohl für einen freundlichen, mitfühlenden Blick hielt. Er machte ein verkniffenes Gesicht. Am liebsten hätte sie laut gelacht, doch das war nur ein kurzer Impuls.

Jetzt sagte er mit betont ernster Stimme:

»Du weißt doch, dass er dich liebt.«

Dann wartete er auf ihre Antwort.

»Ich dachte, ich wüsste es«, sagte sie schließlich leise.

»Du dachtest, du wüsstest es? Was soll denn der Quatsch? Du weißt es! Du weißt es ganz genau!«, empörte er sich.

Hanny lehnte sich zurück, um sich so noch mehr von ihm zu distanzieren.

»In meiner Welt tut man das, was er getan hat, einem Menschen, den man liebt, nicht an, Oliver. Wenn man jemanden liebt, ist man aufrichtig und ehrlich zu ihm. Und ja, es ist nur menschlich, ab und zu mal Mist zu bauen, aber dann beichtet man das eben und hofft, dass der andere einen genug zurückliebt, um einem zu verzeihen!«

Er lehnte sich ebenfalls in seinem Stuhl zurück.

»Du behauptest also, wenn er dir den Kuss sofort gebeichtet hätte, hättest du ihm verziehen?«

Die Frage erwischte sie kalt.

Hätte sie?

Im Nachhinein sagten sich solche Dinge immer so leicht.

Er spürte ihr Zögern, sah ihr an, wie sie überlegte, und legte schnell noch einen nach, solange sie unsicher war.

»Man kann die Sache mit dem Kuss auch anders sehen. Okay, hätte nicht passieren dürfen, ist aber passiert. Und soweit ich das verstanden habe, war sie die Hauptverantwortliche. Sagen wir achtzig – zwanzig. Sie hat sich auf ihn gestürzt, er ist nicht schnell genug weggerannt. Gut, jetzt sagst du, es geht dir sowieso mehr darum, dass sie alles getan haben, um die Sache zu vertuschen, richtig?«

Soso. Oliver war also gar nicht so schwer von Begriff, wie sie gedacht hatte. Trotzdem war sie alles andere als glücklich darüber, ihn in ihrer Küche sitzen zu haben und sich von ihm Ratschläge über ihre Beziehung anhören zu müssen.

Ihre Exbeziehung.

»Aber das hat er doch nur getan, weil er dich liebt, er wollte nicht, dass du davon erfährst und verletzt bist. Und jetzt willst du ihn dafür bestrafen, dass er dich schützen wollte?«

Hanny öffnete den Mund, um etwas zu sagen, aber er sprach sofort weiter.

»Du sagst, er hat was falsch gemacht. Gut. Aber ist das, was du jetzt tust, etwa richtig?«

Wieder wollte sie antworten, aber er war jetzt so richtig in Fahrt. Er stand auf und lehnte sich über den Tisch hinweg zu ihr, als stünde er an einem Rednerpult und könne seinen Worten so mehr Gewicht verleihen.

»Er wollte dich schonen. Er wollte dir nicht wehtun. Das ist sein ganz natürlicher Beschützerinstinkt. Und dafür soll er jetzt hängen?«

»Mann, Mann, Mann, was soll diese Dramatik?«

Oliver erschrak sich fast zu Tode, als er die fremde Stimme hörte.

Keiner von ihnen hatte Edith bemerkt, die lautlos durch die nur angelehnte Küchentür getreten war. Seit ein paar Minuten stand sie schon da und feixte zu seinen hehren Worten herum und machte sich wortlos über alles lustig, was er sagte.

Als er sich jetzt erschrocken umdrehte, lächelte sie ihn breit und freundlich an.

»Beschützerinstinkt.« Sie ließ sich das Wort förmlich auf der Zunge zergehen. »Wenn ich das schon höre. Beschützerinstinkt geht Hand in Hand mit Besitzdenken, meine Lieben. Die meisten Männer, die was von ›Beschützerinstinkt‹ faseln, wollen Eigentumsrechte an einer Frau geltend machen. Und in null Komma nichts entwickeln sie sich zu krankhaft eifersüchtigen Tyrannen, die ihre Frauen am liebsten einsperren und jeden ihrer Atemzüge kontrollieren würden. Leider hilft da vonseiten der Frauen häufig nur ein gezielter Tritt in die hängenden Teile.«

Sie zwinkerte Hanny zu und bedachte Oliver mit einem spitzen Blick.

Hanny konnte nicht mehr. Sie war an jenem Morgen fest entschlossen aufgewacht, einen Neuanfang zu machen und die Dinge positiv zu sehen. Stattdessen saß sie nun in einer Achterbahn der Gefühle.

Plötzlich musste sie lachen.

Oliver sah von ihr zu Edith und setzte wieder die übliche leicht blasierte Miene auf, die Hanny so gut von ihm kannte. Offenbar war sie in seinen Augen jetzt genauso plemplem wie ihre völlig durchgeknallte Freundin.

Er hätte nicht herkommen sollen. Bastian konnte wirklich froh sein, sie los zu sein.

»Also, ich habe gesagt, was ich zu sagen hatte.« Unsanft schob er den Stuhl beiseite.

»Und hast dabei sicher auch deinen gesamten vorhandenen Wortschatz für heute erschöpft«, spottete Edith.

Kaum war er weg, tat Edith, als sei er nie da gewesen, und dafür war Hanny ihr dankbar.

»Ich habe Abendessen dabei«, verkündete Edith – und fügte dann schnell hinzu: »Keine Sorge, ich hab nicht selbst gekocht. Vom Chinesen.«

Sie stellte eine große Papiertüte auf den Tisch.

»Brauchst jetzt gar nicht so erleichtert zu gucken, du.«

»Ich gucke nicht erleichtert, sondern dankbar, Edith.« Hanny grinste, und Edith war so froh darüber, dass ihre Freundin ihren Humor wiedergefunden hatte, dass sie vergaß, weiter beleidigt zu spielen.

»Sehr lieb von dir, wirklich.«

»Ja, sehr lieb von mir, es mit hereinzubringen, finde ich auch. Stand so einsam und verloren vor der Haustür herum.«

»Vor meiner Haustür?«

Edith nickte, als sei es das Normalste der Welt, vor den Haustüren ihrer Freunde Essen zu finden.

Dann fiel bei Hanny der Groschen.

»In einem Geschenkkarton?«

»Ja, den habe ich direkt entsorgt, aber wieso …« Da ging auch Edith ein Licht auf. »Ach, klar! Natürlich! Die tägliche Dosis Entschuldigung. Wobei ich diese hier ja ein bisschen schräg finde. Ich meine, gut, rote Rosen, Sekt, Parfum, Pralinen, schicke Unterwäsche … Aber seit wann schenkt man einer Frau denn bitte eine Aluminiumschale mit Huhn Chow Mein und Krabbenchips? Das passt doch überhaupt nicht. Mit Romantik hat das ja wohl mal gar nichts zu tun.«

Das hatte es in der Tat sicher für die wenigsten Menschen, aber heute war der Dreizehnte, und Bastian besorgte ihr am Dreizehnten jeden Monats chinesisches Essen. Das war eine Art Tradition. Um sie an jenen Dreizehnten zu erinnern, an jenen Freitag, den dreizehnten, um genau zu sein, an dem sie noch gar nicht lange ein Paar gewesen waren …

Er hatte sie mit zu seinen Eltern genommen, um sie ihnen vorzustellen. Abendessen mit den Schwiegereltern in spe, das war an sich ja schon beängstigend genug. Aber hinzu kam, dass Bastians Eltern so eine Art Lokalmatadoren waren, hoch angesehene Leute im Ort.

Jeder kannte die Summers entweder persönlich oder vom Hörensagen. Für die meisten Menschen in der Gegend war Dr. Summers ein Held, denn er hatte so vielen Menschen geholfen, und dafür liebten und verehrten sie ihn. Es war ein Wunder, dass man ihm zu Ehren nicht längst mitten im Ort ein Denkmal errichtet hatte. Seiner Frau brachte man mehr Respekt als Liebe entgegen. Rosemary saß dem örtlichen Frauenverein vor und regierte ihn mit harter Hand. Jeder wusste, dass in ihren Augen keine Frau unter der Sonne gut genug für ihren Sohn war.

Das Abendessen war eine ziemlich steife Angelegenheit.

Die an eher chaotische Mahlzeiten mit Tante Midge am Küchentisch gewöhnte Hanny saß kerzengerade auf der vorderen Stuhlkante in einem William-Morris-Esszimmer an einem Tisch aus Walnussholz, an dem bereits die letzten fünf Summers-Generationen gespeist hatten.

Auf diesem Tisch war alles nur vom Feinsten: Schnittblumen, Leinenservietten in silbernen Serviettenringen, zu jedem Gang der passende Wein aus geschliffenen Kristallgläsern.

Dr. Summers hatte Hanny sehr freundlich aufgenommen, seine Frau dagegen beobachtete sie wie ein Falke, der von seinem Hochsitz in einem Baum eine Feldmaus fixierte und nur darauf wartete, sich auf sie zu stürzen.

Hanny wagte kaum, sich zu rühren, bis das Essen aufgetragen wurde. Zum Glück hatte ihr mehr als gesunder Appetit sie bisher noch durch jede emotionale Krise gerettet – so auch an diesem Abend. Das als Vorspeise servierte Lachsmousse zerfloss binnen weniger Sekunden köstlich auf ihrer Zunge.

Und dann kam der Coq au Vin, Rosemarys Spezialität. Die Dame des Hauses höchstpersönlich trug die duftenden Schüsseln ähnlich feierlich herein wie der Fackelläufer das olympische Feuer. Hanny schloss die Augen und sog den wunderbaren Duft ein, eine herrliche Mischung aus Rosmarin, Thymian, Tomate, Pfeffer und kräftigem Rotwein. Ihr lief das Wasser im Mund zusammen.

Rosemary honorierte Hannys offensichtliche Wertschätzung damit, dass sie ein klein wenig auftaute und ihr den sofortigen Griff nach dem Salzstreuer ausnahmsweise nachsah. Normalerweise quittierte sie das Nachwürzen der von ihr zubereiteten Speisen mit einem Stirnrunzeln, aber dieses Mal sah sie darüber hinweg und unterhielt sich mit ihrem Sohn.

Doch kaum hatte Hanny den silbernen Streuer umgedreht, um ihm eine Prise Salz zu entlocken, fiel auch schon der Deckel des Familienerbstücks ab, sein gesamter Inhalt landete in Rosemary Summers berühmtem Coq au Vin und machte ihn ebenso ungenießbar wie eine Schüssel Meerwasser.

Hanny geriet in Panik. Um nicht unhöflich zu sein, machte sie sich daran, dennoch etwas von ihrem Teller zu essen, gab aber schon bald wieder auf. In ihrer Verzweiflung leerte sie schließlich Gabel für Gabel in ihre am Stuhl hängende Handtasche.

Wenn es etwas gab, das Rosemary Summers ganz besonders mochte, dann Frauen, die nicht im Essen herumstocherten. Entzückt stellte sie fest, dass Hannys Teller leer war, und schenkte der Neuen das erste Lächeln des Abends. Sie bot ihr ein weiteres Glas Wein an und stellte ihr auf einmal Fragen, statt weiter einfach nur dazusitzen und darauf zu warten, dass sie irgendetwas falsch machte.

Als das Dessert, eine großartige Schokoladenrolle, kam, sammelte die immer noch hungrige Hanny weitere Pluspunkte, indem sie sich zweimal nahm. Zu diesem Zeitpunkt kam Rosemary zu dem Schluss, dass ihr Sohn womöglich zum ersten Mal in seinem Leben ein Mädchen mit nach Hause gebracht hatte, das sie mögen könnte.

Alles wäre also super gelaufen, wenn nicht Norbert, der Hund des Hauses, sehr genau beobachtet hätte, wohin Hannys Coq au Vin verschwunden war. Entsetzt musste

Rosemary während der abschließenden Kaffeerunde zusehen, wie der Labrador geifernd die Schnauze in Hannys Handtasche versenkte, und sie dann sichtlich zufrieden und mit Coq beschmiert wieder herauszog. Und wie er schließlich, weil er das viele Salz nicht vertrug, alles auf den cremefarbenen Teppich erbrach.

Unter zahllosen Ausdrücken des Bedauerns verließen Bastian und Hanny das Haus genauso schnell, wie der versalzene Coq au Vin Norberts Magen verlassen hatte.

Im Auto umklammerte Hanny ihre nunmehr leere, aber übel riechende Handtasche und stierte bange durch die Windschutzscheibe in die Nacht.

Bastian hatte sich einfach nur zu ihr umgedreht und sie angesehen.

Schweigend.

Bis Hanny seinen Blick endlich erwiderte.

Und dann hatte er laut losgelacht.

Er konnte sich überhaupt nicht mehr beruhigen und nahm sie, immer noch lachend, in den Arm.

»Bist du nicht sauer?«

»Sauer? Auf dich? Weil du es meiner Mutter recht machen wolltest? So sehr, dass du dafür deine Handtasche mit versalzenem Coq au Vin ruinierst? Hanny, du bist großartig. Du bist die einzige ...« Und genau so abrupt, wie er angefangen hatte zu lachen, hörte er jetzt auch wieder damit auf. Er fixierte sie mit seinen wunderbaren, unendlich sanften Augen und sprach sehr ernst weiter: »Du bist die Einzige.«

Und da sagte er es ihr zum zweiten Mal.

Und sie erwiderte es zum ersten Mal.

Und die Erwiderung fühlte sich so richtig an. So wunderbar.

Und dann hatten sie sich geküsst, die müffelnde Handtasche zwischen ihnen, und mitten in diesen ausgiebigen, leidenschaftlichen, innigen Kuss hinein hatte Hannys Magen laut und vernehmlich geknurrt.

Auf dem Nachhauseweg hatte er beim Chinesen gehalten und dort etwas zu essen geholt. Sie machten ein chinesisches Picknick im Bett, und es war eine der besten Mahlzeiten gewesen, die sie je zusammen eingenommen hatten.

Und von jenem Tag an hatte Bastian an jedem Dreizehnten eines Monats etwas vom Chinesen besorgt.

Edith hatte das Essen also nicht spendiert – erklärte sich aber gerne bereit, gemeinsam mit Hanny davon zu kosten.

»Okay, also darf ich Oliver auf meine Liste mit Leuten setzen, die ich bei Gelegenheit mal umbringen sollte?«, fragte Edith, während sie das Huhn Chow Mein teilten.

»Ich dachte, das hättest du schon längst getan?« Hanny grinste.

Edith führte tatsächlich so eine Liste, sie lag zu Hause auf ihrem Flügel. Es standen vor allem die Namen diverser Musiker, Journalisten, Dirigenten und örtlicher Dienstleister darauf, und Hanny war sicher, dass auch Olivers Name bereits dazugehörte. Edith mochte ihn nämlich noch weniger als Hanny.

»Kann sein.« Edith nickte und spießte ein weiteres Stück Huhn auf. »Aber ich könnte ihn ganz nach oben setzen.«

Nachdem sie aufgegessen hatten, erklärte Edith, sie wolle nach Hause gehen, und Hanny war nicht unglücklich darüber. Die Auseinandersetzung mit Oliver und das Nachdenken über Coq au Vin und perfekte Küsse hatten sie müde gemacht.

Morgen war auch noch ein Tag.

Ein perfekter Tag für einen perfekten Neuanfang.

Sie hatte geträumt. Es war ein sehr intensiver Traum gewesen, was nichts Ungewöhnliches war, denn Hanny träumte häufig sehr intensiv und konnte sich dann tage-, wochen-, monate-, ja manchmal sogar jahrelang an ihre Träume erinnern.

Oft verwertete sie sie in ihren Zeichnungen. Sie hatte diese Gabe, das Geträumte in Bilder umzusetzen, zumal ihre Träume häufig so realistisch waren. Manchmal sogar realistischer als das echte Leben.

Dieser Traum war so realistisch gewesen, dass sie völlig verwirrt aufwachte und nicht recht wusste, ob der Traum das echte Leben gewesen und das echte Leben nur ein Traum war – doch dann hatte Nancy gegähnt und gequietscht und war quer übers Bett an sie herangetapst und hatte sich schließlich nicht nur seitlich an Hanny gekuschelt, sondern es sich gleich mitten auf ihrem Bauch bequem gemacht. Der schnelle Schlag ihres kleinen Herzens beruhigte Hanny.

Hanny schloss die Augen. Nicht, um wieder einzuschlafen, sondern um den Traum noch einmal zu durchleben.

Diesen verdammt realistischen, völlig verrückten Traum.

Sie war mit Bastian zusammen.

Sie standen Seite an Seite, Hand in Hand. Es war Abend, ein dunkler Abend, so dunkel, dass sie nichts sehen konnte, bis Feuerwerkskörper die schwarze Nacht erhellten.

Und erst da bemerkte sie, dass nicht Bastian ihre Hand hielt, sondern Oliver. Er wandte sich ihr zu und lächelte, als sei es das Normalste der Welt, dass sie beide einem Feuerwerk zusahen und dabei Händchen hielten. Dann näherte sich sein attraktives, aber nicht sehr sympathisches Gesicht ihrem, und er küsste sie ausgiebig und leidenschaftlich auf den Mund. Und während sie ihren Körper gegen seinen drängte und ihm mit den Händen durch die Haare fuhr, erwiderte sie seinen Kuss mit offenkundiger Begeisterung.

Noch bevor sie sich wieder voneinander lösten, öffnete Hanny die Augen und sah Bastian, der sie aus wenigen Metern Entfernung beobachtete. Aus seiner Miene sprachen Schmerz und Verwirrung, und Hanny entfernte sich wenige Zentimeter von Oliver, lächelte knapp und sagte:

»Aber das war doch nur ein Kuss, Bastian. Ein kleiner, popeliger Kuss.«

»Man muss nicht gerade Freud sein, um diesen Traum deuten zu können«, schnaubte Jai später am Telefon.

Hanny verzog das Gesicht. »Ich fasse es nicht, dass ich Oliver geküsst habe ...« Sie verzog das Gesicht noch mehr und streckte angewidert die Zunge heraus, als Jai mit unschuldigem Unterton und böser Absicht fragte: »Mit Zunge?«

»Mit Zunge, mit Zähnen und mit jeder Menge Spucke.« Trotz der Absurdität dieser Vorstellung und trotz der latenten Übelkeit, die der Traum ihr verursacht hatte, lachte sie.

Jai zeigte wenig Mitgefühl – er war in Piesacklaune.

»Heißt das, dass du in deinem Unterbewusstsein nichts lieber tätest, als heftigst mit Oliver herumzuknutschen? Dass diese ganze ›Ich-kann-den-Typen-nicht-ausstehen‹-Nummer nur davon ablenken soll, dass du scharf auf den Kerl bist? Und zwar rattenscharf?«

»Jai!«

Er lachte, wild entschlossen, auch Hanny zum Lachen zu bringen.

»Das ist die Lösung, Hanny, du weißt doch: Liebe und Hass liegen oft nah beieinander ...«

»Ich *hasse* Oliver nicht. Ich mag das Wort nicht, Jai. Es ist so ... so negativ ...«

»Alles klar, *om shanti*, dann sagen wir, dass die leidenschaftliche Ablehnung, die du für Oliver empfindest, in Wirklichkeit nur ein Deckmantel ist für eine positive, aber nicht erwiderte Leidenschaft. Schlicht und ergreifend. Und wer weiß, vielleicht ...«

»Jai. Ich kotze gleich mein Frühstück wieder aus ...«, fiel Hanny ihm ins Wort, aber er plapperte weiter.

»... vielleicht«, wiederholte er laut, »solltest du ihn wirklich küssen, gewissermaßen aus Rache, vielleicht würdest du dich dann besser fühlen. Weißt du was? Ich finde, das ist eine absolut brillante Idee von mir, ich bin einfach genial! Auge um Auge, Kuss um Kuss. Dann wärt ihr quitt und könntet von vorn anfangen ...« Er holte tief Luft, und bevor Hanny auflegen konnte, was sie sicher tun würde, wenn er so weiterredete, fügte er beim Ausatmen ganz schnell hinzu: »Und damit wäre das Thema für heute erledigt. Nächstes Thema: Was hat er dir heute vor die Tür gestellt?«

»Bier. Deutsches Bier, um genauer zu sein. Augustiner, um ganz genau zu sein.«

Jai stöhnte.

»München«, sagte er.

»München«, wiederholte sie.

Das reichte schon.

Genau das war Hanny sofort durch den Kopf geschossen, nachdem sie das vierzehnte akkurat verpackte Geschenk bei ihrer dritten Tasse Kaffee ausgepackt hatte.

Als sie etwa zwei Monate offiziell ein Paar waren, hatten sie mit einer ganzen Gruppe eine Reise nach München unternommen.

Auf dieser Reise hatte Hanny Oliver erst kennengelernt, denn als sie und Bastian zusammenkamen, arbeitete Oliver gerade einige Monate im Ausland. Bastian hatte die Reise vorgeschlagen, damit sie ihre jeweiligen Freunde kennenlernen konnten. Er hatte jede Menge davon, Hanny hatte Jai und Edith.

»Stell dir vor, wenn ihr beiden mal heiratet«, hatte Jai geflüstert, als sie den Kleinbus bestiegen, »dann wird es auf seiner Seite der Kirche nur dicht gedrängte Stehplätze geben und auf deiner Seite gähnende Leere.«

Er hatte sie damit nicht verletzen wollen,und Hanny war auch nicht verletzt. Sie und Jai waren aus dem gleichen Holz geschnitzt: keine Verwandten, wenige Freunde. Beide vermissten sie ihre Mütter, aber darüber hinaus vermissten sie eigentlich gar nichts. Sie waren zu dem Schluss gekommen, dass in Sachen Freundschaft Qualität wichtiger war als Quantität.

Oliver war von Anfang an laut und unmöglich gewesen. Er verpestete den Bus mit Bier, Rülpsern und dämlichen Saufliedern. Edith war kurz davor, ihn mit ihren Blicken zu töten, aber stattdessen stieg sie in Calais aus, angeblich um zu pinkeln, und ward nicht mehr gesehen. Zwei Wochen später kam sie dann braun gebrannt und mit einem riesigen Strohesel unter ihrem frisch mit einer nackten Frau tätowierten Arm nach Hause.

Am Ziel angekommen hatte die Gruppe sich geteilt. Die einen fanden den großspurigen Oliver und seinen Vorschlag, sich den ganzen Tag durch die besten Münchner Biergärten zu trinken, großartig. Das waren vor allem die toughen Kerle und seine Kumpels vom Rugbyteam. Die anderen wollten sich die Stadt ansehen, bevor sie zu tief ins Bierglas sahen. Diese zweite Gruppe war deutlich kleiner, bestand aber aus lauter netten Leuten, die Bastian ganz ähnlich waren, wie Hanny fand.

Intelligent, witzig, interessant.

Sie hatten einen ganz wunderbaren Tag zusammen.

Sie sahen sich Sehenswürdigkeiten an, machten einen Einkaufsbummel und ein spontanes kleines Picknick im Englischen Garten.

Zum Abendessen trafen sie sich wieder mit den anderen. Der Arkadengarten der Großgaststätte Augustiner, ein bezaubernder alter Innenhof mit Steinbögen und Fresken, platzte bereits aus allen Nähten vor Gästen. Aber es war nicht schwer, Oliver und seine Kumpanen zu finden, da sie nämlich mit Abstand die lautesten Gäste von allen waren. Sternhagelvoll grölten sie inzwischen unter der Gürtellinie angekommene Rugbylieder, und mindestens zwei von ihnen waren schon jenseits von Gut und Böse: Der eine hing in einer Ecke reglos gegen ein edles Gemälde von einem wilden Bären gelehnt, der andere hatte das Gesicht in einem Teller Currywurst begraben.

Zuerst war alles gut. Sie wurden laut und freundlich begrüßt, alles rückte zusammen, um an dem bereits voll besetzten Tisch irgendwie noch Platz für sie zu machen, die Bedienung brachte mehr Essen. Das und die Anwesenheit der deutlich weniger alkoholisierten »Kulturgruppe« zähmte die »Sauftruppe« ein wenig. Die unterschiedlichen Temperamente schienen sich auf einen gemeinsamen geselligen Nenner einzupendeln.

Die Schwierigkeiten fingen an, als Oliver ein Trinkspiel vorschlug, dessen Ziel es war, die schweren Bierkrüge nur mit dem kleinen Finger der rechten Hand anzuheben. Das war ziemlich schwierig und gelang nur Oliver, der daraufhin extrem zufrieden mit sich selbst war. Stolz ernannte er sich selbst zum »Kleinfingermaßheberkönig« – und wurde prompt von einem Neuling entthront.

Jai war kein Biertrinker, doch der zierliche Asiate nahm sich der Bierkrüge mit einer Leidenschaft an, die die gesamte Gruppe erstaunte. Er konnte nicht nur mit seinem rechten kleinen Finger eine Maß heben, sondern auch mit seinem linken – und zwar gleichzeitig. Alle fingen begeistert an zu klatschen – außer einem.

»Es lebe der neue Kleinfingermaßkönig!«, hatte Hanny applaudiert.

Oliver hatte von Hanny zu Jai und von Jai zu Hanny gesehen, ein gefährliches Blitzen im Blick und ein nur scheinbar freundliches Lächeln im arroganten Gesicht.

»Wie kann eine Tunte König sein?«

»Hey!«, hatte Hanny ihn verärgert angefahren.

»Ganz ruhig, Kumpel ...«, hatte Bastian ihn gewarnt, doch Oliver lachte nur und hob abwehrend die Hände.

»Tut mir leid, ich will dir nicht zu nah treten, aber du schämst dich doch auch nicht dafür, oder? Bist halt ein Tuntenkönig. Oder besser Tuntenkönigin? Es lebe die Tuntenkönigin!« Er hob das Glas in die Runde, wandte sich dann noch mal an Jai und schob ihm ebenfalls einen gefüllten Krug hin. »Na, was meinst du, Kleiner? Dass du die Maß heben kannst, wissen wir jetzt – aber kannst du sie auch leeren?«

Die noch einigermaßen zurechnungsfähigen Anwesenden ermutigten Jai, sich nicht auf diese schmutzige kleine Herausforderung einzulassen.

Doch Jai hatte genug.

In seinen schwarzen Augen brannte etwas, das Hanny noch nie dort gesehen hatte: Empörung.

Nicht einmal sie konnte ihn davon abhalten.

Sein Lächeln wich einer ernsten, entschlossenen Miene, und dann leerte er gemeinsam mit Oliver einen Krug nach dem anderen.

Einen. Zwei. Drei. Noch war alles gut. Sein Blick wurde glasig, er begann zu schielen. Vier. Er schwankte gefährlich.

Oliver wollte gerade die fünfte Runde bestellen, doch Hanny kam ihm zuvor und bat stattdessen um Wasser. Jai verkündete, er brauche eine Pinkelpause, und taumelte durch die Menschenmenge davon. Besorgt wollte Hanny ihm folgen, doch bis sie sich endlich vom Tisch freigekämpft hatte, war er schon weg.

Zwanzig Minuten später war er immer noch nicht zurück, und sie schwärmten aus, ihn zu suchen. Sie fanden ihn mit der Nase im üppigen Dekolleté eines genauso betrunkenen deutschen Fräuleins, dem es offenbar überhaupt nichts ausmachte, dass ihr knapp bemessenes Dirndl jetzt mit einem kleinen Koreaner verziert war.

Bevor sie ihn ins Hotel zurücktrugen, kehrte Hanny noch einmal an ihren Tisch zurück, nahm sich zwei gefüllte Bierkrüge und entleerte sie über dem völlig verdutzten Oliver.

Jai ging es erschreckend schlecht.

Bastian beförderte ihn ohne große Worte in ihr Doppelbett und kümmerte sich die ganze Nacht um ihn. Da erlebte Hanny ihn zum ersten Mal in seiner Rolle als Dr. Summers.

Sie wusste ja bereits, dass sie ihn liebte. Aber in dieser Nacht, als er sich so unendlich fürsorglich und geduldig zeigte, wurde ihr klar, wie sehr sie ihn liebte.

Sie spürte diese Liebe auch jetzt wieder, als sie aus den Münchner Erinnerungen zurückkehrte in die Gegenwart.

»Ich habe ihn wirklich geliebt, Jai«, sagte sie leise.

»Ich weiß, Süße. Ich weiß.« Es brach ihm fast das Herz.

Sie machte sich wieder an die Arbeit. Aber heute verhalfen ihr die Bilder von Schwein Bastian nicht zu besserer Stimmung. Sie wusste, dass sie jede Menge Gefühle verdrängt hatte. Es war ihr auch nichts anderes übrig geblieben, sonst hätte sie das alles nicht durchgestanden.

Doch heute konnte sie an nichts anderes denken.

Der Überschwang des vergangenen Tages war vergessen, heute hisste sie die weiße Flagge und trauerte ihm und den alten Zeiten nach.

Sie musste daran denken, wie sehr sie ihn geliebt hatte.

Wie sehr er ihr fehlte.

Wie ruhig es ohne ihn im Haus war.

Nicht, dass er jemals viel Lärm gemacht hätte. Was sie

vermisste, waren die kleinen, alltäglichen Geräusche: die eines anderen Menschen in der Küche, Musik im Wohnzimmer, der Rasenmäher. Oder sein helles Lachen, wenn er etwas Lustiges im Fernsehen sah. Seine Stimme, wenn er mit jemandem telefonierte. Seine Anekdoten von seinen verrückten Patienten.

Nancy spürte die traurige Stimmung ihres Frauchens und ließ sich nicht von dessen Schoß verscheuchen, solange Hanny arbeitete. Sie leckte Hanny immer wieder am Kinn, bis die Stelle anfing zu jucken. Das Tier sah Hanny so besorgt an, dass diese sich irgendwann über sich selbst und ihren Durchhänger ärgerte und mit neuer Entschlossenheit den Pinsel weglegte.

»Das hat doch keinen Zweck, Nancy. Ein Neuanfang hat nichts mit einer Reise nach Melancholien zu tun!«

Nancy hatte keine Ahnung, wovon Hanny redete, wedelte aber mit dem Schwanz, als stimme sie ihr vollumfänglich zu.

»Also, was machen wir jetzt? Ich muss mich endlich zusammenreißen und weiterkommen ...«

In dem Moment erinnerte sie sich an etwas, das Jai gesagt hatte.

»Vielleicht solltest du ihn wirklich küssen, gewissermaßen aus Rache, vielleicht würdest du dich dann besser fühlen ...«

Natürlich war das nur ein Scherz gewesen, aber ...

Hanny schüttelte den Kopf.

»So ein Quatsch!«, sagte sie laut.

Nancy wedelte wieder mit dem Schwanz.

Hanny nahm den Pinsel zur Hand, um weiterzuarbeiten. Dann legte sie ihn wieder hin.

»Vielleicht würdest du dich dann besser fühlen ...«

Die Worte in ihrem Kopf gaben keine Ruhe.

»So ein Quatsch!«, rief Hanny dieses Mal.

Doch die Worte blieben.

Plötzlich klangen sie gar nicht mehr wie ein Scherz, sondern vielmehr wie eine Lösung. Wie die Rettung.

Wenn sie jetzt genau das Gleiche tat …

Nur einen kleinen Kuss …

Vielleicht würde sie sich dann wirklich besser fühlen, oder vielleicht könnte sie es dann besser verstehen.

Hanny war nicht *sie*. Sie war kein Supermodel aus der Stadt, aber sie war doch sicher auch nicht ganz unattraktiv, schließlich hatte sie im Laufe der Jahre auch so einige Verehrer gehabt. Natürlich nicht so viele, wie Bastian Verehrerinnen gehabt hatte, längst nicht so viele, aber irgendwo da draußen gab es doch sicher jemanden, der sie nicht so abstoßend fand, dass er nicht die Lippen spitzen und sie küssen könnte.

Ein Kuss. Nur ein kleiner Kuss, und schon war aus einer Mücke ein Elefant geworden.

Und wenn sie jetzt das Gleiche machte?

Vielleicht würde sie sich dann besser fühlen, weil sie irgendwie ebenbürtig wären. Doch sie wusste, dass das nicht funktionieren würde. Es würde ihr nur noch schlechter gehen. Es wäre der Anfang vom Ende.

Auf einmal war Hanny wieder zurück in der Realität.

Dieser letzte Gedanke hatte sie aufgerüttelt.

Dieser eine Satz.

Sie waren doch längst über den Punkt hinaus, an dem das Ende anfangen könnte!

Das Ende hatten sie doch schon hinter sich!

Obwohl sie genau wusste, dass es falsch war, marschierte Hanny zum Kühlschrank und entfernte einen

Zettel von seiner Tür. Dann ging sie zum Telefon und wählte die Nummer auf dem Zettel.

»Hallo, Ed, ich bin's, Hanny. Ich würde gerne dein Angebot annehmen und einfach nur mal reden ...«

Sie duschte und machte sich ein wenig zurecht. Zwar zog sie sich nichts Besonderes an, aber doch etwas Netteres als die ewigen Jogginghosen der letzten Wochen.

Sie kochte. Etwas ganz Schlichtes. Selbst gemachte Pizza, dazu Salat. Dann deckte sie den Tisch für zwei. Sie stellte etwas Wein kalt und holte das bereits ausreichend gekühlte Augustiner-Bier aus dem Kühlschrank.

Als sie anfing, sich zu fragen, was das alles sollte, redete sie sich ein, es sei dasselbe, wie wenn sie Edith oder Jai zum Abendessen und Klönen bei sich hatte.

Als er dann erst mal da war, ging es ihr etwas besser. Sie gingen sofort wieder so unbeschwert freundschaftlich miteinander um wie neulich in der Zelle. Eddie war richtig nett und so begeistert von dem Essen, dass er die Pizza in null Komma nichts verputzte und Hanny aus dem restlichen Teig gleich noch eine zubereitete, die dann buk, während sie ein zweites Bier tranken.

Nachdem sie etwa eine Stunde lang um den heißen Brei geredet hatten, schnitten sie nicht die dritte Pizza, sondern das heikle Tabuthema an, das sie auf so unglückliche Weise verband.

Da Eddie Hannys Geschichte ja bereits kannte, erzählte er ihr nun seine. Es war eine traurige Geschichte von nicht erwiderter Liebe. Von einer Frau, die mit den Gefühlen eines Mannes spielte. Einfach so, weil sie es konnte. Weil sie es genoss, sich erobern zu lassen und doch ständig die

Oberhand zu behalten. Macht zu haben. Weil sie Tricksereien in der Liebe viel interessanter fand als die wahren Gefühle.

Das war doch keine Frau, für die Bastian echte Gefühle entwickeln könnte?

»Ich weiß nicht, wie sie das macht, aber sie schafft es ratzfatz, einem nicht nur den Kopf, sondern auch das Herz zu verdrehen«, sagte er traurig.

Hanny dachte schon, er würde gleich weinen, doch dann fing er an zu lachen. Was für ein freundliches, liebes Gesicht er hatte. Irgendwie erinnerte er sie an Nancy, die zu seinen Füßen hoffte, der eine oder andere Fetzen Parmaschinken könnte für sie abfallen: seine großen, dunklen Augen, die schelmisch aufblitzten, gleichzeitig aber etwas traurig wirkten und auf etwas zu hoffen schienen.

In diesem Moment ertappte sie sich bei dem Gedanken, wie es wohl wäre, ihn zu küssen.

Er fühlte sich in ihrer Gegenwart wohl, freute sich über ihr hübsches Gesicht und darüber, dass sie so viel Verständnis zeigte – und fragte sich seinerseits, wie es wohl wäre, sie zu küssen.

Schon neigten sie sich einander zu, schon näherten sich ihre Lippen einander – doch kurz bevor es kein Zurück mehr gab, begriff sie, dass sie dabei war, eine Dummheit zu begehen.

Jetzt einen Rückzieher zu machen wäre aber noch viel schlimmer, oder?

Beide zögerten.

Und dann kam ihre Rettung.

Jemand klopfte heftig an die Küchentür, die ausnahmsweise verriegelt war. Sie fuhren auseinander und sahen die Erleichterung im Gesicht des jeweils anderen. Indem sie beide laut lachten, schafften sie es sogar, die hochromantische Stimmung nicht komplett abstürzen zu lassen. Erleichtert hielten sie einander an den Schultern fest und lachten und lachten und lachten, bis ihnen die Tränen über die Wangen rollten – so froh waren sie beide, dass sie es nicht weiter hatten kommen lassen.

Es dauerte eine Weile, bis sie das ungeduldige Klopfen wieder wahrnahmen, das jetzt gegen das Fenster erfolgte. Hanny flog zur Tür, schloss auf und ließ neben einem Schwall eiskalter Luft einen schlumpfblauen Jai herein.

Sollte Jai überrascht gewesen sein, Hanny kichernd in den Armen eines recht gut aussehenden Mannes zu finden, so verstand er seine Überraschung zu verbergen. Nach dem Telefonat am Vormittag, das ihn derart beunruhigt hatte, dass er alles stehen und liegen ließ und mit dem letzten Zug nach Cornwall brauste, war er einfach nur froh, seine Freundin lachend in der Küche anzutreffen – und nicht depressiv unter der Bettdecke.

Jai und Eddie verstanden sich auf Anhieb hervorragend, und schon bald lachten sie alle drei gemeinsam. Berauscht von der netten Stimmung des Abends, stieg Ed gegen zwei Uhr nachts in ein Taxi. Vom deutschen Bier war nichts mehr übrig – das meiste hatte Jai getrunken, der behauptete, das Produkt deutschen Reinheitsgebotes sei sein einziger Grund gewesen, spontan vorbeizuschauen. Hanny, die kaum etwas getrunken und noch weniger geschlafen hatte, wusste genau, dass das geflunkert war.

Hanny war bereits um sechs Uhr aufgestanden, um zu arbeiten, und war nicht umhingekommen, zu bemerken, wie Bastian das nächste Geschenk hinterlassen hatte.

Gerade in dem Moment, als sie es hereinholen wollte, tauchten Nancy und Jai verschlafen auf.

»Er hat dir wohl nicht zufällig Alka-Seltzer gebracht?«, stöhnte Jai und rieb sich über die Schläfen. »Mannomann, eigentlich hätte ich nach meinem letzten Augustiner-Genuss doch schlauer sein sollen … Vielleicht bin ich ja süchtig?«

»Nach den Kopfschmerzen?«, fragte Hanny lächelnd.

Während Jai die Säure im Magen mit Schokocroissants aufzusaugen versuchte, packte sie das heutige Geschenk aus.

Wieder Gummi, dieses Mal in Orange.

»Ein Latexanzug?« Jai zwinkerte.

»Ein Hüpfball!«, rief Hanny, zog das Ding aus der Verpackung und betrachtete das noch schlaffe Grinsegesicht. Sie musste es nur aufpumpen, und dann konnte sie wie ein Kind auf dem großen Ball sitzen, sich an den Ohrengriffen festhalten und mit dem Ding herumhüpfen wie ein fettes, durchgedrehtes Känguru.

»Ah ...« Jai lächelte sie mitfühlend an, nahm ihre Hand und drückte sie so fest, dass Hanny zusammenzuckte.

Es war bei einer der Wohltätigkeitsveranstaltungen seiner Mutter gewesen, einer Gartenparty auf den weitläufigen, sattgrünen Rasenflächen seines Elternhauses zugunsten eines Hospizes für krebskranke Kinder.

Krebs. Das K-Wort.

Und auf einmal lernten die Summers eine ganz andere Seite der jungen Frau kennen, die offenbar längerfristig an der Seite ihres Sohnes bleiben würde.

Normalerweise war Hanny in der Gegenwart ihrer Quasischwiegereltern immer etwas zurückhaltend, aber jetzt blühte sie regelrecht auf. Sie nahm an allem engagiert teil: malte Kindergesichter, verzierte Kuchen, spielte Eierlauf, Dosenwerfen, Sackhüpfen, Tauziehen und Ringewerfen.

Und dann wurde ein Erwachsenen-Wetthüpfen auf den großen Gummibällen ausgerufen. Hanny war schon seit ihrer Kindheit völlig vernarrt in diese großen, orangefarbenen Bälle mit den lustigen Gesichtern und hüpfte der hauptsächlich männlichen Konkurrenz meilenweit voraus. Dem blasierten Oliver schmeckte es gar nicht, von einer Frau geschlagen zu werden, und er holte so weit auf, dass sie seinen neidischen Atem förmlich im Nacken spüren konnte. Hanny holte am Ende noch einmal so richtig schön Schwung, konnte dann hinter der Ziellinie nicht bremsen und landete prompt im familieneigenen Koi-Teich. Dort saß sie dann inmitten glitschiger Wasserpflanzen, prustete haltlos und lachte wie bekloppt.

Rosemary verschwendete nicht einen Gedanken an ihre geliebten, kostbaren Fische, sondern betrachtete diese fröhliche, selbstlose junge Frau fasziniert, die für die Kinder vollen Einsatz zeigte. Dann lächelte sie und dachte daran, wie sehr sie sich Enkelkinder wünschte.

Bastian eilte Hanny zu Hilfe, sah sie an, sah seine Mutter an und dachte zum ersten Mal in seinem Leben an Nachwuchs.

»Ich weiß, es ist hoffnungslos.« Sie grinste, als er sie bei den Händen packte und aus dem Wasser zog. Doch zu ihrer Überraschung zog er sie, nass wie sie war, an sich und nahm sie so fest in den Arm, dass ihr fast die Luft wegblieb.

»Unsere Kinder werden es gut haben«, sagte er und brachte damit sowohl Hannys als auch Rosemarys Herz zum Schmelzen.

Jai kannte die Geschichte und beobachtete Hannys Miene jetzt sehr genau.

Doch sie lächelte nur ein bisschen seltsam, zuckte die Achseln, als schüttele sie etwas ab, stand auf und verschwand dann unvermittelt.

Kurze Zeit später kehrte sie triumphierend lächelnd mit einer Luftpumpe zurück und reichte sie Jai mitsamt dem Ball.

»Na, wie sieht's aus, mein warmer Bruder? Willst du zuerst?«

Erst wechselten sie sich mit dem Aufpumpen ab, dann damit, auf dem Ball kreuz und quer durch den verschneiten Garten zu hüpfen. Nancy tollte mit, verfolgte sie, drehte sich im Kreis, pinkelte vor Aufregung. Bis die Aufregung überhandnahm und sie ihre messerscharfen Welpenzähnchen in das Gesicht ihrer orangefarbenen Gegenspielerin versenkte.

Es ploppte, es zischte, dann saß Hanny auf einem platten Gummiballon im Schnee. Nancy war außer sich vor Freude über ihre erste erlegte »Beute« und tanzte glücklich.

Wie selbstverständlich ließ sich auch Jai neben Hanny in den Schnee plumpsen und machte einen Schneeengel.

Mit klappernden Zähnen wärmten sie sich später vor dem bullernden Herd in der Küche.

Und dann musste Jai auch schon wieder weg, denn sein Besuch war ja vollkommen spontan gewesen. Am Nachmittag hatte er in Somerset einen Termin mit einem öffentlichkeitsscheuen Klienten. Von daher sei es überhaupt kein Aufwand gewesen, nach Cornwall zu kommen, behauptete er, auch wenn Hannys Zuhause nicht gerade auf der Strecke lag.

»Für dich würde ich immer einen Umweg machen, Süße«, sagte er zum Abschied und nahm sie in die Arme.

Jais bedingungslose, freundschaftliche Liebe löste ein Gefühl der Dankbarkeit in Hanny aus, und Dankbarkeit ist ein guter Ausgangspunkt für Heilung.

Doch auch jetzt, da sie glaubte, endlich weiterkommen zu können, hielten unbeantwortete Fragen sie noch auf. Eddie hatte am Vorabend etwas gesagt, das sich in Hannys Unterbewusstsein festgesetzt hatte. Durch Jais Auftauchen und den äußerst amüsanten Abend war es zunächst in Vergessenheit geraten, doch als sie jetzt vor der Haustür stand und Jai nachwinkte, war es plötzlich wieder da.

»*Sie* hatte doch schon immer ein Auge auf Bastian geworfen.«

Da glaubst du, völlig normal durchs Leben zu gehen, und dann kommt dir dieser Gedanke … nur ein einziger Gedanke … und der macht dich völlig fertig, zwingt dich zu einer Vollbremsung und bringt dich zum Nachdenken. Darüber, wer du bist und was du eigentlich machst, während du wie auf Autopilot mit ausgeschaltetem Hirn durchs Leben steuerst.

Hanny sah gerade Nancy dabei zu, wie sie auf ihren kurzen Beinchen durch den Garten tapste und den Schnee hier und da gelb färbte, als es sie erwischte: als ihr ein Gedanke kam.

Ein Gedanke, der sie bisher nicht einmal gestreift hatte, der aber ab sofort alles andere verdrängte.

Vielleicht traf er sich ja jetzt gerade mit *ihr*? Vielleicht hatten Bastian und sie den heimlichen Kuss in etwas Größeres verwandelt, vielleicht hatte ihre hartnäckige Weigerung, ihn zurück in ihr Leben zu lassen, ihn in die Arme einer Frau getrieben, die ihn genauso hartnäckig umgarnte? Vielleicht steckte inzwischen viel mehr dahinter.

Vielleicht waren sie längst zusammen. Ein Paar.

Sie wusste selbst, dass das unlogisch war. Wieso sollte er solch einen Aufwand betreiben, um sie zurückzugewinnen, wenn er längst eine Neue hatte? Aber so ist das nun mal, wenn einem ein solcher Gedanke kommt, er lässt sich nicht wieder abschütteln. Wie wenn man auf der Autobahn fährt und mal muss und die nächste Raststätte fünfzig Kilometer entfernt ist. Wie wenn man abnehmen will und weiß, dass Schokolade im Kühlschrank ist.

Den ganzen restlichen Tag quälte sie sich mit dem Gedanken herum, bis sie sich schließlich am Abend vornahm, einen Plan zu verfassen, um ihn loszuwerden.

Sie wohnte in einem alten, teuer restaurierten Stadthäuschen in einer Sackgasse mit Kopfsteinpflaster. Ziemlich schick und ziemlich teuer das Ganze – die Hinterlassenschaft früherer Beziehungen.

War sie allein in dem hübschen, teuren Haus? Oder war sie mit Bastian dort?

Hanny überlegte, was für ein Auto sie eigentlich fuhr. Sie hatte es doch bestimmt irgendwann mal gesehen. Hannys Auto war ziemlich auffällig, ein signalroter MG Midget, den sie Cyril getauft hatte und den sie über alles liebte, obwohl er launisch, abgehalftert und extrem unzuverlässig war. Sie dachte kurz an die Vespa. Aber nur ganz kurz, denn sie hatte ja versprochen, nicht wieder damit zu fahren, und sie wollte Eddie nicht verärgern. Wo er doch so nett zu ihr gewesen war.

Dann fiel ihr etwas ein. Nicht die ideale Lösung, aber besser als gar keine. Hanny rief Edith an.

Es dauerte eine Weile, bis Edith abnahm. Sie klang unwirsch. Im Hintergrund war in voller Lautstärke eines ihrer traurigen Klavierstücke zu hören. Offenbar arbeitete sie, und wenn Edith arbeitete, konnte sie sehr kratzbürstig sein. Sie hatte dann etwas von einem Windhund, der sich in den Hintern eines leckeren Karnickels verbissen hatte.

»Edith von Trammel!«, bellte sie ins Telefon.

»Hanny Richmond«, entgegnete Hanny. Das war ihre Standardantwort auf Ediths ruppige Art am Telefon. Sie hatte nämlich schon vor längerer Zeit herausgefunden, dass wenn sie einfach nur »Hallo!« sagte, Edith auch gern mal wieder auflegte. Also gab sie sich als Erstes eindeutig zu erkennen – und wenn Edith dann trotzdem auflegte, wusste Hanny, dass es ihr jetzt gerade sehr schlecht passte.

»Was, zum Teufel, willst du, Hanny?«

Hanny seufzte erleichtert.

Edith war ansprechbar.

Und Hanny wusste, welche Knöpfe sie bei Edith drücken musste.

»Eine Komplizin«, antwortete sie.

Zwanzig Minuten später hielt Ediths uralter VW-Bus vor Hannys Cottage. Uralt war gar kein Ausdruck. Er stammte noch aus den wildesten Hippiezeiten der frühen Siebzigerjahre und war ganz im Gegensatz zu seiner widerspenstigen Halterin das reinste Friedens- und Liebesmobil. Der Bus hatte früher Ediths noch lebenslustigem und noch verrückterem Onkel Horace gehört, der mit diesem Gefährt so einige glückliche Sommer an den Stränden Cornwalls verbracht hatte. Onkel Horace war der älteste Surfer der Stadt, mit seinen zweiundsiebzig Jahren sah man ihn immer noch regelmäßig im Wetsuit. Den Bus zierten große blaue Wellen und diverse »Peace«-Zeichen, was natürlich auch nicht gerade unauffällig war. Aber Hanny war sicher, dass *sie* keine Ahnung hatte, wem dieses Vehikel gehörte.

Edith saß am Steuer, eine Hand ruhte auf dem hölzernen Lenkrad, in der anderen hielt sie eine Flasche Single Malt. Der Wagen stand still, aber Edith schaukelte auf ihrem Sitz, als würde er über kurvige Landstraßen juckeln.

»Oh! Mein! Gott!«, rief Hanny, doch Edith lächelte bloß selig. Zumindest glaubte Hanny, dass sie lächelte.

»Erste Flasche?«, fragte Hanny mit einem Stirnrunzeln. Sie war noch kaum abgetrunken, es bestand also noch Hoffnung. Der Bus roch oft wie ein Pub nach der Sperrstunde, das Aroma allein musste also noch nicht heißen, dass Edith sternhagelvoll war.

»Die zweite.« Dieses Mal war ein selbstzufriedenes Grinsen deutlich zu erkennen. Ganz schön gruselig.

Hanny verzog das Gesicht. Zwei Flaschen verhießen gar nichts Gutes. Sie sprang neben Edith auf den Beifahrersitz und legte ihr eine Hand auf den Arm.

»Hast du einen schlechten Tag gehabt?«

Die gemurmelte Antwort war kaum zu verstehen. Jetzt sah Hanny, dass Ediths Gesicht völlig verheult war.

»Heiden«, würgte sie hervor. »Diese gottverdammten Heiden!«

Da wusste Hanny, dass es sich nur um Verrisse handeln konnte. Schlechte Kritiken waren für Edith wie faule Eier: Sie schlugen ihr extrem auf den Magen, da half nur Alkohol.

»Na komm, wir gehen erst mal rein, machen uns was zu essen und eine Tasse Kaffee …«, redete Hanny beruhigend auf sie ein.

Wütend funkelte Edith sie an und schüttelte so vehement den Kopf, dass sie fast zur Seite fiel.

»Die Komplizin meldet sich gehorsamst zur Stelle. Wir haben einen Auftrag zu erfüllen!«

Hanny tippte vielsagend gegen die Whiskyflasche in Ediths Hand.

»Das?« Edith schielte das Corpus Delicti an. »Das ist gar nichts. Hol mir ein bisschen Eis und Sprudelwasser, dann können wir fahren.«

»*Du* kannst ganz bestimmt nirgendwohin fahren.« Hannys Stimme war ganz ruhig.

»Wieso, bis hierher hab ich's doch auch geschafft.«

»Ja, mit deutlich mehr Glück als Verstand.«

»Gut, dann fährst du eben …«, lallte Edith.

Hanny zögerte.

Vielleicht war es ein Zeichen, dass Edith sturzbetrunken hier aufkreuzte. Vielleicht wollten ihr die Götter oder das Universum oder sonst eine Instanz damit sagen, dass ihr Plan hirnrissig war und sie besser Edith in ihre Küche verfrachten, mit schwarzem Kaffee vollpumpen und dann im Gästezimmer ihren Rausch ausschlafen lassen sollte. Und sie selbst sollte sich auch besser ins Bett begeben und neben die schnarchende Nancy legen.

Doch dann sagte Edith jene verhängnisvollen Worte.

»Willst du es denn gar nicht wissen, Hanny?« Trotz einiger Promille im Blut funktionierte Ediths siebter Sinn offenbar noch ganz hervorragend und verriet ihr, was Hanny vorhatte.

Natürlich wollte sie es wissen.

In diesem Augenblick war ihr nichts auf der Welt wichtiger.

»Okay.«

»Okay?«

»Ich fahre.«

»Cool!« Schlagartig waren die schlechten Kritiken vergessen, und Edith freute sich über die Ablenkung.

Sie versuchten, die Plätze zu tauschen, ohne auszusteigen, was zu einer echten Buster-Keaton-Farce geriet. Zweimal landete Edith auf Hannys Schoß und blieb dort mehrere Minuten lang sitzen. Auf diese Art der Tuchfühlung hätte Hanny gerne verzichtet, und bevor sie weiter traumatisiert wurde, stieg sie doch aus, öffnete die Fahrertür und schubste Edith leicht an.

Edith kippte um wie ein Dominostein.

Und schlief auf der Stelle ein.

Nur mit Mühe passte Hanny in die Poleposition, wo sie dann erst mal eine Weile sitzen blieb. Während sie das hölzerne Lenkrad umklammerte, versuchte sie sich selbst davon zu überzeugen, dass sie, wenn sie eine Vespa fahren konnte, auch mit diesem Liebesmobil fertigwurde.

»Ist doch bloß ein mit Steroiden aufgeplustertes Auto«, brummte sie, drehte den Schlüssel und trat aufs Gaspedal, wie sie sich das bei Edith abgeguckt hatte.

Der Motor des launischen Vehikels sprang sofort an, und der Wagen machte einen Satz nach vorn. Edith schlief und schnarchte weiter und fiel noch etwas mehr zur Seite. Wie ein Kaninchen hoppelten sie ein Stück die Straße herunter, dann ging der Motor aus. Edith rutschte von der Sitzbank, rollte sich, die Whiskyflasche fest an sich gedrückt, im Fußraum zusammen und fing sofort an zu schnarchen. Unbeirrt drehte Hanny noch einmal den Schlüssel. Der Motor sprang einwandrei an, und schon waren sie auf dem Weg.

Unterwegs fiel ihr ein, dass Ediths etwas schräger fahrbarer Untersatz *ihr* zwar unbekannt sein mochte, Bastian ihn aber nur zu gut kannte. Wenn er also bei ihr war, dann wären sie auf der Stelle entlarvt. Darum parkte sie ein paar Straßen weiter vor einem Kebabladen, bevor sie die schlafende Edith mit einem Mantel zudeckte und sich auf die Pirsch machte.

Auf den Straßen war kaum etwas los, der Kebabladen leer bis auf eine Jugendliche, die stumpfsinnig in den sich drehenden Fleischberg pikte, während die Neonbeleuchtung brummte und ihre Langeweile unterstrich.

Auf dem Kopfsteinpflaster in ihrer Straße machte jeder Schritt einen Höllenlärm, darum schlich Hanny sich auf Zehenspitzen an zugezogenen Vorhängen und schwacher Beleuchtung vorbei, bis sie nah genug dran war, um etwas zu erkennen. Um durchs Erdgeschossfenster zu spähen und ihren Ex auf dem Designersofa mit seiner Neuen schmusen zu sehen. Um an Fallrohren hochzukraxeln und in das Schlafzimmerfenster zu linsen, wo in diesem Augenblick womöglich hemmungsloser Sex praktiziert wurde.

Doch im Haus war alles dunkel. So dunkel, wie es nur war, wenn niemand zu Hause war.

Die ganze Aufregung, der ganze Aufwand, und jetzt war sie gar nicht da!

Hanny hätte sich selbst treten können für ihre Blödheit. Sie trabte zurück in Richtung VW-Bus, wobei sie immer wieder auf den Kopfsteinen ausrutschte. Als sie wieder die durchgehende Straßen erreichte, fühlte sie sich schon etwas sicherer, doch als sie am Bus ankam, zersprang ihr trotzdem fast das Herz. Gott, war sie blöd. Sie stieg ein, schlug die Tür zu, startete ohne Probleme den Motor und fuhr los.

Erst als sie am Ende der Straße nach links abbog und die Ortschaft verlassen wollte, stellte sie entsetzt fest, dass ihre deliriöse Freundin nicht mehr im Fußraum lag.

Edith war von Bord gegangen.

Sofort drehte sie um und suchte die Gegend nach ihr ab.

Straße für Straße fuhr sie entlang und stierte auf die Bürgersteige wie ein frustrierter alter Mann auf der Suche nach etwas Spaß mit einer käuflichen Dame.

Doch keine Edith.

Schließlich stellte Hanny den Bus wieder vor dem Kebabladen ab und ging zu Fuß auf die Suche. Sah in den einen oder anderen Pub, aber in keinem hing Edith am Tresen und verlangte nach mehr Alkohol. Dann fiel ihr ein, dass auch Edith wusste, wo *sie* wohnte, darüber hatten sie nämlich gesprochen, als Hanny ihr erzählte, was passiert war. So wie Hanny ihre Freundin kannte und so wie Edith *sie* verabscheute, war zu befürchten, dass sie in diesen Minuten um ihr Haus schlich und Wände und Türen mit tiefsinnigen Botschaften wie »Lass die Finger von ihm, du Hure!« besprühte.

Hanny nahm die Beine in die Hand, doch als sie wieder in der Sackgasse gelandet war, musste sie feststellen, dass Edith nicht dort war.

»Verdammt noch mal, Edith, wo bist du?«, zischte Hanny. Zu ihrer Sorge mischte sich Ärger.

Und dann bogen zwei Gestalten in die kleine Straße ein.

Ein lachendes, Händchen haltendes Paar.

Die Frau lehnte den Kopf an seine Schulter, dann blieb sie stehen, bis er sie zog, wie ein kleines Kind spielte sie mit ihm, ließ los, tanzte um ihn herum und entwischte ihm dann. Als ihr seidiges Haar von der Straßenlaterne erhellt wurde, begriff Hanny, dass dieser Ausbund an Koketterie niemand Geringeres war als *sie*.

Und Hanny konnte nicht weg. Der einzige Weg aus dieser Sackgasse führte an den beiden vorbei. Sie saß fest, die beiden würden sie garantiert sehen. Regungslos blieb sie stehen. Hin- und hergerissen zwischen »Schnell, schnell, versteck dich!« und »Wer?«.

Wer war der Mann, der sich da so umgarnen ließ?

Sein Gesicht lag im Schatten, sie konnte nur grobe Züge erkennen. Ihr Herz und ihr Magen zogen sich zusammen. Diese groben Züge kamen ihr nämlich so bekannt vor …

Vollkommen gelähmt wie ein von Scheinwerfern geblendetes Reh stand sie da, bis das Paar gefährlich nah kam und Hanny sich panisch nach einem Versteck umsah. Kein einziges Auto war auf der Straße geparkt. Die alten

Stadthäuser standen nahtlos eng aneinander, nicht einmal ein Gässchen dazwischen. Das einzige mögliche Versteck war ein kleiner Container vor einem Haus, das gerade renoviert wurde.

Sie zögerte. Was sich wohl alles in dem Container befinden mochte?

Sie kamen näher.

Hanny blieb nichts anderes übrig. Fassungslos darüber, in was für eine Klemme sie sich da befördert hatte, atmete sie tief durch und sprang in den Container.

Sie hatte Glück, es befand sich nur eine alte Matratze darin.

Und Edith, die gerade selbstvergessen einen Döner verspeiste. Um ihren Hals baumelte ein altes Jägerfernglas, die Whiskyflasche hatte sie immer noch dabei. Sie bot Hanny einen Schluck an, doch Hanny, deren Herz raste, lehnte stirnrunzelnd ab.

»Wo, zum Teufel, warst du?«, zischte Hanny ihr zu, und die Worte hallten von den Metallwänden wider. Erschrocken legte sie die Hand auf ihren Mund und spähte hinaus. Ob sie sie gehört hatten? Waren sie vielleicht schon auf dem Weg zum Container?

Glücklicher- oder unglücklicherweise, das war Ansichtssache, stand das Pärchen immer noch da, wo Hanny es zuletzt gesehen hatte, und küsste sich leidenschaftlich. So leidenschaftlich, dass es nicht einmal von einer den Radetzkymarsch spielenden Blaskapelle Notiz genommen hätte.

»Na, hier. Das hast du doch gerade herausgefunden. Döner?«

»Pscht! Sie küssen sich!«

Edith legte ihren Döner beiseite und spähte neben

Hanny aus dem Container. Sie beobachteten diese öffentliche Zurschaustellung zärtlicher Gefühle eine Weile, dann platzte es viel zu laut aus Edith heraus: »Ist das Bastian?«

»Das weiß ich nicht«, flüsterte Hanny Edith aus nächster Nähe ins Ohr, während sie ihr die Hand über den mit Joghurtsoße verschmierten Mund legte. »Genau das will ich ja herausfinden.«

»Soll ich einfach mal ›Bastian‹ rufen? Dann sehen wir ja, ob er reagiert«, zischte Edith unter der Hand hervor. Offensichtlich war sie immer noch sturzbetrunken.

Als der Kuss endlich ein Ende hatte, zog Hanny Edith wieder hinunter in den Container.

»Jetzt hör mal zu, Edith. Wir sitzen einzig und allein deshalb in diesem stinkenden Container, weil wir nicht wollen, dass sie uns bemerken, klar? Wenn du jetzt rufst, bemerken sie uns. Verstanden? Wir ermitteln verdeckt. Und verdeckt heißt im Verborgenen. Verdeckt heißt nicht, auf sich aufmerksam machen, indem man auf gut Glück Namen ruft.«

Edith nickte heftig und salutierte.

»Aye, aye, Käpten! Habe verstanden. Schalte hiermit auf lautlos.« Edith fuhr sich mit dem Zeigefinger quer über die Kehle. Die nächste Geste interpretierte Hanny als »Möchtest du mein Fernglas leihen?«, sie hätte aber auch »Du hast einen tollen Busen, darf ich mal anfassen?« heißen können.

Aber das Fernglas war gar nicht nötig.

Als sie beide abermals wie in Zeitlupe über den Containerrand spähten, waren die Turteltauben nur wenige Meter von ihnen entfernt. Sie standen vor *ihrer* Haustür.

Sie steckte den Schlüssel ins Schloss, öffnete die Tür

und machte im Flur das Licht an. Jetzt war deutlich zu sehen, dass ihr geheimnisvoller Begleiter zwar von ganz ähnlicher Statur war wie Bastian, aber eindeutig nicht Bastian selbst.

Der Mann, der noch vor wenigen Minuten seine Hände überall an ihrem Körper und seine Zunge in ihrem Mund gehabt hatte, war Oliver.

Edith und Hanny hätten vor Überraschung kreischen mögen, rissen sich aber zusammen und verschwanden wieder im Container. Als die Haustür dann hinter den beiden Knutschenden ins Schloss gefallen war, prusteten sie los.

Auf der Rückfahrt zu Hannys Cottage waren sie ausgesprochen ausgelassener Stimmung. Und das, obwohl Hanny beim neuerlichen Abtauchen in den Container mit dem Hintern in Ediths Dönerresten landete.

Der nächste Vormittag verlief deutlich weniger fröhlich, denn Nancy und Edith waren beleidigt und wollten nichts mit Hanny zu tun haben. Nancy schmollte, weil Hanny sie den ganzen Abend zu Hause allein gelassen hatte. Edith schmollte, weil Hanny ihr beim Frühstück eine Gardinenpredigt darüber gehalten hatte, wie gefährlich und illegal es war, in stark alkoholisiertem Zustand Auto zu fahren.

»Ich sag das nur, weil du mir lieb und teuer bist«, beendete sie ihre Standpauke.

»Und ich hab das alles nur mitgemacht, weil du mir lieb und teuer bist«, konterte Edith gekränkt.

Seitdem hatten sie kein Wort gewechselt.

Aber nach Hause gegangen war Edith auch nicht. Sie zog es vor, gemeinsam mit Nancy auf dem Sofa zu sitzen und beleidigte Leberwurst zu spielen. Bei ihr zu Hause hätte das wenig gebracht, denn dann hätte Hanny es ja nicht mitbekommen. Und beleidigte Leberwurst zu spielen brachte nun mal nur dann etwas, wenn der, wegen dem man beleidigt war, das auch mitbekam.

Hanny beschloss, die beiden zu ignorieren, und hing ihren Gedanken nach.

Oliver.

Oliver und *sie*.

Das löste gemischte Gefühle in ihr aus. Sehr seltsame gemischte Gefühle. Sie war verwirrt, erstaunt und wütend, und in all das mischte sich auch ein bisschen … Konnte das wirklich sein? Ja, tatsächlich. Sie empfand Erleichterung. Denn wenn sie mit Oliver zusammen war, war sie ja ganz sicher nicht mit Bastian zusammen. Obwohl …

Hanny schüttelte den Kopf, um diesen üblen Gedanken so schnell wie möglich wieder loszuwerden. Lieber wollte sie sich mit einem geringeren Übel ablenken: dem Geschenk vor der Haustür.

Das fiel heute mal wieder ziemlich groß aus. Und es war schwer. Sie entfernte die übliche geschmackvolle Verpackung und öffnete die Schachtel. Sie gab eine weitere Schachtel preis. Und diese eine dritte.

Und die war aus Plastik.

Es war eine ihr wohlbekannte Tupperwaredose.

Sie wusste, was darin war, nahm sie mit in die Küche und stellte sie auf den Tisch: Es war der Christmas Cake, den sie normalerweise jedes Jahr zusammen machten. Wobei Bastian natürlich die Leitung übernahm. Er kaufte die Zutaten, maß und wog alles ab, vermischte dies und jenes und dann alles, füllte es in die Backform und schob diese in den Ofen. Hanny durfte zwischendurch den Teig umrühren. Und genussvoll den Duft einsaugen, während der Früchtekuchen buk. Für gewöhnlich musste sie sich sehr beherrschen, sich nicht mit einem scharfen Messer und geifernden Lefzen darauf zu stürzen, sobald er aus dem Ofen kam.

Wenn der Kuchen ganz abgekühlt war, packte Bastian ihn immer in Backpapier und träufelte mindestens zwei Monate lang jeden Tag ein bisschen Alkohol darüber. Eine Woche vor Weihnachten verteilte er so kunstvoll Marzipan und weißen Zuckerguss darauf, dass das Ganze an eine weiße Leinwand erinnerte.

Tatsächlich durfte dann Hanny darauf malen. Sie tunkte ihre Pinsel in Lebensmittel- statt Aquarellfarbe und hauchte der weißen Glasur Leben ein wie sonst den Büchern. Jedes Jahr dachte sie sich etwas anderes aus, auch wenn ihre Motive natürlich um Weihnachten kreisten.

Am Heiligen Abend waren sie dann immer zusammen in die Mitternachtsmesse gegangen, und wenn sie wieder nach Hause kamen, hatte Bastian stets diesen starken französischen Kaffee gemacht, wie er es von seiner starken französischen Großmutter gelernt hatte, und sie hatten gleichermaßen zögerlich wie ungeduldig den Kuchen angeschnitten.

Im ersten Jahr hatte Hanny eine Krippe darauf gemalt, so detailreich und schön, dass Bastian es kaum übers Herz brachte, sie zu zerstören. »Das wäre ja so, als würde man einen Da Vinci zerschneiden!«, hatte er den Kuchen zu verteidigen versucht, als Hanny große Teller und ein großes Messer holte. Doch sie hatte sofort die Klinge angesetzt und das Stück mit den Heiligen Drei Königen und einem Strohballen gegessen. Um Bastian zu ärgern, wedelte sie noch kurz mit Balthasars Kopf vor ihm herum, bevor dieser in ihrem Schlund verschwand. Er hatte sich dafür gerächt, indem er den Esel aß.

Im zweiten Jahr hatte sie eine Schneelandschaft gemalt, im dritten den Schlitten des Weihnachtsmanns in dunkler Nacht.

Jedes Jahr hatten sie gemeinsam einen wunderschönen Kuchen produziert, das war ihre gemeinsame Tradition.

Gewesen.

Dieses Jahr hatte sie den Kuchen zusammen mit seinen Klamotten aus dem Fenster geworfen – und offenbar hatte er den Sturz auf wundersame Weise unbeschadet überstanden.

Vielleicht bedeutete das, dass er steinhart war. Oder wie aus Gummi. Sie überlegte kurz, ihn noch einmal aus dem Fenster zu werfen, um zu sehen, ob er hüpfen würde wie der Hüpfball.

Die Versuchung, ihn zu Boden zu schmettern, war groß, doch Bastian hatte ihn mit Zuckerguss überzogen, und sie brachte es nicht übers Herz, die weiße Jungfräulichkeit des Kuchens zu zerstören.

Wie es aussah, war Bastian der Kuchen wieder einmal perfekt gelungen. Zu perfekt, als dass sie mehrfach mit einem scharfen Messer hineinstechen, rote Lebensmittelfarbe auf die Einstiche verteilen und den gesamten Kuchen mit daraus hervorragendem Messer an Bastian zurückschicken wollte.

Wäre vielleicht ein bisschen zu krass, oder? Und war das wirklich die Botschaft, die sie ihm schicken wollte?

Ihre Wut ließ langsam nach. Musste nachlassen, denn ein neuer Anfang mit Wut im Bauch konnte nicht gelingen. Aber ihre Wut war noch nicht so weit abgeebbt, dass sie es fertigbrachte, diesen verdammten Kuchen zu bemalen, als sei alles ganz normal. Als sei das alles nicht passiert.

Aber irgendwann tat sie es dann doch.

Als Edith genug davon hatte, in ihrem Schmollen komplett ignoriert zu werden, ging sie nach Hause. Nancy ließ sich relativ einfach mit einer ausgiebigen Streicheleinheit und etwas Welpenmilch besänftigen. Dann versuchte Hanny zu arbeiten.

Doch mit jedem Pinselstrich musste sie an den weißen Zuckerguss denken. Er rief förmlich nach ihr.

Schließlich gab sie sich einen Ruck und holte frische Pinsel und die Lebensmittelfarben. Was sollte sie malen? Den Weihnachtsmann? Ja, das wäre gut. Einen dicken, fröhlichen Weihnachtsmann. Wenn sie ihn nicht mehr sehen wollte, konnte sie ihm ja jederzeit die Kehle durchschneiden und seinen Kopf essen.

Hanny fing an zu malen.

Vier Stunden später betrachtete sie ihr Werk. Aus einem schlichten Weihnachtsmann war eine ziemlich gute Nachbildung des Triptychons von der Versuchung des Heiligen Antonius von Hieronymus Bosch geworden, mit einem Antonius, der Bastian verdammt ähnlich und überdies sichtlich erstaunt war, in diesem Chaos den Weihnachtsmann zu sehen. Der wiederum dem Teufel verdammt ähnlich war.

»Lieber Teufel Weihnachtsmann«, sagte Hanny laut und stieß ein irgendwie diabolisches Lachen aus. Dann malte sie noch ein paar blutrünstig aussehende Rentiere in das Gewirr. Und schließlich *ihr* Gesicht auf einen verdrehten, nur aus Haut und Knochen bestehenden Körper. Ach ja, und Oliver als einen weiteren Teufel. Am Schluss, einfach nur, weil sie es lustig fand, fügte sie noch die Klavier spielende Edith in den Hintergrund ein.

Mit einem seltsamen Gefühl des Stolzes beendete sie ihr Werk. Grinsend zog sie sogar in Erwägung, es für den

Turner-Preis vorzuschlagen und fünfzigtausend Pfund zu gewinnen.

Der Kuchen sah unglaublich lecker aus, und sein Duft bereitete nun nicht mehr nur Nancy süße Qualen. Auch Hanny konnte das köstliche Aroma von Brandy, Trockenfrüchten und Mandeln nicht mehr ignorieren.

Und dann dämmerte ihr etwas.

Dieses Jahr war nicht wie alle anderen Jahre. Dieses Jahr war keiner da, der sie ermahnen konnte, den Kuchen erst an Weihnachten anzuschneiden. Sie konnte tun und lassen, was sie wollte. Wenn sie ihn jetzt essen wollte, dann konnte sie das verdammt noch mal auch tun! Sie hatte schon immer davon geträumt, mal mit einem riesigen Löffel einem riesigen Kuchen zu Leibe zu rücken. Was hielt sie zurück? Nichts.

Gott sei Dank nichts.

Leider nichts.

Eine seltsame Entschlossenheit bemächtigte sich ihrer. Hanny riss eine der Küchenschubladen so heftig auf, dass diese ganz herausrutschte und zu Boden fiel. Sie hob den größten Metalllöffel auf, hielt ihn in die Sonne und ließ ihn in ihrer Hand aufblitzen wie eine Klinge. Dann wandte sie sich der Opfergabe zu: dem Christmas Cake.

Sie stand einen Augenblick einfach nur da und betrachtete ihr Werk.

Es war ein Kunstwerk. Ein Meisterwerk des Wahnsinns.

Ehrlich gesagt: Je schneller sie es verzehrte, desto besser. Sie hob den Löffel an und hieb ihn gnadenlos in den Kuchen.

Die Glasur splitterte. Ein Riss wanderte immer weiter, wie in einem Katastrophenfilm, bei dem Straßen aufreißen und Menschen und Autos in den entstandenen Erdspalten verschwinden. Der teuflische Weihnachtsmann wurde zweigeteilt, und dann versuchte Hanny, den mit dunklem Früchtekuchen, Marzipan und Glasur völlig überladenen Riesenlöffel in den Mund zu bugsieren.

Es war hoffnungslos. Der Löffel allein war schon viel zu groß für ihren Mund. Doch sie wollte nicht aufgeben, ließ den Löffel Löffel sein, brach mit den Fingern ein großes Stück heraus und stopfte es sich in den Mund.

Hmmmmm. Köstlichst!

Drei große Stücke verputzte sie in schneller Folge, nur unterbrochen von einer Blitzfütterung mit Zuckerguss, die Nancys Qualen ein Ende bereitete.

Zum Abschluss dieser Fressorgie brach sie die Fratze des Weihnachtsmannes heraus. Sie kaute sie schnell und schluckte sie mit Mühe herunter, weil sie ohnehin schon so satt war.

Dann wurde ihr speiübel. Und trotzdem grinste sie, denn das Ganze hatte einen gewissen therapeutischen Effekt. Genau wie vor zwei Wochen, als sie auf den dämlichen Wicken herumgesprungen war. Da kam ihr ein Gedanke, und in Windeseile brach sie das Stück mit Emmas Konterfei aus dem Kuchen, raste damit nach oben, dicht gefolgt von einer bellenden Nancy, und schleuderte es mit einem maliziösen Lächeln aus demselben Fenster, aus dem sie vor so vielen Wochen den gesamten Kuchen befördert hatte.

Hanny verfolgte seine Flugbahn, wobei ihr Blick abrupt an einer Gestalt hängen blieb.

Tante Midge.

Eigentlich hatte sie erst an Weihnachten wiederkommen wollen, aber sie hatte einen Anruf von Jai erhalten. Zwar hatte er ihr nicht gesagt, weshalb er meinte, dass sie früher als geplant nach Hause kommen sollte, das wäre in seinen Augen ein Vertrauensbruch gewesen. Er hatte ihr nur gesagt, dass Hanny sie brauchte – und für Midge war das schon immer Grund genug gewesen, alles stehen und liegen zu lassen und so schnell wie möglich zu Hanny zu eilen.

Hanny dachte einen Moment, sie würde halluzinieren wie ein verdurstender Mann in der Wüste, der plötzlich eine Oase vor sich sah. Doch Tante Midge war keine Fata Morgana. Sie stand leibhaftig vor ihrem Haus.

Hannys Impuls, ihrer Tante um den Hals zu fallen, war so heftig, dass sie am liebsten auch gleich aus dem Fenster gesprungen wäre. Dann steuerte sie aber doch noch die Treppe an, stürzte sie zwei, drei, vier Stufen auf einmal nehmend herunter, riss die Haustür auf, stolperte hinaus und in Tante Midges Arme.

Tante Midge war schon immer Hannys Sicherheitsnetz gewesen, hatte sie immer schon aufgefangen, wenn Hanny strauchelte.

Und darum konnte Hanny jetzt bei ihr auch zum ersten Mal richtig weinen. Sie heulte Rotz und Wasser, schluchzte und bebte und konnte sich gar nicht mehr beruhigen.

Midge hielt sie einfach nur fest, bis das emotionale Erdbeben nachließ, dann brachte sie ihre Nichte in die Küche, platzierte sie auf einen Stuhl, kniete sich vor sie hin, hielt sie ganz fest bei den Händen, sah ihr tief in die Augen und sagte besorgt: »Jetzt erzähl mal, was passiert ist.«

Und zum ersten Mal leistete Hanny keinerlei Widerstand und erzählte alles.

Midge hörte aufmerksam zu, ohne Hanny ein einziges Mal zu unterbrechen.

Als Hanny fertig war, sagte ihre Tante nur:

»Ich kann das einfach nicht glauben. Du bist doch Bastians Ein und Alles.«

»Das hatte ich auch gedacht …« Gequält zuckte Hanny die Achseln.

»Willst du noch mehr drüber reden, oder bist du für heute fertig?«

Hanny dachte nach.

»Für heute fertig, glaube ich.«

Doch dann überlegte sie es sich doch anders.

»Was meinst du, Midge? Habe ich überreagiert?«

Midge sah sie nachdenklich an, bevor sie antwortete.

»Ich könnte mir gut vorstellen, dass das so einige finden. Aber das sind dann Leute, die dich nicht gut genug kennen. Die dich und Bastian zusammen nicht gut genug kennen.«

Hanny nickte, konnte sogar leise lächeln.

Midge musterte das Schlachtfeld auf dem Tisch.

»Du hast vom Weihnachtskuchen gegessen.«

»Ich hab vom Weihnachtskuchen gegessen. Möchtest du auch ein Stück?«

»Na ja, wenn du ihn ohnehin schon angeschnitten hast.«

Hanny hieb eine Scheibe ab. Sie ließ die Klinge mit einer Wucht auf den Kuchen niedergehen, als müsse sie Knochen durchtrennen und nicht bloß Trockenfrüchte und Nüsse.

Das Kuchenstück von der Größe eines halben Ziegelsteins schob sie ihrer Tante zu. Die zog die Augenbrauen hoch und schwieg. Dann fing sie an zu essen.

Hanny machte die Kaffeemaschine an.

»Der ist lecker«, sagte Midge schon bald. »Sehr lecker

sogar. Aber das sind Bastians Christmas Cakes ja immer. Er ist ein so begnadeter Koch …«

Diese Äußerung quittierte Hanny mit einem so bösen Blick, dass Midge vor Schreck zu kauen vergaß, den Bissen einfach so herunterschluckte und aufgrund einer halbwegs stecken bleibenden Mandel heftig husten musste.

»… und natürlich auch ein ganz großer Mistkerl«, fügte sie dann schnell hinzu, und zu ihrer Erleichterung fing Hanny an zu lachen.

»Ist schon gut, Midge … Du musst nicht meine Partei ergreifen. Er hat einen Fehler gemacht. Wir alle machen Fehler.«

Zum ersten Mal versuchte sie, nachsichtig mit ihm zu sein, was ihr aber nicht gut bekam. Die Äußerung blieb ihr im Hals stecken wie die Mandel in Tante Midges Hals.

Nancy wachte auf. Sie hatte an einem ihrer Lieblingsplätze – dem Korb für saubere Wäsche im Hauswirtschaftsraum – ein ausgiebiges Nickerchen gemacht. Jetzt reckte und streckte sie sich, gähnte und fiepte und tapste auf ihren unsicheren Welpenbeinen in die Küche, wo sie eine ihr unbekannte Person erblickte und umgehend vor Aufregung auf den Boden machte.

Hanny kannte das mittlerweile und griff automatisch nach der Küchenrolle und dem Desinfektionsmittel. Midge dagegen formte vor Entzücken die Lippen zu einem lautlosen O.

»Wer ist das denn?«, flötete sie.

Hanny drehte sich um.

»Nancy.« Nur dieses eine Wort, und schon wurden Hannys Gesichtszüge weicher. Jetzt sah sie gleich wieder viel mehr so aus wie die Hanny, die Midge kannte und liebte.

»Ist die niedlich! Süß! Hinreißend!«

Midge schnappte sich den Welpen und nahm sie auf den Schoß, erklärte ihr mindestens zehnmal, was für ein schönes Tier sie war, fütterte sie mit kleinen Zuckergussstücken und kitzelte ihr den Bauch. Nancy schlief auf dem Rücken ein, alle vier Beinchen von sich gestreckt. Sie zuckte hin und wieder mit den Pfoten, offenbar träumte sie. Midge, die das heikle Gesprächsthema mit ihrer Nichte völlig vergessen hatte, streichelte der jungen Hundedame gedankenverloren den weichen Bauch.

Alles war in bester Ordnung, bis Midge fragte:

»Wo hast du sie her?«

»Stand vor der Haustür.«

Midge hörte auf zu streicheln und sah abrupt auf.

»Sie ist eins der vierundzwanzig Geschenke?«

Hanny nickte. Sofort stand ihr der Schmerz wieder ins Gesicht geschrieben.

Natürlich respektierte Midge Hannys Wunsch, die Sache nicht noch einmal durchzukauen, aber sie war auch der festen Überzeugung, dass es ungesund war, wenn man seinen Kummer in sich hineinfraß.

Also packte sie den Stier bei den Hörnern.

»Wieso willst du nicht mit ihm reden, Hanny? Ihr beide habt doch immer so toll über alles reden können.«

Diese Engstirnigkeit passte so gar nicht zu Hanny, sie war doch ein so offener Mensch. Nachsichtig. Das Leben war einfach zu kurz, um nachtragend zu sein.

»Wenn man eine Sache nicht vergessen und verzeihen kann, ist es vorbei.«

»Ich weiß.«

»Und ist es das, was du willst? Was du wirklich von ganzem Herzen willst?«

Zu Midges Erstaunen glättete Hanny ihre Stirn und fing glucksend an zu singen.

»*So tell me what you want, what you really, really want … I really really really wanna zig a zig ahhhh …*«

Hanny ging nach oben, denn sie fühlte sich ein wenig schlapp und wollte sich ausruhen, und Midge nutzte diese Gelegenheit, um einen Arzt anzurufen.

Als er an den Apparat ging, klang aus seiner Stimme so viel Hoffnung, dass Midge, die eigentlich beinhart sein wollte, ein klein wenig weich wurde.

»Nein, Bastian. Ich bin's«, flüsterte sie.

»Midge«, seufzte er.

Sie sah auf die Uhr.

»Hast du Zeit, dich mit mir zu treffen? Sagen wir, in zwanzig Minuten? Crompon Café, High Street?«

Er zögerte kurz, dann seufzte er abermals.

»Ist gut, ich komme.«

Midge schnappte sich ihre Tasche und ihren Autoschlüssel.

»Ich fahr mal eben los und hole uns was Nettes zum Abendessen«, rief sie die Treppe hinauf. »Du legst dich einfach etwas hin, bis ich wiederkomme, ja?«

Zur Antwort bekam sie ein brummiges »Hmmm« von Hanny und ein kurzes Kläffen von Nancy.

Gut zwanzig Minuten später parkte Midge vor dem kleinen Café in der High Street. Bastians Golf stand bereits auf dem Parkplatz, ihn selbst machte sie an einem der Fenstertische aus.

Er hielt Ausschau nach ihr. Nervös sah er aus, ständig fuhr er sich mit der Hand durchs Haar und fasste sich an die Nase. Das tat er immer, wenn er unsicher war.

Als er sie hereinkommen sah, stand er auf und zog ihr sofort einen Stuhl zurecht, wohlerzogen wie er war.

»Hi.« Er klang unsicher und wirkte nervös.

Normalerweise war er immer so gelassen, lächelte oder lachte. Und schmal sah er aus, fast schon mager. Im Gegensatz zu Hanny, die eindeutig zugelegt hatte, wie ihr aufgefallen war.

»Hi.«

Keiner von beiden wusste, wie sie sich darüber hinaus begrüßen sollten. Eigentlich wollten sie sich wie üblich in den Arm nehmen, doch der Versuch scheiterte kläglich und endete in einem unbeholfenen Berühren von Armen, Wangen und Lippen, bei dem sie fast die Köpfe aneinanderstießen.

Dann setzten sie sich schnell.

»Wie geht es dir?« Natürlich war das eine ganz automatische Standardfrage, aber Midge wollte es wirklich gerne wissen.

Bastian zuckte die Achseln.

Es fiel ihm schwer, die Wahrheit auszusprechen.

Wie ging es ihm?

Die Frage hatte er sich in den letzten Wochen selbst tausendmal gestellt und sich nie die Zeit genommen, darauf zu antworten. Jetzt schoss ihm eine kurze, knappe Antwort in den Kopf.

»Ich bin fix und fertig.«

Das nahm Midge ihm ohne Vorbehalte ab. Natürlich hatte Bastian damit gerechnet, dass auf eine ungute Situation auch eine ungute Reaktion folgen würde. Aber damit, dass Hanny nicht einmal mehr mit ihm reden würde, war er nicht vorbereitet gewesen. Er hätte nie gedacht, dass sie so sein konnte. So unnahbar. Nicht in der Lage, wenigstens mit ihm zu reden. Normalerweise kaute Hanny doch alle Themen durch, bis nichts mehr von ihnen übrig war, doch dieses Mal: nichts. Schweigen. Kein einziges Wort hatte sie seit jenem Abend mit ihm gesprochen. Kein einziges.

Er hatte bereits Tee geordert. Midge wartete, bis die Bedienung alles abgestellt hatte, dann schenkte sie beiden ein und kam zur nächsten Frage.

»Willst du mir deine Sicht der Dinge erzählen?«

Er lachte trocken auf und griff nach Midges Hand.

»Das ist alles total verrückt. Ich kapier einfach nicht, was passiert ist, wie das passieren konnte ... Alles ist vollkommen aus dem Ruder gelaufen. Ja. Ja, ich möchte dir meine Sicht der Dinge erzählen. Du kannst dir gar nicht vorstellen, wie dringend ich mal mit jemandem darüber reden muss.«

Bastian hatte natürlich immer jede Menge Gesprächspartner, aber sie wusste, was er meinte: Er musste mit jemandem reden, der Hanny ebenso gut kannte wie er.

Und davon gab es nicht viele.

»Erzähl mir einfach, was passiert ist, Bastian ...«

Er seufzte kellertief.

»Wir haben uns nur unterhalten. Sie sagte, ich sähe schlecht aus. Fragte, was los sei. Da war Sid gerade gestorben, Midge. Aber Hanny wollte nicht mit mir darüber reden. Sie schien zu glauben, sie hätte das Trauermonopol und keiner hätte den Räuber mehr geliebt als sie. Stimmt aber nicht. Wir waren beide so unendlich traurig.« Er hielt kurz inne, rieb sich die immer noch schönen, aber müden Augen, sah sie wieder an, zuckte die Achseln und sprach dann weiter:

»Sie hat mich in den Arm genommen. Das war schön.

Jemanden zu haben, an den ich mich einen Moment anlehnen konnte. Und dann hat sie mich geküsst. Ich war völlig perplex. Ich habe sie nicht so schnell weggestoßen, wie ich es hätte tun sollen, und für den Bruchteil einer Sekunde habe ich ihren Kuss vielleicht erwidert, wirklich nicht länger, wie gesagt, ich war so traurig und einfach ... völlig perplex«, wiederholte er. »In so einer Situation handelt man nicht so, wie man sollte. Das Gehirn braucht einen Moment, um zu begreifen, was vor sich geht, und ich schwöre dir, als mir aufging, was ich da tat, habe ich sie so heftig weggestoßen, da ist es fast ein Wunder, dass sie nicht gestürzt ist.«

Er verstummte, seufzte, hob die noch unberührte Teetasse, führte sie Richtung Mund und setzte sie dann doch wieder ab, ohne getrunken zu haben. Er sah Midge an. Eindringlich. Ernst. Entschuldigend.

»Ich wollte es Hanny sagen. Wirklich, Midge. Aber dann hat sie – Emma –«, er verzog das Gesicht, als er ihren Namen nannte, »also, sie hat das dann auf einmal alles total aufgeplustert. Als hätten wir eine heimliche Affäre, als hätte sie nicht einfach nur einen schwachen Moment bei mir ausgenutzt ... Ich weiß, das klingt arrogant, Midge, aber genau so war's. Sie hat eine günstige Gelegenheit gewittert und sie beim Schopf gepackt ... Und hinterher hat sie davon gefaselt, dass Hanny erfahren müsste, was vorgefallen sei, obwohl es doch völlig bedeutungslos war, und ich hab dann bei der *Bonfire Night* noch mal mit ihr geredet, um sie auf den Teppich zu holen und Schadensbegrenzung zu betreiben ...« Sein Blick wurde unendlich traurig. »Jetzt weiß ich, ich hätte es Hanny einfach sagen sollen. Von Anfang an hätte ich ihr die Wahrheit sagen sollen. Ja, sie stand neben sich wegen Sid, aber sie hätte das schon gepackt. Ich kenne Hanny, Midge. Ich weiß, was sie am allermeisten verletzt hat. Nämlich dass ich versucht habe, den Mantel des Schweigens über alles zu breiten. Damit habe ich alles nur noch schlimmer gemacht, stimmt's?«

Hanny und Midge fuhren an den Strand. Das hatten sie früher, als Hanny noch klein war, oft getan. Vor ihnen schaumgekrönte Wellen, hinter ihnen schneebedeckte Dünen, über ihnen kreischende Möwen am blassblauen Himmel.

Nancy, die noch nie zuvor das Meer gesehen hatte, drehte schier durch. Sie sprang ins flache Wasser und genauso schnell wieder heraus, machte dabei aber ein entzücktes Gesicht.

Windfest angezogen und untergehakt, sahen die beiden Frauen ihr zu und lachten.

Midge hatte Hanny noch nicht erzählt, dass sie sich mit Bastian getroffen hatte. Das würde sie selbstverständlich noch tun, schließlich hatten sie keine Geheimnisse voreinander, aber sie wartete noch auf den richtigen Zeitpunkt.

Am Vortag, als sie von ihrem Treffen mit Bastian nach Hause gekommen war, hatte Hanny noch immer geschlafen. Midge hatte sich neben sie gelegt, sie eine Weile beobachtet, das schlafende Gesicht nach Hinweisen auf eine

Veränderung abgesucht. Dunkle Ringe hatte sie unter den Augen, ihre geliebte Hanny. Dann überkam sie selbst die Müdigkeit nach der langen Reise, und sie schlummerte ebenfalls ein.

Später hatten sie versucht, einen normalen Abend zu verbringen, was auch gut gelang, denn Midge machte Hannys Leibgericht: Lasagne. Die konnte niemand so gut wie ihre Tante, betonte Hanny immer wieder. Dann sprachen sie über Midges Reisen, sahen sich Fotos an, lachten und redeten über Gott und die Welt, wie sonst auch immer.

Doch als sie jetzt in so einträchtigem Schweigen nebeneinander herliefen, musste Midge wieder an Bastian denken. Sie war durchaus realistisch. Beziehungen scheiterten häufig, das war keine neue Erkenntnis. Aber sie hätte nie gedacht, dass Hanny und Bastian so etwas passieren würde. Sie hatten einfach so unendlich glücklich miteinander gewirkt.

Sie liebten sich doch.

Bastian war charmant, witzig, fleißig. Und selbst in dieser mehr als unangenehmen Situation war er immer noch liebenswürdig. Er hatte Hanny so gutgetan.

Und jetzt.

Und jetzt …

Jetzt würde Midge sie beide am liebsten kräftig durchschütteln, denn beide benahmen sich wie die Kinder.

Wenn sie Bastian wäre, würde sie nicht jeden Tag ein Geschenk vor Hannys Haustür legen. Sie würde ein Megafon an den Briefschlitz halten und sicherstellen, dass Hanny sich anhörte, was er zu sagen hatte. Doch sie kannte ihn gut genug, um zu wissen, warum er eine so umständliche Taktik gewählt hatte, statt Hanny direkt mit seinen Gedanken, Bedürfnissen, Hoffnungen und Wünschen zu konfrontieren: Er versuchte, Hanny ihre eigenen Bedürfnisse, Hoffnungen und Wünsche bewusst zu machen.

Bastian musste wissen, ob sie ihn zurückwollte. Und sie musste das auch wissen. Er hatte so große Angst, zurückgewiesen zu werden, dass er ein Feuer entzündete und vorsichtig einen Zweig nach dem anderen drauflegte.

Aber war es die große Liebe nicht wert, sich selbst zum Affen zu machen? Sich der Länge nach in einen Fettnapf zu schmeißen? Das Feuerchen zu vergessen und einen Flammenwerfer zum Einsatz zu bringen? Sollte er nicht einfach mit dem Megafon und der Tür ins Haus fallen und für klare Verhältnisse sorgen?

Und wenn er das aber nun mal nicht tat? Dann musste wohl irgendjemand anderes dafür sorgen, dass die beiden wieder auf Kurs kamen …

Zurück im Auto wurde die salzwassernasse Nancy in ein Handtuch gewickelt und auf Hannys Schoß platziert. Die bläulichen Hände der beiden Frauen färbten sich langsam wieder rosa, als Midge am Ende der Straße nicht nach rechts Richtung Zuhause abbog, sondern nach links.

Hanny sah sie fragend an.

»Ich dachte, wir könnten vielleicht im Rashleigh zu Mittag essen?«

»Ach, ich weiß nicht …« Hanny zögerte. »Ich dachte, wir essen zu Hause was …«

»Also, ich finde, du hast dich jetzt lange genug in deiner Höhle verkrochen. Es wird dir nicht schaden, noch ein, zwei Stunden länger draußen zu bleiben. Komm schon, wir gehen in den Pub … Kannst auch zwei Portionen Nachtisch haben«, fügte sie noch hinzu, als Hanny weiter zweifelnd guckte.

Da lächelte sie.

»Na gut, wenn das so ist …«

Es fühlte sich fast an wie ein Sommertag. Sie saßen im Wintergarten hinter dem Pub am Strand. Der blaue Himmel spiegelte sich im Meer wider, die schwachen Sonnenstrahlen erzeugten durch die Scheiben hindurch eine wohlige Wärme.

Midge wartete, bis der zweite Nachtisch serviert wurde. Erst, als Hannys Mund voller köstlichem Karamell war und sie ergo keine Widerworte geben konnte, legte Midge los. Erklärte ihr, das sie fest daran glaubte, dass hier irgendein absolut nichtiger Zwischenfall komplett aufgebauscht worden war und Folgen nach sich gezogen hatte, die völlig unverhältnismäßig waren.

Hanny schwieg und hörte zu.

Zwar verzog sie hin und wieder das Gesicht oder wurde rot, aber sie ließ Midge ausreden.

Und als Midge auch von ihrem Treffen mit Bastian erzählt hatte, bezahlte sie, setzte sich mit Hanny ins Auto und fuhr sie beide wieder nach Hause. Das alles ohne ein weiteres Wort, denn Midge wusste, dass Hanny jetzt nicht nur die beiden Nachtische zu verdauen hatte.

Als sie nach Hause zurückkehrten, stand Geschenk Nummer siebzehn vor der Tür. Hanny nahm es mit herein, stellte es wie üblich erst einmal auf den Tisch und machte Kaffee.

Midge platzierte Nancy auf dem Schoß und bürstete der jungen Hundedame das Meersalz aus dem Fell.

Vom Kaffeeduft wurde Hanny aus unerklärlichen Gründen ein wenig übel, weshalb sie sich dann doch dem Geschenk zuwandte. Es war eine kleine, viereckige Schachtel, in der sie eine Schneekugel fand, darin eine Mini-Freiheitsstatue. Hanny schüttelte die Kugel und sah dabei zu, wie der glitzernde Schnee herumwirbelte und sich legte.

New York.

New York.

Ach, New York …

Das erste Mal überhaupt, dass sie und Bastian …

In ihrem ersten gemeinsamen Jahr waren sie so viel gereist wie Hanny in ihrem ganzen bisherigen Leben nicht. Mit New York hatte alles angefangen. Das war sechs Wochen vor Frankreich gewesen. Damals war sie in dem Glauben, dass sie auf dem Weg nach Frankreich wären. Er hatte ihr gesagt, sie solle für ein verlängertes Wochenende packen und ihren Pass nicht vergessen. Hatte Fährprospekte und Pensionsbroschüren in der Küche herumliegen lassen. Und sie dann erster Klasse in die Stadt, die niemals schläft, entführt, von der sie dann allerdings nur wenig sahen.

Sie hätten genauso gut nach Frankreich, Finnland oder auf die Färöer-Inseln fahren können, für sie hätte das keinerlei Unterschied gemacht, denn sie verbrachten den gesamten Aufenthalt zusammen im Bett. Und doch erlebten sie so viel. Aus Freundschaft wurde Liebe, aus Liebe Leidenschaft.

Verschämt, verschmitzt, verschränkt, verschwitzt, verschworen, versonnen, versunken, verspielt verschmolzen zwei Menschen miteinander, bis sie vor Lust explodierten. Küssend und kichernd umklammerten sie sich und dankten einander und Gott für alles, was sie soeben erforscht und erlebt hatten …

Die Erinnerung daran war kaum zu ertragen. Hanny zwang sich zurück in die Gegenwart. Mit tränenverschleiertem Blick versuchte sie, die Schneekugel scharf zu sehen. Wie in Trance und als sei sie ganz allein, nahm sie die Kugel in die Hand, schüttelte sie, sah, wie der Schnee darin herumwirbelte, und dachte wieder zurück an New York. Die Erinnerung bereitete ihr körperliche Schmerzen, die Sehnsucht durchbohrte sie. Mit einem Urschrei schleuderte sie die Schneekugel völlig unvermittelt gegen die Wand. Die Scherben, das Wasser, die Freiheitsstatue, der Schnee – alles fiel zu Boden.

Midge saß mit offenem Mund da, als spiele sich das alles in Zeitlupe ab.

Das war's, dachte sie bei sich. Jetzt bricht sie zusammen.

Aber nein.

Zu Midges größtem Erstaunen atmete Hanny einfach nur aus. Lang und tief. Gleichzeitig senkte sie die Schultern.

Dann holte sie in aller Seelenruhe Handfeger und Schippe und kehrte alles auf. Die sich neugierig nähernde Nancy scheuchte sie weg, damit sie sich nicht an den Scherben verletzte, dann richtete sie sich auf und lächelte ihre Tante doch tatsächlich an. Ganz normal. Ein bisschen verschmitzt, aber jedenfalls überhaupt nicht irre.

»Na, dann«, sagte sie.

»Na, dann?«, wiederholte Midge alarmiert.

Hanny atmete tief ein, ließ die Luft übertrieben langsam wieder entweichen und zog die Schultern hoch.

»Na, dann sollte ich mich wohl mal mit ihm treffen, was?«

Vielleicht lag es daran, dass sie Midge liebte und ihr blind vertraute. Vielleicht hatte sie das Gesagte deshalb annehmen können. Vielleicht war sie deshalb endlich bereit, mit ihm zu reden. Vielleicht war Midge so etwas wie ihre Stimme der Vernunft.

Sie dachte zurück an jenen Abend, an dem sie die beiden gesehen hatte und ihnen gefolgt war. Sie hatte an Sid gedacht und war so in ihrer Trauer versunken gewesen, so untröstlich über seinen Verlust. Schon bevor sie Bastian mit ihr sah. Sie war vollkommen durch den Wind gewesen.

Plötzlich fiel Hanny etwas ein. Sie trat auf die Bremse und hielt mitten auf der Straße an. Das kleine Auto quittierte das abrupte Manöver damit, dass der Motor absoff.

Hanny umklammerte das Lenkrad, lehnte sich nach vorn und legte das Kinn auf dem Steuer ab. So blieb sie mindestens zehn Minuten sitzen, mitten auf der Straße.

Als sich schließlich ein anderes Auto näherte und sie anhupte, startete sie Cyril wieder, fuhr ganz weit links ran, um den anderen Wagen vorbeizulassen, und wendete dann.

Wieder zu Hause blieb sie noch eine Weile im Auto sitzen, bis sie die Kälte in den Fingerspitzen spürte. Dann stieg sie aus, schloss vorsichtig die Wagentür und ging nach hinten ums Haus.

Durch die Terrassentür konnte sie Midge im Wohnzimmer auf dem Sofa sitzen sehen, ein Glas Wein in der Hand, Nancy auf dem Schoß. Sie sah fern und lachte.

Midge hätte ihre Nichte kaum bemerkt, wenn nicht Nancys siebter Sinn diese aufgescheucht und zum Fenster getrieben hätte, wo sie schrill kläffte und wie ein Derwisch tanzte.

Jetzt musste sie natürlich hineingehen. Zusammen mit einem Schwall kalter Luft betrat sie das warme Zimmer.

Midge richtete die Fernbedienung auf den Fernseher und stellte ihn auf Lautlos, sodass er nur noch ein flackerndes bläuliches Licht verbreitete. Sie setzte sich auf und lächelte Hanny herzlich und besorgt an.

»Hallo! Das ging aber schnell. Wie ist es gelaufen?«

»Öh, ja, ganz gut.« Hanny staunte selbst, dass sie ihre Tante – abgesehen von dem einen oder anderen Flunkern bezüglich bereits erledigter Hausaufgaben – zum ersten Mal in ihrem Leben anlog.

»Ihr habt euch also gesehen? Und geredet?«

»Hmhm ...« Hanny bückte sich, um sich die Stiefel auszuziehen, aber natürlich auch, um sich zu verstecken.

»Und? Wie ist es gelaufen?«

»Na ja ... War halt ein bisschen seltsam ...«

»Aber ihr habt reinen Tisch gemacht?«

Hanny sah auf.

»Glaub schon.«

»Und jetzt?«, drängelte Midge.

»Wir müssen ... noch mehr miteinander reden.« Diese Worte gingen ihr etwas leichter über die Lippen, weil sie wenigstens keine komplette Lüge waren. Stimmte ja. Irgendwann würden sie miteinander reden müssen.

»Aber ihr habt einen Anfang gemacht, ja? Und es geht voran, ja?«

Hanny lächelte etwas seltsam und nickte.

»Eine neue Gemeinsamkeit, ja. Das kann man wohl so sagen.«

»Bist du sauer auf mich?«

»Weil du mich gedrängt hast, mich mit Bastian zu treffen?« Hanny biss sich auf die Lippe und schüttelte langsam den Kopf. »Ehrlich gesagt, ich hatte so was in der Art erwartet.«

»Willst du mir erzählen, was er gesagt hat?«

Doch Hanny schüttelte den Kopf, setzte sich ohne ein weiteres Wort noch im Mantel neben ihre Tante aufs Sofa, legte den Kopf auf Midges Schulter, nahm die Fernbedienung und schaltete den Ton wieder ein.

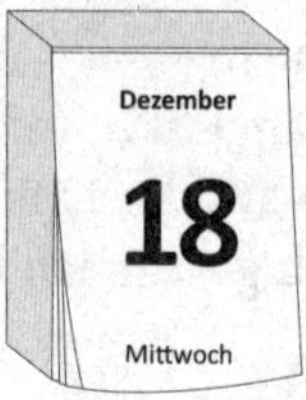

Midge und Hanny saßen, ohne es vorher verabredet zu haben, um Punkt halb sieben an diesem Morgen gemeinsam am Frühstückstisch.

Kein weiteres Wort hatte ihre Nichte über das Treffen mit Bastian verloren, aber das Gespräch mit ihm hatte ihr ganz offensichtlich gutgetan. Hanny war wie ausgewechselt. Kein Vergleich mehr zu dem heulenden Wrack, das sie bei ihrer Ankunft vor zwei Tagen in den Armen hielt. Fast, als sei sie auf Dopamin oder irgendwelchen anderen stimmungsaufhellenden Medikamenten. Bei jedem Schritt, den sie durch die Küche tat, schien Hanny zu schweben.

Es ging ihr augenscheinlich viel, viel besser, und Midge lächelte erleichtert. Und sie war überrascht, als Hanny ihr nun ganz ruhig verkündete:

»Weißt du was? Ich finde, du solltest die Reise, die du extra für mich unterbrochen hast, wieder aufnehmen und wie geplant nach Spanien fliegen. Dir sind ja bloß zwei Tage entgangen. Du kannst immer noch locker zu Weihnachten zurück sein.«

Doch Midge schüttelte den Kopf.

»Ich fliege überhaupt nirgendwohin.«

»Und wieso? Du bist doch wegen mir hier, oder? Und mir geht's gut. Ehrlich. Du hast mir schon mehr geholfen, als du dir vorstellen kannst. Bitte, Midge.«

»Du willst also nicht, dass ich hierbleibe und dir bei den Vorbereitungen helfe? Einkaufen gehen und so weiter …?«

»Nein. Ich will, dass du wie geplant nach Spanien fliegst.«

»Du kannst einem schon das Gefühl geben, nicht besonders erwünscht zu sein …« Midge lächelte trocken.

»Du bist überhaupt nicht unerwünscht«, widersprach Hanny sofort. »Nur im Moment ein bisschen überflüssig … Wenn du verstehst, was ich meine …«

Midge zuckte die Achseln.

»Ja, wenn ich meinen Kopf befrage und nicht mein Herz, dann verstehe ich es …«

Hanny nahm sie schnell in den Arm.

»Du Dummerchen«, gurrte sie. »Ich sagte doch ›im Moment‹. Das darfst du nicht als ›immer‹ auslegen. Sonst bist du äußerst selten überflüssig. Aber gerade jetzt würde es mich ausnahmsweise extrem glücklich machen, wenn du deine Reise wie geplant fortsetzen würdest. Bitte. Versprich mir, dass du wenigstens drüber nachdenken wirst, Midge.«

»Du willst wirklich, dass ich verschwinde.«

»Jeps.«

»Kommst du mit?«

Hanny schüttelte den Kopf.

»Kann nicht.«

»Natürlich kannst du.«

»Nancy.«

»Könnte Edith nicht auf sie aufpassen?«

»Klar, solange sie mit einem Apfel im Mund im Ofen schmort … Aber darum geht's auch gar nicht. Ich möchte nicht mit. Es war wirklich großartig, dass du hergekommen bist, Midge, wirklich, ich bin dir sehr dankbar dafür, und ich freue mich immer, dich zu sehen. Aber ich hätte ein schlechtes Gefühl, dich hier festzuhalten …«

»Na gut, ich werde darüber nachdenken«, lenkte Midge ein.

Nach dem Frühstück zog Hanny sich in ihr Atelier zurück, um zu arbeiten. Als sie wieder herauskam, war Midge weg, aber sie hatte nicht einmal eine Nachricht hinterlassen.

War sie etwa schon abgereist?

Eine Sekunde lang spürte Hanny eine Art Panik in sich aufsteigen. Doch dann rief sie sich in Erinnerung, dass sie darauf bestanden hatte, dass Midge abreiste.

Und sie rief sich in Erinnerung, warum sie das getan hatte. Gleichzeitig rief sie sich aber auch in Erinnerung, dass Midge niemals abreisen würde, ohne sich zu verabschieden, was heißen musste, dass sie noch mal wiederkommen würde und Hanny nicht im Gästezimmer nachzusehen brauchte, ob ihre Sachen noch da waren.

Aber sie tat es trotzdem.

Und seufzte erleichtert, weil sie noch da waren.

Gegen Mittag kam Midge wieder. Hanny machte gerade Pause und ließ Nancy den Garten wässern, als der Mietwagen in die Einfahrt rollte und hinter der windschiefen Garage parkte.

Sie war nicht allein, sondern hatte Verstärkung mitgebracht: Oma Annie, Midges und Ruths äußerst illustre Stiefmutter.

Sie war bereits über achtzig, sah aber aus wie sechzig und kleidete sich, als sei sie zwanzig. Ihren mehr als abwechslungsreichen Lebensabend verbrachte sie in einem ziemlich schicken Seniorenheim in der Nähe von Exeter, das mehr einem Sechssternehotel als einem Altersheim glich.

Hanny besuchte sie für gewöhnlich einmal im Monat, brachte ihr eine gute Flasche Wein und Schokolade, die neueste *Vogue* und die neueste Jackie Collins mit und machte sich entweder vor Lachen fast in die Hose oder guckte schockiert aus der Wäsche, wenn Oma Annie die Bude rockte.

Mit Oma Annies Besuch bei ihr zu Hause hatte Hanny erst an Weihnachten gerechnet.

»Was soll das?«, fragte Hanny ihre Tante geradeheraus.

Aus Midges Blick sprach ein Anflug schlechten Gewissens, doch mit fester Stimme entgegnete sie:

»Du brauchst jemanden, der sich um dich kümmert.«

»Und wieso hast du dann ausgerechnet Oma angeschleppt?«

»Weil es zur Not auch damit getan ist, dass du jemanden hast, um den du dich kümmern kannst … Du weißt schon, Hanny. Ich will dich hier nicht alleine lassen. Nicht jetzt.« Zärtlich strich sie ihrer Nichte über die Wange und sah sie dabei so liebevoll an, dass Hanny zum ersten Mal seit ihrem Zusammenbruch bei Midges Ankunft wieder die Tränen kamen.

Schnell blinzelte sie sie weg.

Midge tat freundlicherweise so, als hätte sie nichts bemerkt.

»Ihr wird es auch guttun. Du weißt doch, wie gerne sie mit dir zusammen ist.« Sie zuckte zusammen, als aus der Küche das Klirren eines zu Bruch gehenden Glases zu hören war.

Gefolgt von einem »Tschuldigung!«, gefolgt vom Heulen des Staubsaugers, der prompt von Nancy angekläfft wurde.

»Sie ist anstrengend«, brummte Hanny. Sie sah wieder zur Küchentür, doch jetzt zuckten ihre Mundwinkel in Richtung eines Lächelns.

Midge grinste.

»Stimmt. Aber ich glaube, es wird dir ganz guttun, dich mal ein bisschen locker zu machen und dich auf Oma Annies Eigenart einzulassen. Also, was ist? Kann sie bleiben?«

Hanny zögerte.

»Ich fliege nicht nach Spanien, wenn du hier allein bist …«

»Das ist Erpressung.«

»Ich weiß. Und? Klappt's?«

Der Staubsauger verstummte, und Annie fing an zu singen.

Barry Manilows ›Mandy‹.

Allerdings ersetzte sie »Mandy« mit »Nancy«.

Und auch manche andere Wörter mit solchen, die ihr besser passten.

»*Oh Nancy, well, you came and you peed in the kitchen.*«

Hanny seufzte, doch Midge stellte erfreut fest, dass ihr zögerliches Lächeln fester wurde.

»Sie kann bleiben.« Hanny verdrehte seufzend die Augen, lächelte aber in der Tat immer mehr. »Aber ich kann dir nicht versprechen, dass ich sie nicht umbringe, bevor du wiederkommst.«

»Kein Problem«, lachte Midge. »Gut, dann schmeiße ich eben meine Sachen ins Auto und dann verabschiede ich mich. Kümmere du dich mal besser um deinen Hausgast …«

Ein bisschen ängstlich steuerte Hanny die Küche an, wo sie ein Chaos erwartete, das unmöglich in der kurzen Zeit, die Annie allein in der Küche gewesen war, entstanden sein konnte – und eine extrem gut aufgelegte und bereits leicht torkelnde Stiefgroßmutter.

»Ich hab uns schon mal einen kleinen Frühschoppen gemacht«, strahlte sie ihre Enkelin an und reichte ihr einen Tequila Sunrise.

Hanny wartete, bis Annie nach Genuss ihres Turbo-Frühschoppens auf dem Sofa schnarchte, dann packte sie das kleine Geschenk aus, das heute vor der Tür gestanden hatte.

Noch eine Schneekugel.

Genau die gleiche wie am Vortag.

Aber an dieser klebte ein gelber Zettel, auf dem in Bastians erstaunlich leserlichen Handschrift nur ein Wort stand: »Zerbrechlich«.

Mit einem leichten Lächeln auf den Lippen entfernte Hanny den gelben Zettel und stellte die Schneekugel auf die Fensterbank. Ein Blick nach draußen verriet ihr, dass es dort genau wie in der kleinen Glaskugel schneite.

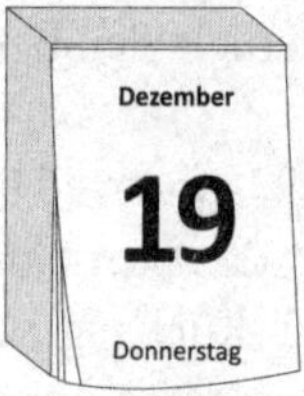

Sie arbeitete bereits seit den frühen Morgenstunden, doch nun forderte ihr Magen Frühstück. Hanny fiel ein, dass sie noch Oma Annies Lieblingscroissants in der Tiefkühltruhe hatte, und ging in die Küche, wo ihr ein süßlicher, durchdringender, irgendwie vertrauter Geruch entgegendrang.

Annie saß bereits am Tisch, in der Hand etwas, das verdächtig nach einem Joint aussah. Hanny bemerkte das geöffnete Geschenk auf dem Tisch. Ihre Oma hatte in etwa die gleichen Manieren wie Edith. Sie hatte das heutige Päckchen also bereits gefunden und, weil sie es nicht abwarten konnte, aufgemacht.

Und sich auch gleich an dessen Inhalt bedient.

»Was machst du da?« Hanny runzelte die Stirn.

Annie tat einen kräftigen Zug und stieß den Rauch in kleinen Kringeln aus.

»Das? Hab ich vor der Haustür gefunden. Muss jemand da abgestellt haben.«

»Das …«, Hanny fuchtelte mahnend mit dem Finger, »… war in der Schachtel?«

»Hmhm. Allerdings. Stand kein Name drauf, und weil mir gestern meine Zigaretten ausgegangen sind und die heilige Hanny so ein Zeug ja wohl nicht anrührt, hab ich mich bedient …«

Heilig oder nicht, Hanny rührte so ein Zeug in der Tat nicht an. Und ganz bestimmt nicht *das* Zeug.

Ein einziges Mal hatte Hanny Gras geraucht, allerdings ohne zu wissen, was sie da eigentlich tat.

Das war mal wieder Ediths Schuld gewesen.

Hanny war zu einer Ausstellung in der Penlee Gallery in Penzance eingeladen gewesen und hatte Edith als Begleitung mitgenommen, weil Bastian an dem Abend arbeiten musste. Er wollte sich später mit ihnen in einem kleinen Pub in der Nähe des Museums treffen, um eine Kleinigkeit zu essen.

Edith war gefahren – mit ihrem Liebesmobil. Da war sie gerade erst von einer Tour durch Deutschland zurück gewesen. Ihre neueste Symphonie war in der Berliner Philharmonie so schlecht aufgenommen worden, dass sie angespannter war als eine zu hoch gestimmte Geigensaite.

Hanny hatte es damals nicht gleich durchschaut, sie glaubte, ihre Freundin rauchte ihre üblichen Mentholzigaretten. Doch Edith hatte beschlossen, ihre Sorgen nicht in Alkohol zu ertränken, sondern mit reichlich Gras zum Fliegen zu bringen.

Den ganzen Weg nach Penzance hatte sie wie ein Schlot gequalmt. Und obwohl Hanny sich, so weit sie konnte, aus dem offenen Fenster lehnte, rauchte sie reichlich passiv mit.

Und war, als sie ausstiegen, nicht minder high als Edith.

Hand in Hand waren sie durch die Ausstellung geschlendert und hatten den in Plastikgläsern servierten lauwarmen Sekt getrunken. Hatten gekichert, gelacht, Witze gemacht, die Kunst über den grünen Klee gelobt und Fremde umarmt.

Später in dieser Nacht hatte Hanny dann versucht, eins der Gemälde zu klauen, denn sie hatte sich in ein Porträt von Ruth Simpson verliebt. Fast zehn Minuten hatte sie davorgestanden und es schielend bestaunt. Irgendwie erinnerte sie die Frau auf dem Bild an ihre Mutter. Und dann hieß die Künstlerin auch noch Ruth. In ihrem berauschten Zustand hatte Hanny beschlossen, dass das Gemälde zu ihr gehörte und nicht in diese Galerie. Also wollte sie es mit nach Hause nehmen.

Als sie es abhängte, schrillte kein Alarm. Und das Bild passte perfekt in Ediths überdimensionierte Handtasche.

Es gehörte zu ihr. Wirklich.

Doch Bastian hielt sie auf, denn er tauchte just in dem Moment auf, als sie die erste Ecke in die Tasche schob. Schnell nahm er ihr das Bild ab und hängte es zurück an die Wand, bevor jemand etwas bemerkte. Dann schaffte er die beiden nach Hause, damit sie ihren Rausch ausschlafen konnten.

Hanny wäre am nächsten Morgen vor Scham am liebsten im Erdboden versunken. Glücklicherweise hatte Bastian den Schock darüber, dass seine sonst engelsgleiche Hanny etwas hatte stehlen wollen und das auch noch lustig fand, schnell überwunden. Eine ganze Weile nannte er sie »mein rosaroter Panther«. Und zum nächsten Geburtstag schenkte er ihr eine Sturmhaube, einen Bolzenschneider und eine Bob-Marley-CD.

An all das erinnerte Hanny sich, während sie Oma Annie dabei zusah, wie sie an ihrem Küchentisch sitzend Rauchringe in die Luft blies.

»Was soll das denn bitte? Wie kommt er dazu, mir so was zu schicken?«

»Was, so was?«

»Na, Drogen!«, empörte Hanny sich.

»Drogen?« Annie runzelte die Stirn.

»Marihuana, Oma.«

»Marihuana?«

»Gras, Dope, Cannabis, Kraut, Mary Jane, Krutt, Knaster, Grünes!«

»So ein Quatsch. Du glaubst doch nicht im Ernst, dass ein Mann wie Bastian – ein Arzt – dir Drogen schicken würde? Nein, nein, meine Liebe, das sind Heilkräuter. Ganz sicher. Sehr angenehm. Möchtest du auch?« Annie reichte ihr das qualmende Etwas.

»Ich rauche nicht.«

»Nee, nur aus den Ohren.« Annie ließ die Augenbrauen hüpfen.

Hanny nahm ihr die Zigarette aus der Hand, schnupperte misstrauisch daran, bevor sie sie ins Spülbecken beförderte und den Hahn aufdrehte.

»Also wirklich, Kind, du bist doch sonst nicht so!«

Als wolle sie noch unterstreichen, dass sie nun eben doch so ist, schnappte Hanny sich die geöffnete Geschenkschachtel vom Tisch und warf sie in den Müll.

Annie sah, wie die Nasenflügel ihrer Enkelin sich aufblähten. Das war schon immer das einzige Zeichen gewesen, an dem man erkennen konnte, dass Hanny wütend war. Sie wusste gar nicht, wie ähnlich sie ihrem Großvater war.

Annie seufzte, streckte die runzelige, aber immer noch elegante Hand aus und strich Hanny eine Strähne aus dem Gesicht.

»Seit wann bist du denn so ein engstirniger Moralapostel? Du warst doch immer so offen für alles. Du weißt doch besser als jeder andere, dass jede Geschichte mindestens zwei Seiten hat.«

»Jetzt kommt die Leier wieder ...«, seufzte Hanny.

»Was für eine Leier?«

»Na, ich nehme mal an, Midge hat dich bereits darüber informiert, dass Bastian nicht mehr hier wohnt«, sagte Hanny unangebracht schnippisch.

»Kann schon sein, dass sie mir das eine oder andere erzählt hat, ja.«

»Oder auch gleich die ganze Geschichte«, merkte Hanny beleidigt an.

»Ja, gut, sie hat mir alles erzählt. Warum auch nicht? Und wenn du meine Meinung wissen willst –«

»Will ich nicht.«

»Also, ich finde –«

»Ich will keinen Vortrag hören und ich will auch nicht drüber reden, Oma.«

»Hannelore Richmond.«

»Ich will nicht darüber reden, Oma«, wiederholte Hanny in etwas schärferem Ton.

Annie schnalzte unzufrieden mit der Zunge, seufzte und zuckte dann doch ergeben die Achseln.

»Gut. Dann reden wir halt nicht.« Einen Augenblick lang sah sie wütend aus, aber im nächsten Augenblick lächelte sie, als hätte jemand einen Schalter umgelegt. »Dann gehst du jetzt eben ein bisschen mit mir raus.«

»Wie, raus?«

»Na, raus. Ich hab keine Lust, den ganzen Tag hier mit dir eingesperrt zu sitzen und mir deine Leichenbittermiene anzugucken. Da war noch was anderes in deinem kleinen Geschenk. Sei so lieb und hol es doch noch mal da raus.«

Annie nickte Richtung Mülleimer.

Sah zu Hanny.

Sah wieder zum Mülleimer.

Und wieder zu Hanny.

Das machte sie eine Weile, bis Hanny entnervt aufgab und die Schachtel wieder herausfischte.

Sie betrachtete sie, als könne sie jeden Moment in die Luft fliegen.

Tatsächlich.

Da war noch was.

Eine Einladung.

Zu einer Ausstellung in der Penlee Gallery.

Und dann war da noch was.

Ein Hundespielzeug.

Eins, das quietschte.

Es quietschte sofort, als Hanny es herausholte, und Nancy war sofort ganz Ohr und bei Fuß und sprang an Hanny hoch, weil sie unbedingt spielen wollte.

Es war ein rosaroter Panther.

Während Nancy den rosaroten Panther malträtierte, wandte Hanny sich mit ernster Miene Annie zu.

Sie wedelte mit den Karten.

»Willst du dahin?«

»Jeps.«

»Warum?«

»Weil's da Sekt gibt. Gratis.«

Immer tiefere Runzeln gruben sich in Hannys Stirn.

»Was wird hier gespielt, Oma?«

»Woher soll ich das denn wissen?«

»Die Zigarette, die Karten, das Hundespielzeug?«

»Also, nach allem, was Midge mir erzählt hat, vermute ich, dass er dich damit an etwas erinnern will. Und? Erinnerst du dich an etwas?«

»Ihr steckt doch unter einer Decke, oder?«

»Ich weiß wirklich nicht, was du meinst. Ich stecke schon lange mit niemandem mehr unter einer Decke. Leider, wenn ich das mal so sagen darf.« Annie blinzelte Hanny übertrieben an. »Hanny, Liebes, ich schwöre dir, ich habe keine Ahnung, warum dein lieber Bastian dir krautige Kippen und quietschende Panther schickt. Ich weiß nur, dass ich mich zu Tode langweilen werde, wenn ich den ganzen Tag hier mit dir sitzen soll und du weder reden noch Karten spielen noch dich betrinken willst. Jetzt komm schon, kutschier mich ein bisschen in deinem steilen Auto rum.« Annie liebte Cyril. Sie waren »eine Generation«, wie sie immer gerne sagte. »Wenn ich mit Cyril unterwegs bin und meine Haare im Wind flattern, kann ich so tun, als wenn ich wieder jung und schön wäre statt alt und hässlich.«

»Du bist immer noch schön«, widersprach Hanny pflichtschuldig.

»Vielen Dank, meine Liebe.« Annie grinste. »Aber glaub mal nicht, dass mir nicht aufgefallen wäre, dass du das ›alt und hässlich‹ hast stehen lassen. Also los, was ist jetzt? Nimmst du eine alte Dame mit auf eine Spritztour? Bring mich noch einmal zum Lächeln, bevor ich sterbe …« Sie krümmte sich ein wenig, hielt sich die Hand vor den Mund und hustete ostentativ.

»Ist ja gut, komm, wir fahren.«

Annie sprang auf, klatschte in die Hände und strahlte, dass man ihre gerade, immer noch weiße Zahnreihe sehen konnte.

»Großartig! Ich ziehe mir nur eben schnell etwas Bequemeres an.«

»Etwas Bequemeres« war für Oma Annie eine Lederhose, eine Lederjacke, ein Chaneltuch und halsbrecherische Louboutins. So ausstaffiert machten sie sich auf den Weg nach Penzance.

Die Fahrt verlief äußerst kurzweilig.

Annie war allerbester Laune und steckte Hanny damit sogar so weit an, dass diese immerhin lächelte. Weil die Sonne schien, fuhren sie trotz Schnee und Kälte mit offenem Verdeck, und das nutzte Hannys Großmutter als Ausrede dafür, sich aus ihrem Flachmann »von innen zu wärmen«.

Sie schafften es sogar, das antike Autoradio auf einen Musiksender einzustellen, und sangen lauthals alle möglichen Oldies mit. Hanny musste feststellen, dass die Welt da draußen doch eine Ecke besser war, als sie sie in Erinnerung hatte, und war plötzlich einverstanden, nach dem Ausstellungsbesuch Nancy zu Hause abzuholen und in einem hundefreundlichen Restaurant essen zu gehen.

Sie fanden einen Parkplatz in den schmalen Straßen der kleinen Hafenstadt und marschierten vorfreudig auf die kleinen Ausstellungsräume voller wunderbarer Kunstwerke zum Penlee House.

Doch dort angekommen, war die Tür zum Museum mit Flatterband abgesperrt und wurde von mehreren bulligen Polizeibeamten bewacht.

»Was ist denn hier los?« Hanny runzelte die Stirn.

Annie, die sich schon auf die warmen Räume und den Gratissekt gefreut hatte, tippte dem nächstbesten Polizisten auf die Schulter.

»Entschuldigen Sie bitte, junger Mann, aber wir haben Karten!«

Er drehte sich um.

»Tut mir leid, Madam, aber es hat hier einen Vorfall gegeben, wir dürfen niemanden hineinlassen.« Dann wanderte sein Blick von dieser ziemlich schrägen Alten zu Hanny, und er lächelte. »Hanny! Was für ein Zufall! Das darf nicht so weitergehen, dass wir uns immer treffen, wenn ich im Dienst bin!«

Er nahm sie in den Arm. Entzückt betrachtete Annie seine starken Arme und sein schönes Gesicht und hoffte fast, ebenfalls geherzt zu werden.

»Was machst du hier?«

»Hallo, Eddie. Wir haben Karten für die Ausstellung. Aber was macht ihr hier? Was ist passiert?«

Er sah sich um, als wolle er sicherstellen, dass niemand sie belauschte, und flüsterte Hanny dann verschwörerisch ins Ohr:

»Hier ist ein Bild geklaut worden.«

»Im Ernst?« Hanny riss die Augen auf.

Selbst Annie gab ihren säuerlichen Gesichtsausdruck auf und begann, die Sache interessant zu finden.

»Ja. Irgendjemand ist einfach so da reinspaziert, hat das Bild von der Wand genommen und ist damit wieder rausgegangen.«

»Einfach so?«

»Einfach so.«

Hanny war, als habe sie ein Déjà-vu.

»Und … Hat denn jemand gesehen, wer das war?«

»Nein, das ist ja das Seltsame. Jede Menge Leute in der Ausstellung, aber keiner hat was gesehen.«

Langsam beunruhigte sie das Ganze.

»Welches?«

»Wie, welches?«

»Welches Bild wurde gestohlen?«, wollte Hanny wissen und hielt die Luft an.

Eddie schlug sein Notizbuch auf und blätterte darin.

»Ein Porträt, glaube ich …« Er kniff die Augen zusammen, um seine eigene Handschrift zu entziffern. »Ja, genau, hier. Ein ziemlich wertvolles. Porträt einer Dame … von Ruth Simpson.«

Seit sechs Uhr morgens saß sie auf ihrem Posten auf halber Höhe der Treppe und wartete auf ihn. Doch außer dem Schnarchen ihrer Oma im Gästezimmer und Nancys Schnarchen auf ihrem Schoß war nichts zu hören, und so schlief auch Hanny schließlich wieder ein.

Sie nickte nur für fünf Minuten ein und wurde vom Zuschlagen einer Autotür wieder wach. Dann hörte sie das Auto wegfahren.

»Mist! Mist! Mist! Mist! Mist!«, schimpfte sie, schob die friedlich schlummernde Nancy unsanft von ihrem Schoß und trampelte die Treppe hinunter zur Haustür.

Sie wusste selbst nicht genau, weshalb sie ihn heute Morgen gerne dabei beobachtet hätte, wie er das Geschenk brachte. Vielleicht, um gleich zu sehen, ob es in etwa die Größe und Form hatte, die sie erwartete. Vielleicht, weil sie, wenn sie nicht mit eigenen Augen sah, was er heute brachte, einfach nicht würde glauben können, dass er es tatsächlich getan hatte …

Dass sie an der Haustür dann doch zögerte, bemerkte sie erst, als die inzwischen zwei Zentimeter gewachsene und des Treppenabsteigens mächtig gewordene Nancy auf einmal neben ihr stand.

»Was meinst du, Nancy? Trau ich mich?«

Nancy musste dringend mal und hatte auch inzwischen begriffen, dass Pfützen im Haus nicht ganz so gut ankamen wie Pfützen draußen. Sie drängte zur Tür und kratzte daran.

Hanny öffnete sie, Nancy schoss hinaus und sorgte für gelbe Muster im Schnee, und sie selbst schielte beklommen zum Geschenk des Tages, dessen Größe und Form leider genau ihren Befürchtungen entsprachen.

Sie schnappte es sich.

Dann schnappte sie sich die völlig verdutzte Nancy, die gerade überlegt hatte, noch mehr Farbe im Schnee zu verteilen. Hanny nahm sie mit hinein, und Nancy hinterließ stattdessen eine gelbe Pfütze auf dem Küchenboden. Doch das bekam Hanny gar nicht mit. Sie war voll und ganz damit beschäftigt, das Geschenkpapier aufzureißen.

»Nee, ne!?! Das glaube ich jetzt nicht«, keuchte sie, als sie zum Inhalt vorgedrungen war.

Und doch war es wahr.

Bastian hatte das Gemälde gestohlen.

Es lag hier vor ihr auf dem Tisch.

Da tauchte Annie in der Küchentür auf. Sie sah aus wie aus Baby Jane entsprungen: seidener Morgenmantel, Zigarette in der einen, Martiniglas in der anderen Hand.

»Was ist das?«, fragte sie und beäugte das Bild. Sie war mal wieder zu eitel, um ihre Brille aufzusetzen.

Hannys erster Impuls war, alles abzustreiten.

»Nichts«, quietschte sie und klappte notdürftig wieder das zerrissene Geschenkpapier darüber.

»Komisch. Ich finde, es sieht viel mehr wie ein Gemälde aus.« Annie setzte sich, schob das Papier beiseite und hob vielsagend die Augenbrauen.

Da setzte sich auch Hanny.

»Und es könnte nicht zufällig sein, dass es auch ein Gemälde *ist*?«

»Vielleicht. Zufällig«, brummte Hanny.

»Und es könnte nicht zufällig sein, dass es das Gemälde ist, das gestern Morgen noch ein Ausstellungsstück war, bis es von einem unbekannten Langfinger entwendet wurde?«

»Vielleicht. Zufällig«, wiederholte Hanny, ohne Annie dabei anzusehen.

»Und es könnte nicht zufällig sein, dass ...«, fing Annie zum dritten Mal an, doch da gab Hanny schon auf.

»Ja, ja, ist ja schon gut! Ja, es ist das Bild aus Penlee House, und ja, es sieht ganz danach aus, dass Bastian es gestohlen und mir heute Morgen vor die Haustür gelegt hat.«

»Oha«, sagte Annie und kippte sich den Martini hinter die Binde.

»Das kannst du aber laut sagen«, erwiderte Hanny und nahm ihrer Großmutter das Glas ab, bevor sie es wieder auffüllen konnte.

Es gab nur einen Menschen auf der Welt, der ihnen vielleicht irgendwie helfen konnte.

Nervös wählte Hanny die Nummer, die sie langsam auswendig kannte. Ganz wohl war ihr nicht bei der Sache.

»Hi, Ed ... Äh ... Tut mir leid, wenn ich störe ... Aber ich habe da ein kleines Problem, und ich dachte, du könntest mir vielleicht helfen ...?«

Wenige Zeit später betrat Eddie die Küche, und Hanny zeigte wortlos auf das Corpus Delicti auf dem Küchentisch.

Überrascht riss er Augen und Mund auf. Er sah Hanny an und wusste, dass er jetzt irgendetwas sagen sollte. Er wusste nur nicht, was.

Hanny fiel als Erster etwas ein.

»Damit das ganz klar ist: Mein Name ist Hase. Ich weiß von nichts.«

Eddie brachte ein »Äh« hervor, dann schloss er den Mund wieder.

Er wusste wirklich nicht, was er sagen sollte.

»Werden Sie sie festnehmen?«, erkundigte Annie sich hoffnungsvoll, während sie Eddies Bizeps und seine großen, haselnussbraunen Augen bewunderte.

»Ich glaube nicht, dass das nötig ist«, erwiderte Eddie, der sie beruhigen wollte.

»Möchten Sie stattdessen mich festnehmen?« Annie zwinkerte ihm zu.

»Au ja!« Hanny grinste. »Weißt du was, Oma, wir könnten die Sache ganz schnell klären, indem wir behaupten, du hättest das Bild geklaut. Und dann auf geistige Unzurechnungsfähigkeit plädieren. Das würde man uns glatt abnehmen. Und du würdest gut dabei wegkommen. Vielleicht müsstest du auch gar nicht ins Gefängnis und könntest direkt in ein Sanatorium.«

Annie freute sich, dass Hanny zu ihrem alten Humor zurückgefunden hatte, streckte ihrer Enkelin die Zunge heraus und dem schmucken Eddie die ausgestreckten Arme entgegen.

»Bitte legen Sie mir Handschellen an, Herr Wachtmeister. Ich verspreche Ihnen auch, mich nicht zu wehren. Oder kaum.«

Der arme Eddie wusste offenkundig nicht, ob er lachen, weinen oder abhauen sollte.

»Du bist keine besonders große Hilfe, Oma.« Hanny lächelte Eddie entschuldigend an. »Tut mir leid, dass ich dich hierhergebeten habe, aber ich wusste einfach nicht, was ich tun sollte. Und ich hatte gehofft, du wüsstest es vielleicht? Was sollen wir machen?«

Eddie verzog das Gesicht und zuckte die Achseln. Er hatte nicht die leiseste Ahnung.

»Du könntest doch erzählen, dass du es in einem Baucontainer gefunden hast?«, erklang da eine Stimme von der Tür.

Edith.

Seit ihrem abenteuerlichen Ausflug mit dem Liebesmobil hatte Hanny sie nicht mehr gesehen, denn die Gute hatte noch ein paar Tage geschmollt.

Jetzt war es Hanny, die nicht wusste, ob sie lachen, weinen oder die Flucht ergreifen sollte. Edith und Annie zusammen waren nämlich der absolute Albtraum. Wie Statler und Waldorf von der Muppets Show schaukelten sie einander mit dummen Sprüchen hoch, spielten nächtelang Karten und machten sich wie zwei alte, unersättliche Heuschrecken über sämtliche Essens- und Getränkevorräte her.

»Die Idee ist gar nicht so schlecht.« Es sah mit deutlich entspannterem Gesicht zu Edith auf. »Du hast doch gesagt, dass du es gerade erst gefunden hast, oder, Hanny?«

Hanny nickte und warf einen ängstlichen Blick auf Edith.

Kein Wort über meine Haustür, versuchte sie ihr telepathisch zu übermitteln, denn Eddie wusste ja, dass Bastian ihr jeden Tag ein Geschenk vor die Haustür stellte.

Das hatte sie ihm erzählt, als er neulich abends zum Pizzaessen da war. Während sie auf Eddie warteten, hatte sie Annie eingetrichtert, kein Wort darüber zu verlieren, dass das Bild vor der Haustür gestanden hatte. Edith hatte sie nicht entsprechend impfen können.

»Na, dann sagen wir das.« Eddie nickte Edith zu. »Sie haben es gefunden. Ich werde dem Sergeant sagen, dass der Dieb es sich offenbar anders überlegt und er das gestohlene Bild irgendwo abgelegt hat, wo er wusste, dass es in guten Händen sein würde – wie zum Beispiel vor der Haustür einer ortsansässigen Künstlerin …« Er warf Hanny einen vielsagenden, verschwörerischen Blick zu. Natürlich. Er hatte das alles längst durchschaut und nur fieberhaft überlegt, wie er die Sache deichseln sollte.

»Danke, Ed.«

»Nichts zu danken. Wozu hat man denn Freunde?« Er fasste sie am Arm und zwinkerte ihr zu.

»Ich kann einfach nicht glauben, dass er das getan hat!«, regte Hanny sich auf, kaum dass Eddie und das Bild wieder weg waren.

»Er hat für dich gestohlen.« Edith machte richtige Kulleraugen vor Staunen.

»Wie romantisch.« Annie lächelte verträumt.

»Wie absolut bescheuert und hirnamputiert!« Hanny schäumte über vor Wut. »Was für ein absolut beknackter Idiot!«

»Ein romantischer beknackter Idiot«, warf Annie immer noch lächelnd ein.

»Hör auf damit, Oma. Das war kriminell. So etwas macht man einfach nicht.«

Annie und Edith wechselten vielsagende Blicke. Da waren sie offenbar anderer Meinung als Hanny.

»Fällst du mir jetzt auch noch in den Rücken, Edith?«, fragte Hanny ungläubig.

»Na ja.« Edith legte den Kopf zur Seite, ihre Augen blitzten schelmisch. »Also sagen wir mal so. Das ist eine Seite von Bastian, die er uns bisher noch nicht gezeigt hat.«

»Ja, und ich glaube nicht, dass ich neue Seiten an ihm kennenlernen möchte«, gab Hanny spitz zurück. »Ich mochte ihn so, wie er war. Ohne sichtbare und unsichtbare Seiten.«

»Obwohl ich seine Rückseite ja schon immer sehr appetitlich fand ...«, legte Annie nach und zwinkerte ihrer finster dreinschauenden Enkelin zu.

Sie freute sich, jetzt den Anflug eines Lächelns um ihren Mund zu sehen.

»Nun gut, um einmal das Thema zu wechseln: Was sind deine Pläne für heute?«, fragte Annie.

»Ich muss arbeiten.«

»So ein Quatsch. Du kannst doch nicht andauernd arbeiten. Schon gar nicht, wenn du Besuch hast. Wenn man Gäste hat, muss man diese unterhalten.«

»Das habe ich gestern versucht. Siehst ja, was dabei rausgekommen ist.«

Annie ließ sich nicht beirren.

»Ich weiß, was wir machen. In fünf Tagen ist Weihnachten, und du hast noch gar nicht geschmückt.«

»Mir war nicht danach.«

»Mir ist aber danach. Was hältst du davon, wenn wir heute einen Weihnachtsbaum besorgen? Einen schönen. Edith, du würdest uns doch sicher fahren, oder?«

Edith zuckte die Achseln. Näher würden sie einem »Ja« nicht kommen.

»Großartig! Wir können einen richtigen Ausflug daraus machen. Erst Weihnachtsbaum, dann Glühwein und Pasteten – und ich muss noch ein paar Weihnachtsgeschenke kaufen ... Deins und Ediths habe ich schon, aber ich habe noch nichts für Midge. Ich hatte an ein neues Auto gedacht. Was meint ihr?«

»Das passt nie und nimmer untern Weihnachtsbaum«, brummte Hanny.

Annie war ganz in ihrem Element. Binnen zwanzig Minuten hatte sie dafür gesorgt, dass alle warm angezogen im Liebesmobil saßen und auf dem Weg zum Gartencenter waren.

Hanny stellte ihren Weihnachtsbaum normalerweise immer am ersten Dezember auf. Sie liebte das. Aber sie bestand darauf, dass es ein Baum mit Wurzelballen war, damit sie ihn nach Weihnachten irgendwo einpflanzen konnte. Am Ende ihres lang gestreckten Gartens befand sich inzwischen ein richtiger kleiner Wald. Bastian hatte mal vorgeschlagen, sie könnten doch einfach den Baum vom letzten Jahr ausgraben, doch für Hanny war der kleine Hain so etwas wie das Tierheim, aus dem sie Sid geholt hatten: ein Asyl für ausrangierte Weihnachtsbäume, ein Ort, an dem sie ein schönes Leben haben konnten, nachdem sie ihre festliche Schuldigkeit getan hatten.

Der Baum stand immer im Wohnzimmer neben dem Kamin, und sie suchte sich stets einen aus, der so groß war, dass er nur gerade so dorthin passte. Dann verbrachte sie Stunden mit dem Schmücken. Sie verzichtete gerne auf Lametta, dafür liebte sie viele bunte Lichterketten und Christbaumkugeln.

Bastian hatte nichts zu melden. Er saß immer nur auf dem Sofa und sah ihr lächelnd dabei zu, wie sie die einzelnen Teile aufhängte, wieder abhängte, aufhängte, wieder abhängte und abermals aufhängte, bis sie restlos zufrieden war. Jedes Jahr machte sie irgendetwas anders. Vier Lichterketten und fast dreihundert Kugeln warteten auf dem Dachboden auf ihren alljährlichen glanzvollen Einsatz.

Letztes Jahr hatte sie die bunten Kugeln so aufgehängt, dass sie den Farben des Regenbogens folgten. Wunderschön hatte das ausgesehen – selbst Edith hatte spontan eine Bemerkung in die Richtung gemacht.

Doch in diesem Jahr war Weihnachtsschmuck wirklich das Letzte, worüber Hanny sich Gedanken machte. Wenn kein Schnee gelegen und sie nicht jeden einzelnen Tag ein kleines Geschenk bekommen hätte, wäre ihr gar nicht aufgefallen, dass Weihnachten vor der Tür stand. Sie selbst hatte noch kein einziges Geschenk eingekauft. Und auch noch kein einziges gemalt – das war nämlich ihr Vorteil als Künstlerin: Freunde und Verwandte freuten sich immer wahnsinnig über ein selbst gemaltes, signiertes Bild. Für Hanny war es eine wunderbare Möglichkeit, budgetfreundliche, aber zugleich einzigartige und sehr persönliche Geschenke zu machen. Sie fertigte jedes einzelne Bild mit so viel Sorgfalt an, dass sie die Beschenkten damit stets glücklich machte.

Aber dieses Jahr würden sich ihre Lieben mit industriell gefertigen, typischen Weihnachtsgeschenken begnügen müssen: Socken, Körperpflege, Pralinen, Bücher, Geschenksets. Zu mehr war sie dieses Jahr nicht imstande.

Zwei Stunden und jede Menge Socken und Körperpflegeartikel später war Hanny reif, sich hinzusetzen, die Füße hochzulegen und sich eine große Tasse Milchkaffee zu genehmigen. Doch leider kam Annie gerade erst so richtig in Schwung. Sie hatte bereits Unmengen von Geld in den netten kleinen Geschäften in der Innenstadt gelassen und durchstöberte nun das alte, seit Urzeiten von derselben Familie betriebene Kaufhaus, das das Herzstück der Einkaufsstraße war, auf der Suche nach einem »Peephole-BH für Midge«.

»Ob sie einen Push-up-BH meint?«, flüsterte Hanny Edith zu.

»Möglich ist alles …« Edith grinste. »Sie steht doch sicher auf gewagte Unterwäsche …«

»Gewagte Unterwäsche? Bei Bonhams? Da ist doch alles ›gewagt‹, was nicht völlig außer Form ist.«

»Du bist wohl lange nicht mehr Einkaufen gewesen, was?« Edith verdrehte die Augen. »Die führen hier inzwischen eine ziemlich gute Auswahl an sexy Dessous.«

»Und das weißt du deshalb, weil …« Hannys Mundwinkel zuckten, als sie sich Ediths üblichen Aufzug aus selbst gestricktem Pulli, grobem Leinenrock und klobigen Stiefeln ansah.

Hanny staunte nicht schlecht, als Edith zwinkerte und konterte:

»Unter dieser Schicht praktischer Kleidung verbirgt sich der Körper einer Göttin und die Unterwäsche einer 1-A-Stripteasetänzerin.« Das sagte sie so laut, dass ein älterer, mit Strumpfbändern hantierender Herr sich einen Moment setzen musste, um sich wieder zu fangen.

Fast hätte Hanny sich neben ihn gesetzt, aber stattdessen machte sie sich auf den Weg, ihre Großmutter zu suchen.

»Wo ist sie denn jetzt schon wieder?«, regte sie sich auf, nachdem sie die gesamte Wäscheabteilung durchstreift hatte. Also wirklich, mit Annie in einem Kaufhaus zu sein war schlimmer als mit einem Kleinkind in Disneyland.

»Da drüben bei den Slips ouverts …« Edith war wirklich ausgesprochen ausgelassener Stimmung. Das musste daran liegen, dass sie bereits mehrere Stunden mit Annie verbracht hatte. »Das war ein Witz, Hanny! Nur ein Witz. Guck doch mal, da drüben steht sie, am Parfümerietresen. Und belästigt andere Kunden mit dem Tester von Eau de Klo …«

Hanny seufzte.

Schlimmer als ein *ungezogenes* Kleinkind in Disneyland.

Annie machte es diebischen Spaß, das schrecklichste Parfum zu finden und damit alle möglichen Leute einzusprühen.

Hanny machte sich auf den Weg, Annies olfaktorische Waffe zu konfiszieren, blieb aber abrupt stehen, als sie zwischen den Dessousständern ein ihr bekanntes Gesicht entdeckte. So abrupt, dass die ihr folgende Edith mit ihr zusammenstieß.

»Herrje!«, rief Edith, die ein klein wenig ins Taumeln geriet. Noch bevor sie wieder stabil stand, hatte Hanny sie beim Handgelenk gepackt und hinter eine Säule gezerrt.

»Da ist *sie*!«, zischte Hanny, die Augen weit aufgerissen, der Ausdruck in ihnen etwas unklar. »Nicht hingucken!«, zischte sie abermals, als Edith automatisch um die Ecke gucken wollte.

Sie ließ sich weder von Hannys Kommando noch von ihrer eisernen Hand abhalten und reckte den Kopf um die Säule.

»Ach. Das ist also *sie*. Jetzt weiß ich endlich mal, wie die aussieht.«

»Du hast sie doch schon mal gesehen! Obwohl – da warst du ziemlich betrunken, wahrscheinlich hast du das vergessen.«

»Ja, ich war betrunken, aber deshalb hab ich's nicht vergessen, ich hab sie nur nicht so richtig sehen können. Aber jetzt kann ich sie sehen.« Edith holte eine Brille aus ihrer Handtasche, putzte sie mit ihrem Rock, setzte sie auf und spähte noch einmal um die Säule. »Attraktiv, würde ich sagen«, brummte sie, »aber nichts Besonderes. So wie du sie immer beschrieben hast, hatte ich Helena von Troja erwartet. Dabei sieht sie auch nicht besser aus als Harriet von nebenan.«

Dankbar sah Hanny sie an.

Sie sah besser aus denn je. Sofort fühlte Hanny sich dick und kam sich irgendwie dümmlich vor. Edith war nur nett zu ihr. Das kam verdammt selten vor, darum wusste Hanny das zu schätzen.

»Achtung, sie geht weiter!« Jetzt war es Edith, die Hanny beim Handgelenk packte und sie auf Zehenspitzen in den Gang zog, der parallel zu dem verlief, auf dem Emma sich bewegte.

»Was hast du vor?«, flüsterte Hanny, als Edith Hanny hinter ein Regal mit Hüten zerrte.

»Wir folgen ihr«, flüsterte Edith zurück.

Und genau das taten sie.

Blieb Emma stehen, blieben sie stehen. Ging sie weiter, gingen sie weiter. Warum sie das taten, wussten sie selbst nicht recht. Hanny hatte jedenfalls bestimmt nicht vor, mit ihr zu reden. Und was sollte sie sagen, wenn Emma Hanny und Edith entdeckte? Das hatte Hanny sich schon so oft gefragt. Unzählige Male hatte sie sich vorgestellt, wie es wäre, wenn sie ihr zufällig begegnen würde. Und jedes Mal war sie zum selben Ergebnis gekommen: Sie hätte ihr nichts zu sagen. Es gab nur wenige Fragen, die sie ihr stellen könnte, und im Grunde kannte sie die Antworten darauf auch selbst.

Warum? war die vorherrschende Frage. Die Antwort lag auf der Hand: weil Bastian ein durch und durch toller Typ war.

Warum nicht? Das war schon schwieriger zu beantworten.

»Hat *sie* eigentlich auch einen Namen?«, fragte Edith, als sie wieder einmal anhielten.

Ihr Name war so unverfänglich und sanft. Am liebsten hätte Hanny etwas in Richtung »Ilsebill« geantwortet.

»Emma.« Zum ersten Mal sprach sie den Namen aus und stellte überrascht fest, dass er ihr nicht im Hals stecken blieb wie Gewölle im Hals einer Katze.

Sie folgten Emma in einem großen Bogen zurück zur Unterwäsche und sahen ihr dabei zu, wie sie ein paar Strings aussuchte, die so knapp waren, dass sie genauso gut in der Haushaltsabteilung eine Rolle Bindfaden hätte kaufen können.

»Für wen sie die wohl kauft?«, murmelte Edith.

»Für Oliver?«, murmelte Hanny etwas unsicher.

»Das ist doch schon eine Woche her«, entgegnete Edith bissig.

»Was glaubst du, wie die beiden zusammengekommen sind?«

»Wahrscheinlich hat er bei ihr genau wie bei dir vor der Tür gestanden, um zu sehen, wie es ihr geht. Hat einen auf Oliver, der Diplomat, gemacht ...«

»Na, wen stalken wir denn heute?«, erklang Annies Stimme laut und vernehmlich hinter ihnen.

Hanny und Edith erschraken sich fast zu Tode, und gleichzeitig bedeuteten sie Annie, leise zu sein, indem sie sie zu sich hinter den Aufsteller mit den Herrenunterhosen zogen.

»*Sie*!«, zischten Hanny und Edith im Chor.

»Emma«, fügte Edith hinzu. Jetzt, wo sie ihren Namen wusste, würde sie ihn verdammt noch mal auch benutzen.

»Was ihr nicht sagt.« In Annies Stimme schwang etwas mit, das Hanny aufhorchen ließ.

»Nein, Oma …«, flüsterte sie energisch.

Doch Annie krempelte sich bereits die Ärmel hoch.

»Ich hätte der jungen Dame da mal das eine oder andere zu sagen!«

»Nein, Oma!«, wiederholte Hanny, wobei ihre Stimme vor Panik eine Oktave höher rutschte. »Auf gar keinen Fall!«

Jetzt, da sie Emma live und in Farbe sehen konnte und sie selbst sich nicht in einem Baucontainer versteckte, fielen Hanny doch ein paar Dinge ein, die sie ihrer Kontrahentin gerne sagen – oder antun – würde. Aber mitten im Kaufhaus? Wohl eher weniger angebracht.

Ihr auf diese Weise nachzustellen war natürlich auch nicht gerade etwas, das geistig gesunde und vernünftige Menschen taten. Edith und Annie konnte das egal sein, sie zählten ohnehin nicht zu dieser Spezies, aber Hanny wollte sich gerne einen Rest des Prädikats »vernünftig« bewahren.

»Also gut, ihr zwei. Was machen wir jetzt?« Eigentlich fragte Hanny das mehr sich selbst als ihre Begleiterinnen.

»Das hier ist ja wohl komplett lächerlich. Los, wir gehen. Ich brauche jetzt dringend eine Pastete. Oder zwei. Ach, was soll's, ich nehm drei.« Sie packte Edith und Annie am jeweiligen Arm und versuchte sie wegzuziehen.

Das Problem war nur, dass Annie in der Zwischenzeit sämtlichen Kurztorsen auf dem Regal, hinter dem sie sich versteckten, die Unterhosen heruntergezogen hatte.

Und so wurden sie schließlich von Emma entdeckt. Fünf Herren-Kurztorsen mit heruntergelassenen Hosen direkt auf Augenhöhe waren nämlich einigermaßen aufsehenerregend. Da blieben so einige Kunden stehen und kicherten. Als auch Emma sich umdrehte, waren die nackten Plastikkörper nicht das Einzige, was sie sah.

Die drei Frauen erstarrten vor Schreck. Sie hätten glatt als überrealistische Schaufensterfiguren durchgehen können. Genauso hohl und doof.

Emmas Blick wanderte direkt zu Hanny und verweilte dort.

Sie sahen einander an.

Emma sagte nichts.

Hanny sagte nichts.

Doch ihre Blicke sprachen Bände.

»Na, zufrieden, du notgeile Nymphomanin?« Die Attacke kam unvermittelt, und sie kam von Annie. Sie zischte ihr die Worte so giftig zu, dass ihr fast die Dritten herausfielen.

Wer daraufhin entsetzter guckte, war schwer auszumachen:

Emma oder Hanny.

»Oma!«, hob Hanny an, doch Emma war schneller. Wie der geölte Blitz drehte sie sich um und verpasste Annie mit ihrer perfekt manikürten Hand eine so heftige Ohrfeige, dass es wie ein Peitschenknall klang. Auf der weißen Wange zeichneten sich sofort rote Streifen ab.

Selbstverständlich hatte Annie eine Antwort verdient, aber ganz bestimmt nicht diese. Und obwohl die betagte Dame über einen sehr starken Willen verfügte, funktionierte ihr Körper nun doch nach den Gesetzen des Alters: Annie begann, auf ihren meterhohen Jimmy-Choo-Stiefeln zu schwanken, und fiel schließlich in die Unterwäscheschütte mit den Sonderangeboten.

Hannys erste Sorge galt ihrer Großmutter, doch nachdem sie ihr aus ihrem Nest aus Sonderpostenslips geholfen hatte, drehte sie sich ziemlich unwirsch um, bereit, Emma endlich mal ein paar Takte ins Gesicht zu schreien. Doch Edith war bereits zur Tat geschritten und hatte ihre großen Hände um Emmas Gurgel gelegt. Hanny konnte nur noch entsetzt dabei zusehen, wie die beiden rangen und bei ihrem gemeinsamen Sturz zwei der hosenlosen Herrentorsen und einen Ständer mit um siebzig Prozent reduzierten BHs mitnahmen.

Man hätte meinen sollen, dass der Nahkampf dort, in dem Durcheinander aus falschen und echten Körperteilen, endete.

Doch weit gefehlt.

Schließlich hatte Edith die Statur einer Olympiaringerin. Und Emma war zwar zierlich – aber drahtiger und stärker, als man erwartete. Zu allem Überfluss eilte ihr auch noch ungeahnte Verstärkung zu Hilfe: Während sie noch am Boden rauften wie Rollmöpse, tauchte plötzlich Oliver auf, in der einen Hand einen Peephole-BH, in der anderen einen Slip ouvert.

Sein entsetztes Gesicht war ein Anblick für die Götter. So hatte Hanny ihn noch nie gesehen. Doch es überraschte sie nicht, dass er dann auch nicht lange fackelte. Binnen Sekunden lag der Peephole-BH von hinten um Ediths Kehle und Oliver würgte sie, wie sie Emma würgte.

In diesem Moment hätte Hanny sich beinahe auch noch auf den Haufen geworfen, aber da stürzte Annie sich schon wieder ins Getümmel, indem sie einen ausgekugelten Puppenarm zur Hand nahm und damit Oliver eins überzog. Hanny wusste nicht, ob sie heulen oder lachen sollte.

»Jetzt hört schon auf, verdammt noch mal!«, schrie sie.

Die hosenlosen Herrentorsen waren bereits eine veritable Attraktion gewesen, aber dieser Tumult hatte inzwischen zahlreiche Schaulustige angelockt. Entsetzte Verkäuferinnen schrien, und entzückte Kunden feuerten die Ringenden an. Hannys Schrei verhallte ungehört.

Verzweifelt sah sie sich um. Sie wusste nicht, was sie suchte, aber dann blieb ihr Blick an etwas hängen. Ohne zu zögern, schnappte sie sich den Feuerlöscher, zog den Stift und zielte.

Eine Viertelstunde später saßen sie nicht nur beschäumt, sondern auch beschämt in einer Reihe vor der Tür des Geschäftsführers wie ungezogene Schulkinder, die auf den Rohrstock warten.

Keiner sah den anderen an.

Hanny betrachtete eingehend ihre Füße, bis sich zwei Uniformstiefel in ihr Blickfeld schoben und vor ihr zum Stehen kamen. Eine ihr vertraute Stimme seufzte:

»Ach, Hanny. Normalerweise hätte ich ja gar nichts dagegen, dass wir uns so häufig sehen ...«

Hanny war es verdammt peinlich, Eddie in die Augen zu schauen, doch er sah sie nur an, schüttelte amüsiert den Kopf und bog sich dann förmlich vor Lachen.

»Sag mal, machst du immer so viel Ärger?«, fragte er mit einem breiten Grinsen, und seine braunen Augen blitzten verschmitzt.

»Nein«, antwortete Hanny verschämt lächelnd und zeigte dann auf Annie. »Dafür ist normalerweise sie zuständig.«

Beim Nachhausekommen waren Edith und Annie ziemlich ausgelassener Stimmung, faselten irgendwas von Triumph und von Pizza und Poker.

Eddie kam wenig später auch noch vorbei. Sie hatten solches Glück gehabt: Weil die örtliche Polizeiwache chronisch unterbesetzt war, arbeitete Eddie schon mal Doppelschichten, und so war er es gewesen, der zu dem Einsatz bei Bonhams ausrückte. Bis auf Annie kannte er alle Beteiligten, und dank seiner nobelpreisverdächtigen diplomatischen Art gelang es ihm, diese so ausweglos scheinende Situation, in der jeder dem anderen die Schuld gab und der Geschäftsführer mit einer Anzeige wegen Sachbeschädigung drohte, zu deeskalieren.

Hanny war ziemlich beeindruckt davon, wie er mit Emma umgegangen war. Anfangs, als er erkannte, mit wem er es zu tun hatte, war er nämlich erst ein wenig ins Schlingern geraten, doch er hatte sich professionell verhalten. Er konnte die Geschäftsleitung davon überzeugen, die Dinge auf sich beruhen zu lassen, wenn für sämtliche Schäden aufgekommen würde. Und er überzeugte die im eigentlichen Gerangel involvierten Parteien davon, dass jede Weiterverfolgung ihnen allen nur schaden konnte. Die tätlichen Angriffe auf Emma seitens Annie und auf Edith seitens Oliver hoben sich gewissermaßen gegenseitig auf. Ediths Hals zierten rote

Striemen, und auf ihrem Adamsapfel hatte das winzige Herz zwischen den Körbchen des BHs, mit dem sie stranguliert worden war, einen deutlichen Abdruck hinterlassen. (Edith war zwar kein Mann, aber einen Adamsapfel hatte sie trotzdem.) Annie bot großzügig an, jedem, der sie sehen wollte, die blauen Flecken an ihrem Hintern zu zeigen, die sie sich beim Sturz in die Schlüpfer-Sonderposten-Schütte zugezogen hatte. Sie lehnten alle dankend ab. Sie waren sich sogar einig, dass sie alle irgendwie Schuld hatten.

Für Hanny war die Sache damit beendet, das »Schreckgespenst Emma« hatte sich in Luft aufgelöst, denn die Konfrontation hatte ergeben, dass Emma ein Mensch wie jeder andere war. Wie sie da mit finsterer Miene und über und über mit Feuerlöschschaum bedeckt auf einem Plastikstuhl saß, hatte sie gar nicht mehr so bedrohlich gewirkt.

Und mit dem völlig verschmierten Make-up im sauertöpfischen Gesicht auch nicht mehr so wahnsinnig attraktiv.

Wie auch immer, Eddie ergänzte die kleine Festgesellschaft ganz hervorragend. Er stieg beim Poker mit ein, ließ sich die Pizza schmecken und brachte alle mit schrägen Anekdoten aus dem kleinkriminellen Milieu von Little Over zum Lachen. Den Vogel schoss er ab mit der Geschichte über den Diebstahl der lebensgroßen Wahlkampf-Pappfigur eines Stadtrates, die später in neuem Look ganz oben auf dem Brunnen mitten auf dem Marktplatz wieder auftauchte: Der Pappkamerad war als Dragqueen inklusive Strassohrringen, einer Federboa und Stripperdessous verkleidet. Edith setzte bei der Geschichte einen betont unbeteiligten Blick auf, aber ansonsten war sie genau wie Annie sehr zufrieden damit, dass Eddie auffällig oft zu Hanny schaute.

Was nur Hanny nicht auffiel.

Hanny schien mit ihren Gedanken ganz woanders zu sein, das jedenfalls glaubten die anderen drei, und sie glaubten auch zu wissen, warum. Hätten sie sie gefragt, hätten sie zu ihrer Erleichterung erfahren, dass Hanny einfach nur glücklich war. Für sie war die Küche das Herz ihres Zuhauses. Und an diesem Abend, erfüllt von dem unbeschwerten Lachen von Freunden und Verwandten, schlug es wieder.

Als es auf Mitternacht zuging und die anderen fieberhaft Poker spielten, erhob Hanny sich und ging mit Nancy in den verschneiten Garten. Ihr war von den beiden dicken Pullis, die sie angezogen hatte, um ihre durchs Trostessen angefutterten Pfunde zu verbergen, ganz warm und vom Qualm der Heilkräuterzigaretten, die Annie und Edith rauchten, etwas übel geworden, und sie brauchte dringend frische Luft.

Es war eine sehr kalte, sehr klare Nacht. Ein pechschwarzer Himmel, an dem Abertausende Sterne schimmerten.

Bastian und sie hatten im Sommer immer auf der duftenden Wiese gelegen und in den Nachthimmel geschaut. Die Sternbilder kannten sie in- und auswendig.

»Immer unter demselben Mond«, hatte er einmal gesagt, nachdem sie eine Weile schweigend das Firmament bestaunt und die Geräusche der warmen Augustnacht in sich aufgenommen hatten. Dann hatte er ihre Hand genommen, sich auf die Seite gerollt und sie statt der Sterne angesehen.

»Was meinst du?« Auch sie rollte sich auf die Seite. In

seinen Augen verlor sie sich noch mehr als in der Milchstraße.

»Wenn wir jemals getrennt sein sollten, dann sieh einfach zum Himmel hinauf und denk dran, dass wir immer unter demselben Mond sein werden – ganz gleich, wo wir sind.«

Hanny seufzte, als sie sich daran erinnerte, und ihr Atem bildete eine Wolke in der kalten Luft. Sie war in Gedanken so weit weg gewesen, dass es einen Moment dauerte, bis sie bemerkte, dass sie nicht mehr allein draußen war. Eddie war herausgekommen und hatte sich freundlich schweigend neben sie an die Hauswand gelehnt.

»Na, woran denkst du?«, fragte er, als er sicher sein konnte, dass sie ihn bemerkt hatte.

»Ich schau mir bloß die Sterne an«, antwortete sie und lächelte.

»Wunderschön, was?« Er ließ den Blick von ihr zum Himmel wandern.

»Ja, wunderschön«, seufzte Hanny. »Heute ist die Nacht so klar, dass man jede Menge Sternbilder sehen kann.« Wenn er Bastian gewesen wäre, hätten sie jetzt angefangen, sie aufzuzählen. Hätten gewetteifert, wer von ihnen mehr findet. Aber er war nicht Bastian.

Also schwiegen sie einfach wieder eine Weile, bis er völlig unerwartet fragte:

»Glaubst du, da draußen ist irgendwas?«

Sie warf ihm einen Seitenblick zu und lächelte.

»Du meinst, Außerirdische?«

»Ein besseres Wort haben wir wohl nicht.«

»Du?«

»Warum nicht? Und wenn es da draußen keine gibt –

ich bin mir ziemlich sicher, dass in deiner Küche zwei sitzen.«

Sie lachte.

Genau das hatte er bezwecken wollen.

Wieder sah sie ihn von der Seite an. Aus ihren goldenen Augen strahlte gute Laune.

»Tut mir leid. Die sind ein bisschen schräg …«

»Ja. Aber schön schräg.« Er nickte und erwiderte ihr Lächeln.

»Wunderschön schräg. Meistens jedenfalls.«

Es raschelte in einem der Sträucher, dann tauchte die mit glitzerndem Schnee bestäubte Nancy auf und lief nicht zu Hanny, sondern zu Eddie und bat darum, hochgenommen zu werden. Er kam ihrer Aufforderung bereitwillig nach und steckte sie sich unter die Jacke.

Hanny lächelte noch mehr.

Er war fasziniert davon, wie sehr sich ihr Gesicht veränderte, wenn sie lächelte.

»Und? Wie geht es dir?«, fragte er.

Sie dachte kurz nach, bevor sie antwortete.

»Ganz okay.«

»Ganz okay kann alles heißen. Gut oder schlecht?«

»Mir geht's schon tausendmal besser. Du weißt doch, die Zeit heilt alle Wunden.«

Jetzt machte sie einen auf Tapfer, das wusste er.

»Toller Spruch.«

»Ich weiß. Und du?«

»Ich?«

»Wie geht es dir?«

»Gut.«

»Prima. Gut ist ja wirklich gut.«

»Ich weiß. Gut ist großartig.« Er grinste.

»Hervorragend. Das ist deutlich besser als ganz okay.«

»Das habe ich übrigens dir zu verdanken.«

»Ach?«

»Ja, wirklich. Als ich Emma heute wiedersah, ist mir klar geworden, was für ein Idiot ich gewesen bin, ihr so hinterherzutrauern.«

»Kann ich verstehen.« Hanny musste grinsen. »Sie macht sich nicht so gut als begossener Pudel, was?«

Er nickte heftig und grinste noch breiter.

»Ich hatte ja keine Ahnung, wie viel Make-up sie benutzt – bis du es ihr heute aus dem Gesicht gespült hast.«

»Wie bitte? Ich dachte, du warst ihr mal ziemlich nahe?«

»Dabei hatte ich aber für gewöhnlich die Augen zu ...« Er zwinkerte. »Aber das meine ich nicht ... Oder zumindest nicht nur das ... Es war vielmehr ... Also, dass sie auch nur in Betracht ziehen konnte, sich mit Oliver Cornwell einzulassen, mit diesem ... diesem ... «

»Klappspaten?«, schlug Hanny im selben Moment vor, in dem Eddie genau dieselbe Titulierung aussprach.

Da mussten sie wieder lachen.

Wie neulich. Sie kicherten und giggelten, prusteten und schnauften und konnten sich lange nicht beruhigen. Schließlich lehnte sie den Kopf an seine Schulter, und als sie vergnügt zu ihm aufsah, sah er ihr in die Augen, verzog den Mund zu einem leicht nachdenklichen Lächeln und fragte: »Was meinst du? Sollen wir das mit dem Kuss noch mal versuchen?«

Seine Frage überraschte sie, das sah er ihr an. Aber nicht auf unangenehme Weise. Sie staunte, wie leicht es wäre, es jetzt zu tun, sich ihm zuzuwenden und ihn zu küssen. Aber sie wusste, dass sie es nicht aus den richtigen

Gründen tun würde. Und sie wusste, dass es jede Menge Gründe gab, es nicht zu tun.

Und darum lächelte sie, hob die Hand und strich ihm zärtlich über die Wange.

»Eine wunderbare Idee. Wirklich. Wunderbar. Aber ... Also, die Sache ist die ... Äh, sagen wir: Neulich dachte ich, dass alles etwas kompliziert sei ...«

Doch bevor sie weiterreden konnte, legte er ihr einen Finger auf die Lippen.

»Und wie wäre es dann mit einer freundschaftlichen Umarmung?«

Hanny fiel eine Geröllhalde vom Herzen vor Erleichterung und Dankbarkeit.

»Ja, gerne, bitte, danke, eine freundschaftliche Umarmung wäre wirklich wunderbar!«

Und so nahmen sie sich in den Arm, und danach standen sie Arm in Arm nebeneinander und sahen zum Himmel hinauf, und er zeigte ihr völlig entspannt den Großen Wagen. Da wusste sie, dass alles gut war und dass sie jetzt wirklich echte Freunde waren.

Und damit quälte sie der Gedanke an Emma so ganz und gar nicht mehr. Sie war nicht nur eine schlechte Menschenkennerin und nur halb so hübsch, wie ihr Make-up einem vorgaukelte, sondern musste, wenn sie einen tollen Mann wie Eddie ohne jeden Grund in die Wüste schickte, noch dazu wirklich saublöd sein.

Edith und Annie waren bereits in der Küche, als Hanny für ihre Verhältnisse ziemlich spät, nämlich um acht Uhr, mit der noch schläfrigen Nancy und dem soeben vor der Haustür eingesammelten Geschenk Nummer einundzwanzig im Schlepptau aufkreuzte.

Annie saß am Tisch, trank zur Abwechslung mal Kaffee und butterte sich eine Scheibe Toast. Edith pulte mit einem Messer im Toaster herum.

»Du bist also doch geblieben«, stellte Hanny fest. Sie hatte am Vorabend massiven Druck gemacht, dass man nach Alkoholgenuss nicht Auto fahren sollte, kaum dass Annie den Cocktailshaker aus dem Schrank geholt hatte.

»Nein. Ich bin kurz nach Hause gefahren, nur um dich zu ärgern, und bin dann nach fünf Minuten in denselben Klamotten wiedergekommen«, entgegnete Edith sarkastisch und schaute an sich herunter.

Sie war noch in demselben Aufzug wie am Vorabend. Weil ihre Sachen völlig durchnässt waren, hatte Edith sich ein paar Sachen von Hanny geliehen. Etwas Passendes zu finden war eine Herausforderung gewesen, und letztendlich musste sie sich für eine Jogginghose entscheiden, die ihr bis zur Hälfte der Waden reichte, und für Hannys schlabbrigstes Sweatshirt. Sie sah aus wie Angela Merkel beim Versuch, in einem Skatepark nicht aufzufallen.

Äußerst besorgniserregend. Waren die beiden überhaupt im Bett gewesen?

»Und? Was steht heute auf dem Programm?« Annie sah mit zusammengekniffenen Augen auf die Schachtel in Hannys Händen.

»Die Kronjuwelen?« Annie grinste.

»Vielleicht so was wie eine Entschuldigung«, schlug Hanny vor.

Sofort richtete Annie den Blick auf sie und zog die Augenbrauen hoch.

»Eine Entschuldigung? Und wofür genau?«

»Dafür, dass er gestern früh Diebesgut vor meiner Haustür deponiert hat.«

»Vielleicht dachte er, er könnte mit einer kriminellen Handlung eine andere ausgleichen«, sinnierte Annie. Stirnrunzelnd sahen Hanny und Edith sie an.

»Na ja«, erklärte Annie. »Emma hat ihm mit krimineller Energie einen Kuss abgeluchst, und dafür hat er kriminelle Energie entwickelt und ein Gemälde für dich geklaut.«

»Abgeluchst?« Hanny wiederholte das Wort mit einem gewissen Spott in der Stimme.

»Ja, abgeluchst. Sie hat ihm einen winzigen Kuss abgeluchst und ein Riesendrama draus gemacht.«

»Abgeluchst?« Hanny konnte es immer noch nicht fassen. »Also, weißt du, Oma. Was erzählst du denn da für einen Quatsch? Ganz gleich, wie du es drehst und wendest und aus welchem Winkel du es beleuchtest, Tatsache ist doch, dass zu einem Kuss immer zwei gehören.«

»Jetzt erzählst du aber Quatsch. Oder meinst du etwa auch, Edith hat den Klappspaten gebeten, sie mit dem BH zu würgen? Das war ein Akt der Gewalt, der ihr aufgezwungen wurde. Auch ein Kuss kann einem schon mal aufgezwungen werden, meine Liebe.«

»Hör auf, Oma …«

»Wieso? Weil ich die Wahrheit sage? Ich gehe jede Wette ein, dass es zu achtzig Prozent ihre Initiative war, vielleicht sogar mehr …«

»Jetzt redest du schon genau wie Oliver!«

»Was für ein Oliver?«

»Der Klappspaten.« Hanny musste lächeln, als sie an den Vorabend mit Eddie dachte.

»Der Klappspaten?«

»Der Klappspaten, dem du gestern mit dem Schaufensterpuppenarm eins übergezogen hast.«

»Ach, *der* Klappspaten. Na ja, aber wenn er dasselbe sagt wie ich, kann er ja nicht komplett verblödet sein. Vielleicht hätte ich doch nicht so hart zuschlagen sollen …« Annie drückte ihre Zigarette auf einer Scheibe Toast aus, als Hanny ihr mit einem strafenden Blick zu verstehen gab, dass Rauchen in der Küche nicht erwünscht war.

»Glaub mir. Er ist ein Klappspaten. Durch und durch.« Demonstrativ nahm sie die ausgedrückte Kippe vom misshandelten Toast und beförderte sie in die Außenmülltonne, wobei sie die Tür offen ließ, um Zigarettenqualm hinaus- und frische, kalte Luft hereinzulassen.

»Hanny hat recht«, sagte Edith, »stell dich bloß nicht auf eine Stufe mit dem Kerl. Der ist der größte Scheißkerl unter der Sonne.«

»Und er hat versucht, dich mit einem BH zu erwürgen«, fügte Hanny hinzu, als sie wieder reinkam.

Die drei Frauen sahen einander kurz schweigend an, dann prusteten sie los vor Lachen.

Das Gelächter ging weiter, nachdem Hanny Geschenk Nummer einundzwanzig ausgepackt hatte: eine DVD.

Fight Club.

Auf dem Cover waren Brad Pitts und Ed Nortons Gesichter auf wundersame digitale Weise mit Ediths und Annies Gesichtern ausgetauscht worden. Annie war der rauchende Brad Pitt. Edith hatte einen BH auf dem Kopf.

Mit einem trockenen Lächeln reichte Hanny die Schachtel ihrer Großmutter.

»Dann hat er wohl davon gehört.«

»Und er fand es lustig. Was sagt uns das?«

»Keine Ahnung. Sag's mir.«

»Also, wenn er Gefühle für sie hätte – meinst du nicht, dass er dann ein bisschen sauer darüber wäre, dass Edith versucht hat, sie abzumurksen?«

Da hatte Annie nicht ganz unrecht, das musste Hanny zugeben.

Annie glotzte immer noch auf das DVD-Cover.

»Clever«, sagte sie und nickte. »Er hat schon immer einen guten Sinn für Humor gehabt.«

»Ich weiß.«

Er hatte einen großartigen Sinn für Humor.

Aber was noch viel besser war: Er hatte Hannys etwas schrägen Sinn für Humor auch immer verstanden. Er wusste, was sie meinte, wenn die meisten anderen gar nichts blickten. Ein einziger Blickwechsel konnte sie beide zu hysterischem Lachen veranlassen – und keiner wusste, was los war. Keiner sonst bekam mit, weshalb sie den

Mund so verzog, während er wusste, dass sie sich innerlich ausschüttete vor Lachen.

»Er muss dir doch fehlen.« Annie sagte das wie nebenbei, beobachtete aber sehr genau Hannys Miene.

Hannys Blick schoss zu ihrer Großmutter.

Die wartete darauf, einen Anpfiff zu bekommen, doch Hanny nickte.

»Ja. Ja, er fehlt mir.«

»Und warum hast du Midge dann angelogen und behauptet, du hättest dich mit ihm getroffen?«

Hanny verstummte.

Statt zu antworten, stand sie auf, nahm eine halb leere Flasche Wermut vom Tisch und warf sie mit einer geschmeidigen Bewegung aus dem Handgelenk in den Abfalleimer.

»Du trinkst zu viel, Oma. Das ist nicht gut für dich.« Und damit verließ sie die Küche. Nur um Sekunden später zurückzukehren und mit den Worten »Und die hier sind noch schlimmer!« Annies Zigaretten zu schnappen, die Schachtel zu zerdrücken, auf den Boden zu werfen, ein paarmal darauf herumzutrampeln und schließlich mit einem Nicken und einem zufriedenen »Hmpf!« in Annies Richtung wieder hinauszurauschen.

Edith saß mit offener Kinnlade da, und Annie blinzelte wie eine Eule, die soeben dem Licht von tausend Sonnen ausgesetzt worden war.

Sie brauchten beide eine Weile, um sich von dem Schrecken zu erholen. Als sie so weit waren, reichten hochgezogene Augenbrauen aus, um sich zu verständigen. Annie nickte, ging zum Kühlschrank, befreite einen Zettel mit einer Telefonnummer von seiner magnetischen Gefangenschaft, nahm das Telefon zur Hand und wählte.

»Hallo? Könnte ich bitte mit Joe sprechen?«

»Hallo, Joe, mein Lieber! Hier ist Annie. Ich kann mich täuschen, aber ich glaube wirklich, dass hinter dieser ganzen Sache mehr steckt, als wir vermuten …«

Beim Abendessen war Hanny wie ausgewechselt, als hätte der Streit am Morgen nie stattgefunden. Edith war inzwischen nach Hause gegangen, und Annie hatte Abendessen gemacht: Shepherd's Pie.

»Ach, übrigens, dein Freund hat auch angerufen«, erwähnte Annie ganz nebenbei, während sie es sich schmecken ließen.

»Welcher Freund?«

»Na, dieser Joe.«

»Du meinst Jai?«

»Ja, genau. Joe.«

»Jai, Oma.«

»Sag ich doch. Joe.«

»Okay.« Hanny musste lächeln. »Hat Joe gesagt, was er wollte?«

»Ja. Du sollst ihn zurückrufen.«

»Prima, Oma. Tausend Dank.«

Hanny rief ihn gleich nach dem Essen an, man sagte Hanny, er sei noch in einer Besprechung, er werde zurückrufen.

Bis dahin war sie gespannt wie ein Flitzebogen. Nicht, dass es etwas Ungewöhnliches war, dass Jai sie anrief, das tat er ja ständig, aber normalerweise lief das nach einem ganz bestimmten Muster ab. Er rief sie nämlich zum Beispiel nie aus dem Büro an, weil sie da nicht ungestört reden konnten. Und sie telefonierten, um ausführlich zu reden. Es war das bereits beschriebene Drei-Gänge-Menü.

Dieses Mal allerdings verstieß er gegen jede Regel und fing gleich mit dem Espresso an.

»Hanny, ich weiß ja, dass du erst am Vierundzwanzigsten mit mir rechnest, aber ich wollte fragen, ob ich vielleicht schon etwas früher kommen könnte?«

»Klar kannst du früher kommen, was für eine Frage, Jai!? Ich freu mich! Wann denn genau?«

»Morgen.«

Hanny hätte gerne das Telefon fallen lassen, damit sie vor Freude in die Hände klatschen konnte.

»Nichts dagegen?«

»Dagegen? Du wirst Leben retten! Meine Oma treibt mich zum Wahnsinn, ich bin kurz davor, sie zu erwürgen!«

»Ach, eine Sache noch …«

»Hm?«

»Dürfte ich einen Freund mitbringen?«

»Einen Freund?«, wiederholte Hanny ehrfürchtig, als hätte er gerade gefragt, ob er den Messias, Mahatma Ghandi oder Martin Luther King mitbringen dürfte.

»Einen Freund«, wiederholte Jai, und Hanny konnte durch die Telefonleitung hindurch spüren, wie er in fünfhundert Kilometern Entfernung lächelte.

Hanny hatte den verloren, den sie für den Mann ihres Lebens gehalten hatte – und Jai hatte seinen offenbar gefunden, denn wenn Jai fragte, ob er zu Weihnachten »einen Freund« mitbringen dürfe, dann musste das etwas ziemlich Ernstes sein.

Diese Erkenntnis fand Hanny eigentlich viel wichtiger als das zweiundzwanzigste Geschenk – doch als sie den beiden Männern die Tür aufriss und zu ihnen hinausstürmte, stolperte sie sehr unglücklich über das ziemlich große Paket.

Die beiden kamen ihr schnell zur Hilfe.

»Alles in Ordnung? Hast du dir wehgetan?«, fragte der Neue mit ziemlich heftigem Akzent, reichte ihr seine großen, warmen, weichen Hände, half ihr auf und sah sie aus riesigen grünen Augen unter ausgeprägten Augenbrauen besorgt an.

»Leicht lädierter Hintern, schwer lädiertes Ego.« Hanny lächelte, und er lachte deutlich mehr als nötig.

Jais Ego fehlte es dagegen an nichts. Er strotzte vor Selbstbewusstsein.

»Hanny«, sagte er, nahm sie in den Arm und stellte ihr dann den strahlenden Schönling an seiner Seite vor: »Das ist Magnus. Magnus Fiedler.«

Er sagte das so, wie ein Zirkusdirektor den Höhepunkt seiner Vorstellung ankündigt. Hanny spürte förmlich, wie Jai statt schlicht »Magnus Fiedler« am liebsten »der brillante, der einzigartige, der fabelhafte, der famose Magnus Fiedler« gesagt hätte.

Der famose Magnus Fiedler kam aus Deutschland und war Konditormeister. Wenn er sprach, gestikulierte er wie ein Dirigent vor seinem Orchester. Trotz ihres unterschiedlichen Aussehens – Magnus war so groß, wie Jai klein war – hatten sie viel gemeinsam, das durchschaute Hanny schnell. Sie schloss Magnus auf der Stelle ins Herz.

Jai war unverkennbar Hals über Kopf verliebt. Er sah seinen neuen Begleiter mit einer Bewunderung an, mit der Nancy für gewöhnlich ihr Abendessen betrachtete. Oder Hanny. Mit restloser Hingabe.

Nachdem sich der Begrüßungstrubel gelegte hatte und sie sich ihrer Jacken entledigt hatten, widmete Jai seine Aufmerksamkeit dem großen Geschenk.

»Was er sich wohl heute für dich ausgedacht hat? Ich habe Magnus schon von deinem eher aufwendigen Adventskalender erzählt ...«

»Ach, ich finde das so romantisch!«, rief Magnus und bückte sich, um das Paket hochzuheben, aber es war so schwer, dass Jai mit anpacken musste. Gemeinsam schleppten sie das Monstrum in die Küche, wo sie es geräuschvoll vor dem Aga deponierten.

»Was, in aller Welt, ist denn bitte da drin? Das wiegt ja eine Tonne!«, stöhnte Jai.

»Gold?« Magnus grinste.

»Das wäre natürlich das Mindeste!« Jai nickte heftig. »Gold, Diamanten, Rubine … tausend kriecherische Entschuldigungen …«

»Es war doch nur ein Kuss …«, fiel Hanny ihm zu ihrer eigenen Überraschung ins Wort.

Erstaunt wechselten Jai und Magnus Blicke.

Das war ihr nur so rausgerutscht.

Sie alle sahen einander an, als hätte sie gerade etwas Verbotenes getan – bis Jai das Schweigen brach, indem er auf das Geschenk zeigte und sagte:

»Vielleicht ist ja ’ne Leiche drin?«

»Dann hoffentlich die von Oliver.« Dankbar lächelte Hanny ihn an.

Jai tat, als würde er das Paket genauer betrachten.

»Nö. Steht nichts von Sondermüll drauf.«

»Wer ist Oliver?«, wollte Magnus natürlich wissen.

»Ein Klappspaten«, antworteten Jai und Hanny unisono und strahlten.

»Na, dann … Mehr brauche ich nicht zu wissen.« Lachend zog Magnus die enormen Augenbrauen hoch.

Dann kam Annie hereingerauscht in ihrer Lieblingslederhose, einem Kaschmirpullover und ihren Louboutins. Sichtlich angetan nahm Magnus ihre ausgestreckte Hand entgegen, hauchte ihr einen Kuss darauf und sagte: »Aber wer ist denn bitte dieses hinreißende Wesen?«

Von diesem Augenblick an war auch Annie in ihn verknallt.

Und mit einem Mal war der Kreis von Menschen, der heute das Geschenk öffnete, ein ganz besonders fröhlicher.

Und der Inhalt des Pakets trug dazu noch bei, denn es war ein mehr als üppiger Feinkostkorb. Darin befand sich alles, was man für ein fröhliches Weihnachtsfest brauchte.

Sechs Flaschen Sekt, ein Truthahn mit allem Drum und Dran, Fleischpasteten, Christstollen, Knallbonbons, Pralinen, Obst und Nüsse, eine Flasche Sherry, Rotwein, Weißwein. Die Liste der kulinarischen Köstlichkeiten war lang.

Sie umfasste all das, was Hanny schon längst hätte besorgen sollen und was sie mit einem Anruf beim Supermarkt ihres Vertrauens zur Lieferung nach Hause bestellen oder alternativ am letzten Tag vor Weihnachten in einer Panikaktion einkaufen wollte. Schließlich wollte sie ja ihre Hausgäste angemessen bewirten.

Diese sahen sie nun an, als habe Weihnachten sich drei Tage zu früh eingestellt.

Sie sah ihre Gesichter.

Konnte in ihren Mienen lesen.

Wie aufmerksam.

Wie lieb.

Typisch Bastian, der macht immer so nette Sachen.

Und das stimmte ja auch. Der Bastian, den sie zu kennen und zu lieben geglaubt hatte, machte immer so nette Sachen, war aufmerksam, liebenswürdig, zuvorkommend. Er dachte immer erst an die anderen und dann an sich selbst, half dort, wo er glaubte, gebraucht zu werden. Er wusste genau, in welchen Bereichen des täglichen Lebens Hanny bei hoher Arbeitsbelastung überfordert war, und griff ihr unter die Arme.

Selbst jetzt noch.

Doch Bastian war nicht der Einzige, der heute Geschenke machte. Jai und Magnus hatten jede Menge Tüten mit so vielen Geschenken dabei, dass der begründete Verdacht bestand, sie hätten auf ihrem Weg von London hierher den Weihnachtsmann überfallen und ausgeraubt. Sein geschundener Körper steckte wahrscheinlich in einem der riesigen Säcke, die die beiden jetzt aus ihrem Mietwagen holten, der von außen ein niedlicher gelber Mini war, aber das reinste Raumwunder sein musste. Es war Hanny rätselhaft, wie die beiden Männer zusammen mit den vielen Geschenken in diesem kleinen Auto Platz gefunden hatten.

»Der Einkaufsgaul ist ein klein wenig mit uns durchgegangen«, erklärte Jai strahlend.

Und Hanny strahlte zurück. Sie wusste noch sehr gut, wie das war. Die Zeit der ersten Verliebtheit. Alles, was man sonst immer allein getan hatte, fühlte sich einfach tausendmal besser an, wenn man die neue Liebe an seiner Seite hatte. Als würde man ein etwas blasses, aber schönes Bild nehmen und mit frischen Farben darübergehen: Alles wirkte viel lebendiger und strahlte mehr.

Von der Ausgelassenheit der anderen angesteckt, packte sie ihre diversen Sockenpaare und Duftprodukte ein und legte sie zu den anderen Geschenken.

Allerdings hatten sie noch keinen Christbaum, unter den sie die Gaben legen konnten. Zwar hatten sie bei ihrer Einkaufsaktion neulich schon einen besorgt, aber Hanny hatte den Baum noch nicht aufgestellt. Er stand immer noch draußen im Eimer, die grünen Nadeln hübsch überpudert von einer Lage Neuschnee.

»Er macht sich wirklich gut da draußen.« Hanny fand es fast schon frevelhaft, ihn hereinzuholen.

»Ja, und im Wohnzimmer neben dem lodernden Kamin, mit achttausend Kugeln dran und massenweise Geschenken drunter wird er sich noch viel besser machen.« Jai grinste und verschwand mit Magnus nach draußen.

Die beiden Männer machten sich einen Riesenspaß daraus, den Baum möglichst umständlich überhaupt erst mal in die Küche zu verfrachten.

Hanny überließ diese Aktion ganz ihnen und verschwand auf den Dachboden, um den Baumschmuck zu holen.

Hannys kleiner Speicher glich einem Warenlager. Sie hätte ohne Weiteres draußen ein Schild mit der Aufschrift »Kuriositätenladen« aufstellen und Eintritt nehmen können. Ihre Mutter hatte alles Mögliche gesammelt. Nicht nur Bücher, sondern auch Kunst- und Naturgegenstände, Treibholz, Kiefernzapfen, getrocknete Blumen, interessante Steine. Hanny hatte das meiste davon behalten, so wie die Kleidung ihrer Mutter, ihren Schmuck und andere persönliche Gegenstände. Hinzu kamen all die Dinge, die sie und Bastian auf dem Dachboden gelagert hatten, um bei seinem Einzug Platz für einige seiner Sachen zu schaffen. Überbleibsel eines vergangenen und eines gemeinsamen Lebens, die sie heute, auf der Suche nach den bunten Kugeln, ignorieren wollte.

Der Weihnachtsschmuck war an einem gesonderten Platz verstaut. Allein die Kugeln füllten schon zehn Kartons. Bastian hatte sie sogar etikettiert und nach Farbe und Größe sortiert. Er hatte dabei gelacht und ihr prophezeit, sie verwandele sich noch in eine dieser alten Damen, die in ihrem alten Häuschen lebten, in dem man vor lauter angesammeltem Kram keine zwei Schritte geradeaus gehen konnte. Er hatte das aber so nett getan, dass Hanny nicht beleidigt gewesen war, sondern gelächelt hatte.

Hanny kämpfte sich durch Staub und Spinnweben zu den Kartons durch und entdeckte etwas.

Etwas Neues.

Etwas, das bei ihrem letzten Besuch auf dem Speicher nicht hier gewesen war.

Ein Geschenk. Genauso eingepackt wie die täglichen Geschenke vor ihrer Haustür. Aber an einem Ort, an dem sie es unter normalen Umständen, also wenn Bastian noch da gewesen wäre und die Kugeln für sie vom Dachboden geholt hätte, nicht gesehen hätte.

Es war ein Geschenkanhänger dran.

Ohne Zahl.

Nur ein paar Worte: »Für Hanny. Die Liebe meines Lebens. Jetzt und immer. Bastian.«

Wie war das hier raufgekommen, Bastian hatte doch keine Schlüssel mehr, jedenfalls keine passenden? Also hatte er das Geschenk schon vor der ganzen Geschichte hier deponiert, wahrscheinlich dachte er, der Dachboden sei ein sicheres Versteck, damit sie es nirgends entdecken würde.

Hanny fackelte nicht lange, sie packte es sofort aus. Vorsichtig öffnete sie das Geschenkpapier an einem Ende und zog den Inhalt dann behutsam heraus. Es war ein Fotoalbum.

Hannys Hände zitterten, als sie auf der ersten Seite den Schriftzug las:

»Aus der Vergangenheit, für die Zukunft«

Die Seiten waren dick, steif und schwer vor lauter Fotos, die mit Erinnerungsstücken wie Valentinskarten, gepressten Blumen, Konzertkarten, Speisekarten und Zeitungsausschnitten zu Collagen zusammengestellt waren.

Die Fotos waren nicht einfach nur von ihnen beiden.

Es waren auch Fotos aus ihrer und seiner Kindheit.

Von ihren Familien.

Ihrer Mutter.

Midge.

Jai.

Sid.

Sogar Edith.

Und natürlich von ihnen beiden zusammen. Lachend. Glücklich.

All das füllte die erste Hälfte des Albums. Die zweite war leer und wartete nur darauf, weitere Fotos und Erinnerungsstücke in sich aufzunehmen.

Das Album war ganz wunderbar gestaltet. Bastian war nicht gerade ein superkreativer Bastler, und doch hatte er sich hingesetzt und mit liebevoller Sorgfalt geschnitten, genäht und geklebt. Wie viele Stunden, nein, Tage, er wohl darauf verwendet hatte?

Hanny blätterte zurück zu der Seite mit ihrer Mutter. Ihre Augen brannten. Dieses Mal versuchte sie nicht, die Tränen zurückzuhalten. Sie ließ ihnen freien Lauf. Es war so unendlich schade, dass Ruth und Bastian sich nicht mehr kennengelernt hatten. Ihre Mutter hätte ihn geliebt.

Hanny hatte ihn geliebt.

»Ich liebe ihn immer noch«, sagte sie laut und war selbst überrascht von dieser Erkenntnis.

Sie war so überrascht, dass sie mindestens zehn Minuten einfach auf dem Dachboden sitzen blieb und gar nichts tat. Erst, als Jai sie von unten rief, rührte sie sich wieder.

»Hallo? Bist du da oben eingeschlafen, oder was ist los?«

Sie blinzelte, als sei sie wirklich gerade aus einem sehr tiefen Schlaf erwacht.

Sie schluckte, wischte sich mit dem Handrücken übers Gesicht, spürte die salzige Nässe auf der Haut.

»Tut mir leid! Du weißt doch, wie das hier oben ist!«

»Ja, ja, dein altes Kuriositätenkabinett.« Jai lachte. »Brauchst du Hilfe?«

»Unbedingt«, seufzte Hanny leise.

Sie hatte sich selbst nicht gestattet, ihn zu vermissen, aber man konnte eben nicht ewig vor etwas davonlaufen.

Jais Kopf tauchte in der Luke auf. Hanny schlug das Album zu und schob es schuldbewusst zur Seite, als sei sie bei etwas Verbotenem erwischt worden. Jai sah, was sie so ungeschickt versteckte, sagte aber nichts. Stattdessen hievte er sich selbst auf den Speicher und sah sich erstaunt lächelnd in dem vollgestopften Raum um. Zuletzt blieb sein Lächeln an seiner ziemlich verheult aussehenden Freundin hängen.

»Jede Menge Erinnerungen, was?«

»Hat keinen Zweck, in der Vergangenheit zu leben ...« Hanny zuckte die Achseln.

»Stimmt. Und was ist mit der Zukunft? Was bringt die?«

»Keine Ahnung.« Hanny zuckte wieder die Achseln und bemühte sich vergeblich, unbeschwert zu klingen. »Ist ja die Zukunft. Liegt also noch vor uns. Und wenn nicht in einer dieser Kisten eine Glaskugel steckt ...«

»Würde es die hier nicht auch tun?« Jai zwinkerte ihr zu, griff in die nächste Kiste, holte eine große goldene Kugel heraus und hielt sie Hanny so vor die Nase, dass sie das sparsame Licht der nackten Glühbirne reflektierte. Er rieb ein paarmal darüber und tat dann, als würde er hineinsehen.

»Hmmmm. Aaah! Ich glaube, ich sehe da was! Ich glaube ... Ich glaube ... Ich sehe da ein Gesicht ...« Er löste den Blick von der Kugel und sah Hanny aus seinen schelmisch blitzenden, schwarzen Augen an. »Ja, ganz klar. Es ist ein Mann. Ein extrem gut aussehender und intelligenter Mann.«

Hanny neigte den Kopf zur Seite und konnte sich ein Lächeln nicht verkneifen.

»Und ich glaube, das bist du … Das ist dein Spiegelbild, mein Lieber.«

Jai lachte und warf ihr die Kugel zu. Hanny fing sie mühelos mit einer Hand.

»Komm schon, lass uns runtergehen und für die richtige Weihnachtsdeko sorgen.«

»Für Weihnachtsdeko können wir natürlich sorgen, aber Weihnachtsstimmung lässt sich nicht so einfach herbeizaubern …«

Jai nahm ihre freie Hand und drückte sie.

»Wir werden unser Bestes tun, Süße. Mehr geht leider nicht.«

In Weihnachtsstimmung kommen war gewissermaßen Annies Spezialität. Normalerweise half ihr dabei mehr oder weniger Hochprozentiges, aber Hannys Standpauke neulich hatte offenbar gefruchtet, denn als Hanny und Jai in die Küche kamen, brachte Annie Magnus gerade bei, wie man einen perfekten alkoholfreien Tom Collins mixte – oder »Joan Collins«, wie sie den Drink so gerne nannte.

»Schmeckt ohne Gin natürlich nicht wie das Original, aber ich habe wahrscheinlich noch genug Gin im Blut, um den Mangel auszugleichen …«

Magnus beobachtete sie fasziniert.

»Ich glaube, Oma hat dir deinen Mann ausgespannt«, witzelte Hanny.

Jai lächelte hingebungsvoll.

»Meinen Mann«, wiederholte er glücklich. »Wir sind zwei verlorene Seelen, Hanny. Er ist ich, nur aus einem anderen Land. Der deutsche Jai. Wir haben keine Familie, die sich um uns kümmert, wir müssen uns unsere Familie selber schaffen. Und darum müssen wir hier und da liebe Menschen ›klauen‹.«

Hanny nickte und hakte sich bei ihm unter.

»Uns braucht ihr aber gar nicht zu klauen, wir sind nämlich schon voll und ganz auf eurer Seite. Was bedeutet, dass Magnus auch schon dazugehört, obwohl ich erst gestern von ihm erfahren habe. Wie habt ihr euch überhaupt kennengelernt? Beziehungsweise: Wann habt ihr euch kennengelernt, und warum hast du mir nicht schon früher von ihm erzählt?«

Bei der letzten Frage verdüsterte sich Jais Miene ein klein wenig, sodass Hanny sofort wusste, warum. Er war nicht der Typ, der mit seinem Glück prahlte, wenn es seiner besten Freundin hundsmiserabel ging.

»Das ist doch albern, Jai. Du weißt genau, dass ich mich für dich freue. Das ist die beste Nachricht seit Wochen!«

»Danke, Hanny. Und? Bist du einverstanden? Magst du ihn?«

»Nein, ich mag ihn nicht. Ich liebe ihn!« Sie strahlte ihn an, und Jai fing fast an zu weinen.

»Das freut mich, wirklich. Das freut mich so sehr ... Denn, wenn ich ganz ehrlich bin, dann ... liebe ich ihn auch!«

Nachdem sie das Haus in eine wahre Weihnachtshöhle verwandelt hatten, aßen sie den Schweinebraten aus Bastians Feinkostkorb zu Mittag.

Hanny beobachtete Jai und Magnus. Wie sie sich anfassten, wie sie lachten, wie sie einander fütterten, die Sätze des jeweils anderen beendeten. Man hätte meinen können, dass sie sich schon ewig kannten, dass sie schon ewig ein Paar waren. Sie passten einfach zusammen.

Sie kannte das alles.

Ihr war, als würde sie ein Video sehen. Von sich und Bastian. An diesem Küchentisch. Genauso waren auch sie miteinander umgegangen. Jahrelang. Sie hatten sich dieses unbeschwerte Glück, das den Anfang einer jeden neuen Beziehung begleitete und so oft im Alltag und zwischen den Erwartungen an den jeweils anderen auf der Strecke blieb, bewahrt. Über Jahre. Bis sie es weggeworfen hatten.

Jai hat gefunden, was ich verloren habe, ging es ihr durch den Kopf. Sie empfand dabei einerseits Verzweiflung und andererseits eine große, ehrliche Freude für ihren Freund.

»Ist doch mal wieder der lebende Beweis«, murmelte Annie ihr ins Ohr und riss sie damit aus ihren Gedanken.

»Wofür?«

»Na, sieh dir unseren kleinen Joe doch mal an. Wir hätten doch nicht gedacht, dass er mal jemanden findet. Und jetzt sieh dir die beiden an. Der lebende Beweis dafür, dass es nie zu spät ist. Dass Liebe Wunder wirkt.«

Nach dem Essen half Jai Hanny, die Küche aufzuräumen. Sie spülte, er trocknete ab und sah sie aus solchen Hundeaugen an, dass ihr schnell klar war, dass er sie um etwas bitten wollte.

»Was gibt's, Jai?«

»Du kennst mich einfach zu gut.«

Dieser Umstand freute sie beide, und darum lächelten sie.

Jai trocknete den letzten Teller ab, hängte das Geschirrtuch auf, berührte sie am Arm, biss sich kurz auf die Lippe und sah sie aus glänzenden Augen an.

»Ich würde so gerne mit Magnus eine Spritztour auf der Vespa machen.«

Sie legte ihre Hand auf seine und sah ihn bedauernd an.

»Tut mir leid, Jai, aber ich habe Eddie versprochen, nicht mehr damit zu fahren, bis sie verkehrssicher und zugelassen ist.«

»Ach ...« Jai machte ein langes Gesicht.

»Aber das bezog sich ja nur auf den Straßenverkehr. Von mir aus könnt ihr gerne ein paar Runden im Garten drehen, solange ihr niemanden überfahrt, denkt an Nancy.«

Jai freute sich wie ein Kind, dem der Vater erlaubt, mit seinem Ferrari zu spielen. Ein breites Grinsen erfüllte sein Gesicht, und im nächsten Augenblick packte er Magnus beim Arm und sorgte dafür, dass er schnellstens Mantel und Schuhe anzog.

Doch noch bevor Hanny die Kaffeemaschine eingeschaltet hatte, waren sie schon wieder zurück und standen mit betretenen Gesichtern in der offenen Tür.

»Äh ... Komm doch mal bitte nach draußen ...«

Hanny runzelte die Stirn.

»Wieso? Was ist los?«

Statt zu antworten, reichten sie ihr ihren Mantel und ihre Stiefel.

»Was ist los, Jai?«, fragte sie besorgt, als sie sie Richtung Garage schoben.

»Also ... das will ich dir lieber zeigen als erzählen ... Da drinnen wartet was auf dich ... Aber bevor du da reingehst, Süße: Wenn du irgend kannst, dann ist es sicher das Beste, ganz cool zu bleiben und kein Wort zu sagen, zu niemandem. Okay? Kriegst du das hin? Kannst du, egal, was du gleich denkst oder fühlst, es komplett für dich behalten?«

Magnus nickte und fuhr sich mit Daumen und Zeigefinger über die geschlossenen Lippen, als würde er einen Reißverschluss zuziehen.

»Jetzt wird es mir aber wirklich langsam unheimlich«, flüsterte sie und wartete vergeblich auf die üblichen beschwichtigenden Worte nach einer solchen Bemerkung. Doch sie blickte nur in zwei schweigende, äußerst besorgte Gesichter.

Dann öffneten die beiden das Garagentor.

Es war, als würde hier gerade ein Gangsterfilm abgedreht: Direkt vor ihr stand ihr alter Drehstuhl, den sie früher einmal im Atelier benutzt hatte, und darauf saß eine sehr weibliche, sehr zierliche Frau mit sehr seidigem Haar. Sie war an den Füßen gefesselt und hatte um die Augen einen von Ediths hässlichen Strickschals gebunden. Eine hilflose Gefangene.

Hinter ihr, grinsend und selbstzufrieden, stand Edith.

»Was machen wir denn jetzt, Oma?«

Wenn Hanny ihre Großmutter um Rat fragte, musste sie wirklich verzweifelt sein. Nach dem schaurigen Fund waren sie alle zurück in die Küche gestürzt und hatten Emma in der Garage zurückgelassen – da ihre Augen verbunden waren, hatte sie sie ja nicht gesehen. Und da saßen sie nun bei ausgeschaltetem Licht im Dunklen und gerieten alle in Panik.

Alle außer Edith. Die guckte aus der Wäsche wie ein

Großwildjäger, nachdem er besonders fette Beute gemacht hat.

»Eddie anrufen?«, schlug Annie vor und sah plötzlich so alt aus, wie sie war.

»Ach, Oma. Nichts lieber als das, aber das hier ist doch ein etwas anderes Kaliber als ein Gemälderaub. Wie viele Jahre kriegt man wohl für Entführung?«

»Wir könnten sie doch auf dem Stuhl drehen und drehen und drehen, bis sie vollkommen die Orientierung verloren hat, sie dann nach Turo fahren und aussetzen«, schlug Jai vor und konnte sich ein hysterisches Kichern nicht verkneifen.

»Lach nicht!«

»Soll ich lieber weinen?«

»Also, ich glaube, ich weine gleich!« Hanny legte die Stirn in tiefe Falten. »Oh, Gott. Jetzt muss ich ja wohl mit ihr reden, oder? Ihr verklickern, dass, nur weil Edith eine Schraube locker hat, wir nicht alle Psychopathen sind …«

»Das ist doch nicht dein Ernst!« Erstaunt sah Jai sie an. »Du willst sie um Verständnis bitten? Ausgerechnet?«

»Vielleicht ist sie ja dankbar, freigelassen zu werden. Wer weiß, was sie sich gerade zusammenreimt, was mit ihr passieren soll? Je nachdem, was sie sich so ausmalt, wäre sie vielleicht verdammt erleichtert …«

»Ja, natürlich wird sie erleichtert sein, aber nur ungefähr zehn Sekunden – dann wird sie verdammt sauer werden und dich entweder erschlagen oder die Bullen rufen.«

»Kann Edith sie nicht einfach nur zurückbringen?«, schaltete Annie sich ein. Aus ihren blassblauen Augen sprach Hoffnung. »Sie weiß nicht, wo sie ist, sie hat keinen von uns gesehen oder gehört …«

»Nur meinen erstickten Schrei, als ich sie gesehen habe«, schränkte Magnus ein. Zur Illustration hielt er sich die Hand vor den Mund und riss die Augen auf wie ein Ochsenfrosch.

Edith lehnte extrem lässig an der Wand.

»Ich weiß gar nicht, was die Panik soll. Sie hat mich nicht gesehen und hat keine Ahnung, wo sie ist.«

»Sag mal, höre ich da etwa so was wie Stolz?«, fragte Hanny aufgeregt.

Edith war so dreist, leicht beleidigt zu gucken.

»Ich dachte, du würdest dich freuen.«

»Du dachtest, ich würde mich darüber freuen, dass du uns alle in eine handfeste Straftat verwickelst? Sag mal, Edith, was ist denn bitte los mit dir? Bist du komplett übergeschnappt? Sollen wir die Polizei und die Klapsmühle anrufen?«

»Nur, weil ich für Gerechtigkeit sorge, bin ich noch lange nicht geisteskrank!«, echauffierte Edith sich. »Im Gegenteil, ich finde, das ist ein Zeichen dafür, dass ich eine ganze Ecke klarer im Kopf bin als der Rest der Bevölkerung. Im sechzehnten Jahrhundert war das, was ich getan habe, gang und gäbe …«

»Wir leben aber im einundzwanzigsten Jahrhundert, Edith! Herrgott noch mal! Und heutzutage gibt es Gesetze, die es verbieten, einfach irgendwelche Leute zu entführen, nur weil man sich über sie geärgert hat! Du musst sie zurückbringen.«

Edith machte einen Schmollmund.

Brummte irgendwas von Undank und Welt und Lohn.

»Wie bitte? Du erwartest von mir Dankbarkeit für diese Aktion?«, quietschte Hanny. »Du hast das für mich getan?«

»Na ja, wenn ich es für mich getan hätte, läge sie bei auflaufendem Wasser gefesselt in einer Höhle am Strand von Lantic Bay, und zwar so weit weg von allem, dass keiner sie schreien hört«, entgegnete Edith patzig. »Ich dachte, du wolltest mit ihr reden. Bitte, so hast du ihre ungeteilte Aufmerksamkeit …«

»Mit ihr reden? Mit ihr reden! Ich will nicht mit ihr reden! Jetzt erst recht nicht mehr!«

»Wir könnten Bastian anrufen, dann könnte der mit ihr reden«, schlug Annie vor.

»Gar keine schlechte Idee«, meinte Edith.

»Das könnt ihr vergessen! Kommt überhaupt nicht infrage! Ich werde ihn nicht anrufen und hierherbitten, damit er mit ihr redet. No way!«

Die anderen wechselten vielsagende Blicke. Selbst Edith staunte über die Heftigkeit von Hannys Äußerung.

»Aber …«, hob Annie an, doch Hanny brachte sie mit einem vernichtenden Blick zum Schweigen.

»Kein Aber. Kein Bastian.« Hanny sagte das mit einer Bestimmtheit, die keinerlei Widerrede zuließ. »Es gibt nur eine Lösung: Sie muss zurück. Edith hat sie hierhergebracht, also bringt Edith sie auch wieder weg.«

»Und du willst sie vorher nicht einmal kurz befragen? Rausfinden, was nun wirklich zwischen ihr und Bastian war?«

»Bring sie nach Hause, Edith.«

»Ein paar Ohrfeigen vielleicht?«

»Bring sie nach Hause, Edith!«, schrie Hanny und schlug sich dann selbst die Hand vor den Mund. Alle anderen sahen besorgt zur Garage.

Edith hatte es endlich begriffen.

»Okay, okay, ich bringe sie nach Hause«, schnaubte sie.

Doch Jai schüttelte den Kopf.

»Und dann? Wenn sie wieder frei ist, wird sie sofort die Polizei verständigen. Hilfe, ich bin gerade von einer Psychopathin entführt worden! Die Kriminaltechnik heute ist der Wahnsinn, ganz gleich, wie vorsichtig Edith gewesen ist, irgendwie werden sie ganz bestimmt draufkommen, dass …«

»Und du bist bei der Polizei bereits aktenkundig.« Hanny wurde noch blasser als ohnehin schon und nickte. »Von damals, als du dich auf Major Haslams Privatgrundstück herumgetrieben hast …«

»Ich habe das Recht der Bewegungsfreiheit in Anspruch genommen!«, verteidigte Edith sich mit ihrem üblichen Spruch.

»… und als er sich darüber beschwerte, bist du mit deinem Liebesmobil über seine Staudenbeete gefahren. Was hat das mit dem Recht auf Bewegungsfreiheit zu tun? Einmal quer über seine winterharten Mehrjährigen? Ich glaube, da ging es doch mehr um mutwillige Zerstörung. Man nennt es auch Vandalismus! Nein«, jetzt wandte sie sich an Jai. »Du hast recht, es wäre zu riskant, wenn Edith sie einfach nur zurückbringen würde. Aber haben wir denn eine andere Wahl? Wenn Edith so unglaublich blöd war, eine solch idiotische Aktion zu machen« – Hanny warf ihrer unzurechnungsfähigen Freundin weitere böse Blicke zu –, »dann, finde ich, muss sie das Risiko eben eingehen …« Hanny runzelte die Stirn und biss sich auf die Lippe. Ihr war ein Gedanke gekommen. Sie kratzte sich am Kopf, sah erst zu Jai und dann wieder zu Edith.

»Es sei denn …«, fuhr sie fort und hielt dann wieder inne. Man sah förmlich, wie es in ihrem Kopf arbeitete. Ihr Blick huschte weiter und heftete sich dann auf Annie, die vor lauter Aufregung den Kühlschrank nach Alkohol durchsuchte und eine der Sektflaschen, die Bastian geschickt hatte, hervorholte.

»Es sei denn ...«, wiederholte sie mit deutlich festerer Stimme und fing zum Erstaunen aller an zu lächeln. »Wisst ihr was? Ich glaube, ich habe da eine Idee. Total verrückt, aber im Moment ist total verrückt vielleicht genau das, was wir brauchen ...«

Später sollte Jai erzählen, dass er in diesem Augenblick Zeuge der totalen Verwandlung seiner Freundin war.

Hanny übernahm das Kommando.

»Gut, Magnus, dann schalt mal den Backofen ein, bind dir eine Schürze um und hol eine Rührschüssel aus dem Schrank. Jai, du kümmerst dich um die Stereoanlage und suchst Gute-Laune-Musik. Oma, du stellst die Sektflasche sofort wieder in den Kühlschrank. Und Edith ...« Hanny verstummte, legte sich die Hand aufs Brustbein, um sich zu beruhigen, und atmete ganz langsam aus. »Edith«, wiederholte sie, »ich hätte nie geglaubt, dass ich das mal zu dir sagen würde. Aber gut: Du musst jetzt bitte noch jemanden entführen.«

Ediths manisches Grinsen kehrte zurück.

Darum musste man sie nicht zweimal bitten.

»Darf ich Gewalt anwenden?«

Da zuckten auch Hannys Mundwinkel wieder in Richtung Lächeln.

»So viel du willst.«

Doch als Ediths Grinsen noch manischer wurde, fügte sie schnell hinzu:

»Das war nur ein Scherz, Edith! Nur ein Scherz! Ganz sanft bitte! Samthandschuhe! Keine blauen Flecken!«

Oliver stieg gerade aus seinem Wagen aus, als sich jemand von hinten anschlich, ihm die Augen zuhielt und »Überraschung!« flüsterte.

Er lächelte.

Bis ihm einfiel, dass seine großartige neue Freundin Emma keine Hände wie ein Hafenarbeiter und auch keine Reibeisenstimme hatte.

Eine Stunde später war die Situation in der Garage noch surrealer: Emma an einen Stuhl gefesselt, Oliver an einen anderen. Zwischen ihnen ein Tisch, voll beladen mit Kuchen, Sekt, Gläsern und Konfettibomben, die Garage mit so viel Weihnachtsdeko geschmückt, wie sie lautlos hereinbringen und aufhängen konnten. Ballons, Lametta, Christbaumkugeln. Das Herzstück dieser eiligst einberufenen Secret Party bildete ein ebenso eilig von Hanny gemaltes Bild von Oliver und Emma in inniger Umarmung, überschrieben mit »Entschuldigung« und »Herzlichen Glückwunsch«.

Auf ein Zeichen von Hanny schaltete Jai die Musik an, und Edith und Annie entfernten den Gefangenen die Augenbinden. Hanny & Co. standen in Festkleidung und mit Geschenken und Sektgläsern in den Händen aufgereiht da, bemühten sich, unschuldig zu gucken, und riefen: »ÜBERRASCHUNG!!«

Der Augenblick war ein ziemlich heikler Moment, aber sie ließen die beiden schlicht und ergreifend nicht zu Wort kommen. Bevor die beiden ihrem Ärger Luft machen konnten, betonten die anderen auch schon, wie sehr sie sich freuten, dass Oliver und Emma sich gefunden hatten, und natürlich entschuldigten sie sich für die halb kriminelle Art und Weise, auf die sie sie hierhergebracht hatten – das hätten sie nur getan, weil sie befürchteten, dass die beiden eine normale Einladung abgelehnt hätten. Und das, wo sie doch so gerne das Kriegsbeil begraben (auf diese Formulierung legte Hanny großen Wert) und von vorne anfangen wollten.

Annie verabreichte Emma sofort einen ziemlich steifen Drink, und Jai und Magnus schmierten ihr mit den passenden Komplimenten so extrem viel Honig ums Maul, wie es nur Schwule können. Es dauerte nicht lange, da fraß Emma ihnen quasi aus der Hand und glaubte wirklich, dass die beiden Herren sie für die schönste, interessanteste und wunderbarste Frau der Welt hielten.

Oliver nahm alles ganz gelassen. Raue Sitten war er von seinen Rugbykumpels gewöhnt, von daher überraschte es ihn nicht allzu sehr, zu einer Party entführt zu werden. Ihn überraschten einzig die Gastgeber. Aber letztlich war er blasiert genug, um Hannys Erklärung Glauben zu schenken, sie sei im Nachhinein so beeindruckt gewesen von seinem selbstlosen Besuch neulich und so entsetzt von ihrer Rauferei im Kaufhaus, dass sie zu dem Schluss gekommen sei, eine Versöhnung sei nur mit äußerst ausgefallenen Mitteln möglich.

Am Ende wurde es eine richtige Sause. Eine 1-A-Tut-uns-leid-dass-wir-uns-gestern-in-der-Unterwäscheabteilung-des-Kaufhauses-gekloppt-haben-aber-jetzt-ist-alles-wieder-gut-Party.

Sie wachte erst ziemlich spät auf. Eigentlich hatte Hanny erwartet, von einem energischen Klopfen an der Tür geweckt zu werden oder von der Sirene eines Polizeiwagens, schließlich war damit zu rechen, seit sie am Vorabend die reichlich angeschickerte Emma und ihren Oliver nach langen Umarmungen in ein Taxi verfrachtet und mit heftigem Winken und sogar Kusshänden verabschiedet hatten.

Ihre neuen besten Freunde.

Und jetzt ... Jetzt stellte sie sich vor, wie die beiden aufwachten und sie die Ereignisse des letzten Abends in ihren verkaterten Köpfen noch einmal Revue passieren ließen. Wie sie sich ein Glas Wasser und zwei Aspirin verabreichten.

Und wie sie schließlich bei der Kriminalpolizei anriefen.

»Oh, Gott!«, stöhnte Hanny und begrub den Kopf unter ihrem Kissen.

Und dann klingelte das Telefon.

Hanny erstarrte.

Sie brachte es nicht über sich, die Hand auszufahren und den Hörer abzunehmen. Unter dem Kissen hervor spähte sie auf das Display und erkannte die Nummer, die so oft angerufen hatte, als Bastian noch da gewesen war: Olivers Handynummer.

Sie beschloss, die Dienste ihres Anrufbeantworters in Anspruch zu nehmen. Doch dann hörte sie, wie unten jemand abnahm.

»Hallo?«, flötete Oma Annie.

»Himmelherrgott, NEIN!« Hanny rappelte sich auf, schob die ebenfalls verschlafene und jetzt ungnädig grummelnde Nancy beiseite und hörte, allerdings ohne ein Wort zu verstehen, wie Annie mit dem Anrufer redete.

Worüber bloß?

Mit der offenen Jeans über der Hüfte, halb angezogenen Socken und nur einem Arm im Pulli, während sie mit dem anderen noch das Ärmelloch suchte, stolperte sie die Treppe hinunter und in die Küche.

Reichlich zerzaust und mit vor Angst geweiteten Augen kam sie zum Stehen.

Da saßen sie alle rund um den Küchentisch, der vollgestellt war mit Alka-Seltzer, Orangensaft, Tee, Kaffee und Wasser. Auch sie sahen alle reichlich zerzaust und großäugig aus.

Sämtliche verkaterten Augen richteten sich auf Annie, die auf eine Weise nickte und »hmhm« machte, die alles hätte heißen können.

Dann legte sie auf und wandte sich ihnen zu. Ihr Blick war schwer zu deuten. Sie holten alle hörbar und fast gleichzeitig Luft, während sie darauf warteten, dass Annie etwas sagte. Die Sekunden fühlten sich an wie Stunden.

»Das war Oliver.«

Allgemeines Nicken.

Sie wartete einen Moment ab und genoss sichtlich die gequälte Anspannung der anderen.

»Er wollte sich nur eben melden, um sich für den wunderbaren Abend zu bedanken. Emma und er haben schon seit Jahren nicht mehr so einen schönen Abend gehabt!«

Sie reagierten, als hätten sie im Lotto gewonnen, sprangen auf, fielen sich in die Arme, jubelten. Sogar Edith nahmen sie in den Arm, obwohl Hanny es sich nicht verkneifen konnte, sie einmal so feste anzuknuffen, dass Edith immerhin das Gesicht verzog. Aber sie sagte nichts. Sie wusste, dass sie das verdient hatte.

Unendlich erleichtert ließen sie sich alle wieder auf ihre Stühle fallen und schenkten sich Tee und Kaffee nach, um richtig wach zu werden. Nun merkten sie auch, dass ihre Mägen schleunigst etwas feste Nahrung vertragen könnten, und machten Frühstück. Dabei lachten und schnatterten sie, als befänden sie sich auf der nächsten Party. Einer richtigen Party. Mit echtem Lächeln.

Hanny nutzte den allgemeinen Trubel und verschwand, um unbemerkt nachzuschauen, ob draußen vielleicht ein weiteres Geschenk von Bastian wartete.

Dieses Mal war es eine kleine Schachtel.

Eine sehr kleine Schachtel sogar, die von den anderen dennoch sofort bemerkt wurde, als Hanny wieder in die Küche kam.

»Aaaah!« Annie legte ihr Croissant ab und klatschte vor Aufregung in die Hände. »Na, was da heute wohl drin ist?«

Hanny reichte es Annie.

»Willst du es auspacken?«

Ihre Oma schüttelte den Kopf.

»Ich will dir dabei zusehen, wie du es auspackst, Liebes.«

Hanny lächelte beim Gedanken daran, wie Annie jedes Jahr an Weihnachten im selben Sessel im Wohnzimmer saß und breit grinsend dabei zusah, wie die anderen die von ihr stammenden, skurrilen Geschenke auspackten. Es machte ihr einfach einen Riesenspaß, ihnen dabei zuzusehen.

»Ist das dein tägliches Geschenk von ... *ihm*?« Magnus tauchte hinter der Backofenklappe auf, ein Blech voller frisch gebackener Leckereien in der ofenbehandschuhten Hand.

Hanny nickte.

Das duftende Gebäck wurde so schnell links liegen gelassen, dass es beleidigt hätte sein sollen, und binnen weniger Sekunden standen alle in einer Reihe, um zu sehen, was es heute gab. Magnus, Jai, Annie und Edith. Sogar Nancy reihte sich ein und wedelte so heftig mit dem Schwanz, dass man keine scharfen Konturen von ihm sehen konnte.

Wie alle so hoffnungsvoll um sie versammelt waren, fühlte es sich für Hanny fast an, als wäre bereits Weihnachten.

Sie gab sich einen Ruck und riss das Papier auf. Als sie erkannte, dass es eine kleine Schmuckschachtel war, erstarrte sie. Dann sah sie ihre Freunde an. Ihre Großmutter. Und dann wieder das, was sie in den Händen hielt.

Jai zog vielsagend die Augenbrauen hoch.

Edith und Annie waren die Kinnladen heruntergeklappt.

Wahrscheinlich wären sie alle den Rest des Tages so stehen geblieben, wenn Magnus nicht die Initiative ergriffen hätte.

Er nahm die kleine schwarze Schmuckschachtel aus Hannys zitternden Händen, trat einen Schritt zurück, lächelte Hanny beruhigend an und klappte den Deckel dann so auf, dass sie zuerst sehen konnte, was darin war.

Solche Szenen gibt es sonst nur im Film: Sie erwartet, in dem Schmuckkästchen einen Ring vorzufinden, aber dann liegt etwas ganz anderes darin – ein Schlüssel vielleicht, oder ein Armband oder Ohrringe.

In diesem Fall war es umgekehrt: Hanny erwartete nicht, einen Ring in dem Kästchen zu finden – aber das war genau das, was drin war.

Alle lehnten sich ein wenig nach vorn, um besser sehen zu können.

»Hey, wow. Das nenne ich einen Diamanten.« Annie hätte fast eine Lupe herausgeholt, um die Karat zu bestimmen.

Hanny war die Einzige, die den Ring nicht betrachtete.

Die ersten Sekunden hatten ihr völlig gereicht.

Der Ring war unübersehbar.

Eine Sonnenbrille wäre nicht schlecht gewesen, so funkelte er.

Was dieser Ring mit einem Diamanten im Baguetteschliff sollte, lag auf der Hand. Es handelte sich bei diesem Geschenk um einen äußerst seltsamen und sicherlich nicht gerade romantischen Heiratsantrag.

Sie hätte gelogen, wenn sie behauptet hätte, dass sie es sich nicht schon hundertmal vorgestellt und überlegt hatte, wie, wo und wann er es wohl tun würde. Ihre Idee von seinem Antrag war immer ziemlich verklärt gewesen. Sie hatte sich einen Spaziergang im Wald oder an der Steilküste vorgestellt, wahrscheinlich im Ausland, weil er doch so gerne auf Reisen war. Vielleicht nachts an einem Strand, im Hintergrund das Murmeln der Wellen, das Mondlicht reflektiert vom dunklen Wasser. Bastian hielt ihre Hand, lächelte sie an. So intim. So vertraut. So wunderschön.

Sie sah die anderen an. Leuchtende Augen, wohin sie schaute, sie sahen alle so glücklich aus. Hanny spürte die Anspannung in ihrem eigenen Gesicht und die fast schon permanenten Sorgenfalten auf der Stirn. Einen Augenblick lang war sie fast genauso wütend wie an jenem Abend im November, und in genau diesem Augenblick nahm sie Magnus die Schachtel aus der Hand, klappte sie zu und stellte sie energisch auf den Tisch.

Die glücklichen Gesichter wurden lang. Wie ihres. Die Wut verflog, wich der Erkenntnis ihrer Torheit. Ohne Mantel und Stiefel, aber mit Nancy schoss Hanny nach draußen.

Am liebsten wären sie ihr alle gefolgt, aber letztlich schickten sie Jai.

Er fand sie in der Garage auf dem nun berüchtigten Drehstuhl. Nancy hatte sie sich unter den viel zu großen Pulli gesteckt.

»Hanny?«

»Musst du wirklich fragen?«

Ihre Stimme klang nicht so giftig, wie ihre Haltung hätte vermuten lassen.

Jai entgegnete nichts. Er kniete einfach vor ihr nieder, zog ihr die Stiefel an, die er mit herausgebracht hatte, legte ihr einen Mantel um die Schultern, schaltete die Heizlüfter ein, die sie am Vortag dort aufgestellt hatten, um Emma vor dem Kältetod zu bewahren, holte dann den Stuhl heran, auf dem Oliver gefesselt gewesen war, und setzte sich ihr gegenüber hin, ganz Ohr.

Doch sie sagte nichts. Drehte sich nur immer weiter, bis ihr ganz blümerant wurde. Sie hielt an, zog den Mantel fester um sich und den Welpen, sah Jai direkt in die Augen und zuckte die Achseln.

»Ich weiß nicht, was ich sagen soll. Alle wollen sie, dass ich rede, aber ich weiß nicht, was ich sagen soll.«

Jai nickte.

Dachte nach.

»Bist du wütend?«, fragte er.

Es dauerte ein bisschen, bis sie antwortete.

»Ich bin nicht wütend. Die Wut habe ich hinter mir gelassen.«

»Enttäuscht?«

»Vielleicht. Ich weiß es nicht. Es ist ein komisches Gefühl. Ich wollte das so gerne, Jai, das weißt du. Ich habe es mir gewünscht. Aber doch nicht so. Ich wollte es nur, wenn er es auch wollte. Aus freien Stücken. Nicht als Entschuldigung. Oder als Panikaktion, weil er Angst hat, mich zu verlieren. Es hätte in einer Situation kommen sollen, in der wir uns unserer Liebe sicher waren – nicht im Streit.«

»Aber die Botschaft ist doch dieselbe, Hanny. Egal, wie es jetzt dazu kam, was es ausgelöst hat ... Er sagt dir, dass er den Rest seines Lebens mit dir verbringen will.«

»Aber wollte er das auch schon, bevor er befürchten musste, dass es nicht dazu kommen würde?«

»Hmmm. Okay, ich verstehe, was du meinst, Han.« Jai biss sich auf die Lippe. »Aber letztendlich musst du dich doch fragen, ob das für dich einen Unterschied macht.«

Hanny nickte. Was das Nicken bedeutete, war nicht ganz klar.

»Und eine weitere wichtige Frage ist, ob du ihm verzeihen kannst?«

Dieses Mal zögerte Hanny kaum.

»Ich glaube, das habe ich schon.«

»Na, dann ist die letzte Frage jetzt doch wohl, ob du den Rest deines Lebens mit ihm verbringen willst?«

»Ganz schön schwarz-weiß, findest du nicht?« Ihr Lächeln fiel kläglich aus.

»So ist das Leben nun mal hin und wieder, Hannelore Richmond. Ist nicht immer alles schön bunt.«

»Aber vielleicht gefällt es mir so am besten.«

»Aha. Und du willst mir jetzt weismachen, dass du dein Leben ohne Bastian schön bunt findest?«

Sie schüttelte den Kopf.

»Er fehlt mir. Wirklich. Das weißt du.«

»Dann verstehe ich nicht ...«

»Was? Was verstehst du nicht?«

Jais Blick rutschte zur Seite. Er wirkte scheu. Das war neu. Zwar war er ein zurückhaltender Mensch, aber sie waren immer offen und ehrlich miteinander gewesen. Bisher.

»Hör zu, Hanny ...« Er wand sich. »Es gibt einen Grund dafür, dass ich früher gekommen bin.«

»Du meinst, einen anderen als den, meine wunderbare Gesellschaft zu genießen und endlich mal einen Knast von innen zu sehen?«

Er lachte kurz auf.

»Ja, leider, es gibt da noch einen anderen Grund. Deine Oma Annie hatte mich nämlich angerufen, weil sie jemanden zum Reden brauchte. Sie hat sich Sorgen um dich gemacht.«

»Alle machen sich Sorgen um mich. Ich bin eine ziemliche Nervensäge, was?«

»Ja, aber meine Lieblingsnervensäge.« Jai fasste ihren

Drehstuhl bei den Armlehnen und zog ihn samt Hanny so nah an sich heran, dass er die Hände auf ihre Knie legen konnte. »Wie lange kennen wir uns jetzt schon, Hanny?«

»Noch nicht lange genug. Ich hätte dich so gerne schon in der Schule als besten Freund gehabt und nicht erst in der Uni. Wenn ich dich nicht hätte, bestünde mein Freundeskreis nur aus Bekloppten und Verwandten, jedenfalls nicht aus Freiwilligen. Wenn ich dich nicht hätte, hätte ich genau genommen nur einen einzigen Freund auf der ganzen Welt. Was sagt uns das über mich?«

»Jetzt wirst du aber wirklich albern. Qualität geht vor Quantität, schon vergessen? Das war doch immer unser Motto. Und außerdem kannst du Magnus jetzt auch zu deinen Freunden zählen, der findet dich total klasse.«

»Wow. Meine Freundesquote ist innerhalb eines Tages um fünfzig Prozent gestiegen.« Hanny zog die Augenbrauen hoch. »Ich wette, er findet mich nur deshalb klasse, weil du ihm gesagt hast, dass er mich mögen muss.«

»Glaubst du wirklich, Männer tun alles, nur weil man es ihnen sagt?«

Hanny wusste, dass das Blödsinn war, und schüttelte den Kopf.

»Siehst du.« Jai nickte. Dann schlich sich ein leises Lächeln an. »Außerdem darfst du nicht vergessen, dass du jetzt auch Oliver und Emma zu deinen Freunden zählen darfst …«

Da musste sie dann doch lachen.

Zwar war es kein glückliches Lachen, aber immerhin.

Jai lachte kurz mit, dann machte er wieder ein ernstes Gesicht.

»Hanny, du hast Freunde, die dich aufrichtig lieben. Nicht, weil sie es müssen, sondern weil sie dich als Menschen schätzen und weil du so ein wunderbarer, humorvoller Mensch bist ...« Er hielt kurz inne und nahm ihre Hände, um die Ernsthaftigkeit seiner Worte zu unterstreichen und zu verhindern, dass sie wieder wegrollte. »Ein Mensch, der normalerweise so offen ist, der jedem alles nachsieht und stets dazu bereit ist, alles zu besprechen, sich alle Seiten anzuhören und der sich die Ansichten anderer zu Herzen nimmt ...«

»Womit du sagen willst ...?«, unterbrach sie ihn freundlich.

»Womit ich sagen will ... Annie meinte zu mir, und wenn ich ganz ehrlich bin, muss ich ihr da recht geben ... Also, sie meinte, diese Sache mit Bastian ... Du als die wunderbare, verständnisvolle Hanny, die wir kennen, hättest ihn doch eigentlich schon längst mal zu einem klärenden Gespräch zitiert und alles ausdiskutiert. Annie glaubt darum ... Ich glaube darum ... Wir glauben darum, dass du uns irgendetwas verheimlichst ...«

Zwar konnte Jai ihr keine düsteren Geheimnisse entlocken, aber er konnte sie davon überzeugen, die Garage wieder zu verlassen und in die Küche zurückzukehren, wo alle gespannt wie Flitzbogen auf sie warteten.

Sie waren sich so sicher gewesen, dass Hanny sofort zum Telefon stürzen und vor lauter Freude nicht wissen würde, wen sie zuerst anrufen sollte: Bastian oder den Pastor. Ihre Unruhe konnten sie einfach nicht verstehen.

Woran zweifelte sie noch?

Insbesondere Annie, die innerlich frohlockt hatte, dass ein Grimm'scher Teil ihres Lebens nun den ersehnten märchenhaften Ausgang finden würde, und die gerne die nächste Sektflasche köpfen und sich endlich mal wieder einen neuen Hut kaufen wollte, konnte Hannys Sturheit nicht nachvollziehen. Jetzt fragte sie:

»Findest du das nicht wildromantisch? Stell dir mal vor, was du später deinen Enkeln erzählen kannst! Wir haben uns sooo geliebt, aber dann haben wir uns vollkommen zerstritten. Ein Adventskalender mit lauter bedeutungsvollen Geschenken hat die Wogen geglättet, und dann – tadah!! – kam zum krönenden Abschluss ein Ring. Großartig. Ich liebe Heiratsanträge. Habe ich euch schon mal erzählt, dass mir mal jemand auf einem Elefanten einen gemacht hat? Das war in Bengalen, auf einer Exkursion in die Berge ...«

Was folgte, waren die Schilderungen sämtlicher Heiratsanträge, die ihr je gemacht wurden – und das waren einige. In epischer Breite. Die anderen waren selbst so berauscht von Weihnachten und der Romantik, dass sie ihr an den Lippen hingen und Hanny für eine Weile vergaßen. Selbst Edith, die so gegen alles Etablierte und sogenannte Normale war – insbesondere die Ehe, die in ihren Augen die Abkürzung für »errare humanum est« war –, war ganz aus dem Häuschen.

Als Annie alle ihre Geschichten fertig erzählt hatte, wandten sie sich wieder Hanny zu und warteten gespannt auf die nächste, brandaktuelle Geschichte dieser von einem feinweißen Diamanten herbeigeführten Versöhnung.

Dass Hanny noch immer haderte, drang erst zu ihnen durch, als Jai sagte: »Es geht nicht so sehr um das Wie, sondern um das Ob.«

Hanny nahm bereits früh am Morgen zusammen mit Nancy den Fensterplatz auf dem Treppenabsatz ein. Schon bald richteten zwei Paar braune Augen den Blick nach draußen und beobachteten Bastian bei seinem täglichen Manöver hin zur Haustür.

Er war immer noch nicht beim Friseur gewesen, sein Pony fiel ihm in die schönen Augen. Im Gegensatz zu ihr selbst hatte er noch mehr abgenommen, das war trotz des warmen Wintermantels und des Schals deutlich zu erkennen. Er sah blass aus. Müde und abgehärmt.

Der Goldjunge hatte noch mehr von seinem Glanz eingebüßt.

Und doch begann ihr Bauch instinktiv zu kribbeln, als sie ihn sah. Wohlig zu kribbeln. Und auch Nancy freute sich schwanzwedelnd, ihn zu sehen.

»Na, weißt du noch, wer das ist, Kleine?«, flüsterte Hanny der nach Welpe duftenden Hundedame ins Ohr, drückte sie an sich und wurde dafür mit einem ziemlich nassen Hundekuss belohnt. »Komisch. So langsam weiß ich es auch wieder …«

Sie sah ihn kommen, und sie sah ihn gehen, ohne sich aus ihrem Versteck vorzuwagen. Am Gartentor blieb er stehen, drehte sich um und sah zum Fenster hinauf, als spürte er, dass sie dort saß. Sie überlegte kurz, seinem Blick zu begegnen. Aber nur kurz. Lieber hielt sie sich weiter zurück. Kopf und Bauch waren noch nicht in Einklang.

Sie fragte sich, was er ihr heute wohl gebracht hatte. Dachte an das gestrige Geschenk, das immer noch in seiner Schachtel auf dem Küchentisch lag. Was, in aller Welt, ging in seinem Kopf vor sich? Und wie sollte sie je eine Antwort darauf bekommen, wenn sie sich weiter weigerte, ihm zuzuhören?

Sie war so sehr auf ihn konzentriert, dass sie erst nachdem er wieder abgefahren war, die anderen in der Küche hörte.

Tatsächlich saßen sie bereits alle um den Tisch herum.

An jedem anderen Morgen wäre ihr sicher aufgefallen, wie sie aus ihrer Rugby-Tuschelhaltung auseinanderfuhren und sich betont lässig in »Ich? Ich frühstücke doch bloß!«-Haltung begaben. Heute aber war sie viel zu sehr darauf konzentriert herauszufinden, was genau denn heute vor ihrer Haustür abgestellt worden war.

Denn heute war etwas anders.

Heute befand sich kein Geschenk vor der Tür, sondern nur ein Umschlag.

»Kein Geschenk?«, maulte Annie und machte ein langes Gesicht.

»Kein Geschenk.« Hanny zuckte die Achseln.

»Vielleicht liegt was in der Karte?«, hoffte Jai.

»Etwas ganz Dünnes?«

»Also ganz bestimmt nicht ich.« Hanny verzog das Gesicht.

Im Umschlag steckte eine Weihnachtskarte. »Für die, die ich liebe«, stand vorne drauf. In der Karte lag eine Quittung. Von einem ziemlich teuren Juwelier. Über dreitausendachthundert Pfund.

Es war die Quittung für den Diamantring.

Hanny blinzelte vor Erstaunen und Unmut. Die zart in ihr aufkeimenden, wohlig warmen Gefühle – mit einem Schlag waren sie wieder zunichtegemacht.

»Die Quittung!«, rief sie mit derselben herablassenden Empörung in der Stimme wie Lady Bracknell in fast allen Inszenierungen die Worte »In einer Reisetasche?«. »Er hat den Nerv, mir die verdammte Quittung zu schicken!«

Sie hatte tatsächlich keine Ahnung, was in seinem Kopf vor sich ging – das wurde hiermit amtlich. Was dachte er sich bloß? Er kauft ihr einen Ring, und dann lässt er sie wissen, wie viel er gekostet hat? Sollte sie das etwa beeindrucken? Dass er so viel Geld für sie ausgegeben hatte? Erwartete er, sie werde ihm nun umgehend verzeihen? Wollte er sich freikaufen? Hatte er erwartet, dass sie nach Erhalt des Rings voller Dankbarkeit und bräutlicher Aufregung sofort bei ihm anrufen würde? Und fand er, weil sie es nicht getan hatte, müsse er ihr nun beweisen, dass es ein echter Diamant war und kein Simili?

Kannte er sie wirklich so schlecht?

Kannte sie ihn wirklich so schlecht?

Mit einem kellertiefen Seufzer faltete Hanny das Papier zu einem Flieger und schickte ihn auf die Reise. Er flog zwei Loopings, kam ins Trudeln und machte dann eine Bruchlandung auf Oma Annies Marmeladentoast.

Alle, die sie um den Küchentisch versammelt waren und ihr Weihnachtsfrühstück mit Gaben aus Bastians Feinkostkorb genossen, sahen auf.

Annie kaute den Bissen, den sie gerade im Mund hatte, in aller Ruhe fertig, schluckte, klopfte sich die Krümel von ihrem lila Kaschmirpulli, trank einen Schluck Earl Grey, setzte die Tasse ab, barg das Flugobjekt aus der Konfitüre und faltete es wieder auf.

Erst betrachtete sie es eine Weile sehr intensiv, dann gab sie seufzend auf und griff nach ihrem Brillenetui.

Hanny ließ sich auf den freien Stuhl neben ihrer Großmutter plumpsen und warf einen spitzen Blick auf den Zettel, den Annie so eingehend studierte, während sie in ein Croissant biss. »Krass, oder? Er hat doch sonst nie mit seinem Geld angegeben. Warum fängt er dann jetzt damit an?« Sie schenkte sich eine Tasse Tee ein.

Annie betrachtete die Quittung weiter, jetzt mit zusammengekniffenen Augen, damit ihr bloß nichts entgehe. Dann fing sie an zu strahlen und nahm die Brille ab.

»Er gibt auch gar nicht damit an, Herzchen. Er will dir nur wieder einmal zeigen, wie gut er dich kennt. Ich weiß jetzt, was das soll.«

»Ach, ja? Und das wäre? Er will mir damit ja wohl hoffentlich nicht sagen, dass ich als Arztgattin an seiner Seite ein schönes, leichtes Leben haben könnte, weil er genug für zwei verdient?«

»Eins kann ich dir sagen, meine Liebe: Es geht hier nicht um Geld. Hier geht es um Timing.«

»Um Timing?«

Annie nickte und hielt Hanny den Zettel vor die Nase.

Mit ihrem grellpinken Fingernagel zeigte sie auf etwas Kleingedrucktes.

Das Datum, an dem die Quittung ausgestellt wurde.

»Oktober.« In Annies Stimme schwang ein Anflug von

Triumphgefühl mit. »Erster Oktober. Lange vor … Vor … Also … Lange vor allem.«

Er hatte sich schon vor Monaten vorgenommen, sie zu fragen.

Noch vor der Sache mit Sid.

Noch vor der Sache mit Emma.

Und wenn er sich schon vor Monaten vorgenommen hatte, sie zu fragen, wenn er also schon vor Monaten gewusst hatte, dass er den Rest seines Lebens mit Hanny und niemand anderem als Hanny verbringen wollte, dann … vielleicht … Ja, dann war die Sache mit Emma vielleicht wirklich das gewesen, was Hanny die ganze Zeit gehofft hatte, aber eben nicht wirklich glauben konnte: ein großer, saudummer Fehler, der nicht so schwer wiegen durfte. Dann hatte Bastian Emma nicht insgeheim über längere Zeit angehimmelt, und der Kuss war keine von ihm aktiv herbeigeführte Erfüllung seiner Sehnsüchte gewesen.

Dann war die ganze Sache wirklich genau so gewesen, wie er es gesagt hatte.

Und wenn es tatsächlich so gewesen war, dann … Ja, dann hatte er zwar einen Fehler begangen, aber sie hatte mit Abstand einen viel, viel größeren Fehler begangen. Hatte aus einer Mikromücke einen Megaelefanten gemacht.

»Also bin in Wirklichkeit ich hier das Arschloch?«, fragte sie laut.

»Kann schon sein«, entgegnete Edith sarkastisch. Offenbar hatte sie vergessen, dass sie sich benehmen sollte. »Selbstverständlich handelt es sich bei eurer Situation um eine, in der die Vernunft selten eine große Rolle spielt, aber ich muss gestehen, dass es mich trotzdem ziemlich erstaunt, wie wenig Einsicht du in der letzten Zeit an den Tag gelegt hast. Aber jetzt wissen wir ja …«

Sie brach ab, als ihr klar wurde, was sie da gerade sagen wollte.

Vier ziemlich scharfe Blicke richteten sich auf sie. Die sagten mehr als Worte.

Es war wohl das erste Mal, dass sie Edith verlegen sahen.

»Gut, ich weiß, ich sollte besser ruhig sein … Aber immerhin, wenn ich das sagen darf: Ende gut, alles gut.«

Jetzt musste sie wirklich zum Schweigen gebracht werden.

Jai stopfte ihr ein Croissant in den Mund.

Mit einem strahlenden Lächeln drehte er sich zu Hanny um.

»Was meinst du? Sollen wir uns nicht mal ein bisschen bewegen? Wie wäre es mit einem kleinen Waldspaziergang mit Nancy?«

Hanny zögerte kurz, dann nickte sie, war aber nicht ganz bei der Sache.

»Gute Idee, ein bisschen frische Luft schadet nicht.«

Sie stand auf und ging zu ihren Gummistiefeln.

»Äh … Vielleicht solltest du dich aber doch besser vorher anziehen …« Jai klang sehr fürsorglich. »Ist doch ein bisschen kalt da draußen nur im Nachthemd.«

Zehn Minuten später kehrte sie angezogen in die Küche zurück.

Die anderen warteten bereits auf sie. Nur Annie fehlte.

»Wo ist Oma Annie?«

»Ich hab sie zuletzt im Wohnzimmer gesehen.« Lächelnd wickelte Magnus sich einen Schal um den Hals.

Hanny nickte, setzte sich Richtung Wohnzimmer in Bewegung und rief nach Annie.

»Oma ... Wie sind alle fertig. Kommst du?«

Doch Annie war weit davon entfernt, spaziergangbereit zu sein. Halb saß sie, halb lag sie auf dem Sofa wie Kleopatra, die auf Eselsmilch und geschälte Trauben wartete.

»Wäre es sehr schlimm, wenn ich nicht mitkomme? Ich fühle mich ein bisschen wackelig. Ich glaube, ich bleibe einfach hier vorm Kamin.«

»Wackelig?« Hanny runzelte besorgt die Stirn.

»Stehe irgendwie ein bisschen neben mir, Liebes. War vielleicht alles ein bisschen viel gestern Abend ...«

»Soll ich bei dir bleiben?«

Das war natürlich ein ernst gemeintes Angebot. Dennoch überraschte es Hanny, dass ihre ach so selbstständige »Im Herzen werde ich immer einundzwanzig sein, im Geiste dreißig und körperlich topfit«-Großmutter sie schwach und dankbar anlächelte. »Würdest du das wirklich tun, Liebes? Ich will dir wirklich nicht den Spaß verderben, aber ... Also, ehrlich gesagt, mir geht es wirklich nicht so gut, ein paar Streicheleinheiten und eine liebevoll servierte Tasse Tee würden mir sicher guttun.«

Streicheleinheiten und eine liebevoll servierte Tasse Tee? Für Annie höchst ungewöhnliche Wünsche.

»Klar. Kein Problem. Ich bleibe. Ich mache dir einen Tee. Mit was drin?«

»Ach, bloß ein bisschen Milch und Zucker.«

»Sonst nichts?«

»Es ist zehn Uhr morgens, Kind.«

»Das hält dich doch sonst nicht davon ab.«

»Vielleicht habe ich ja eingesehen, dass du recht hast.«

Annie hustete leise. »Es tut mir nicht gut, so viel zu trinken. Bin schließlich nicht mehr die Jüngste.«

Jetzt wusste Hanny sicher, dass etwas nicht in Ordnung war.

Sie setzte sich neben Annie aufs Sofa und nahm ihre zarte Hand.

»Soll ich einen Arzt rufen, Oma?«

Doch Annie schüttelte den Kopf.

»Mach dir keine Sorgen, Liebes, ich glaube, das ist nur die Aufregung der letzten Tage. Ich muss mich heute einfach mal ausruhen, dann bin ich morgen wieder fit wie ein Turnschuh. Ich will uns doch Weihnachten nicht verderben. Eine schöne Tasse Tee und ich bin wieder auf dem Damm, wirst schon sehen.«

Die anderen scharrten bereits mit den Hufen. Alle inklusive Nancy waren warm eingepackt. Die Hundedame hatte zu dem Zweck ihr Weihnachtsgeschenk von Jai und Magnus einen Tag früher bekommen: einen entzückenden roten Hundemantel mit Stechpalmenblättermuster. Sie sah aus wie ein weihnachtliches Knallbonbon.

Jai reichte Hanny die Gummistiefel, doch sie schüttelte den Kopf.

»Wie ging es Annie beim Frühstück?«

»Gut, wieso?«

»Weil sie sagt, dass es ihr nicht so gut geht. Sie will nicht mit. Ich bleibe mit ihr hier. Wahrscheinlich ist gar nichts Ernstes, aber ich möchte sie gerne im Auge behalten. Geht einfach ohne uns.«

Sanft legte Jai die Hand auf Hannys Arm.

»Sie vergisst halt manchmal, dass sie nicht achtzehn, sondern achtzig ist. Tante Midge kommt nachher auch noch, das wird sie aufheitern. Dann hat sie endlich noch jemanden, den sie piesacken kann. Kein Grund zur Sorge.«

»Okay, alles klar.«

Die anderen stapften durch den knirschenden Schnee davon, und Hanny machte Tee. Sie fand auch noch ein bisschen Kuchen, den sie zusammen mit dem Tee auf einem Tablett arrangierte, das sie ins Wohnzimmer trug.

»So, das dürfte dich ein wenig aufrichten. Der letzte Rest von Magnus' leckerem Kuchen. Kannst froh sein, dass er es überhaupt von der Küche bis hierher geschafft hat, und das hat er nur, weil ich beide Hände voll habe ... Und weil meine Zunge einfach nicht lang genug ist, um die Buttercreme ...« Mitten im Satz ließ Hanny vor Schreck das Tablett fallen.

»Oma! Annie!«, rief sie entsetzt.

Doch die alte Dame antwortete nicht. Sie lag auf dem Boden. Bewusstlos.

Ohne nachzudenken, schnappte Hanny sich das Telefon und wählte automatisch die ihr so vertraute Handynummer. Sie war so aufgeregt, dass sie gar nicht bemerkte, wie schnell er abnahm, sie gab ihm keinerlei Gelegenheit zur Begrüßung und plapperte sofort los: »Bitte, Bastian, ich brauche deine Hilfe, Oma hatte einen Zusammenbruch ...«

Binnen zehn Minuten war er da. Er musste viel zu schnell und über rote Ampeln gefahren sein.

Ohne anzuklopfen oder zu klingeln, stürmte er durch die Küchentür ins Haus und sofort weiter ins Wohnzimmer. Er kniete sich neben die immer noch bewusstlose Annie, für eine richtige Begrüßung war auch jetzt weder Zeit noch Ort. Beide sorgten sich um Oma Annie.

Bastians Hände wanderten gezielt von ihrem Handgelenk zu ihrem Hals zu ihrer Schläfe.

Er runzelte die Stirn.

»Annie? Annie, kannst du mich hören? Ich bin's, Bastian. Kannst du sprechen, Annie? Wie fühlst du dich?«

Annie stöhnte.

Er ließ wieder seine geübten Hände von hier nach dort wandern.

Hanny schlug das Herz bis zum Hals.

»Gebrochen ist nichts. Ich schaffe sie aufs Sofa.«

Er hob sie hoch, als sei sie federleicht, und das war sie gewissermaßen auch, jedenfalls wog diese zierliche Person keine fünfundvierzig Kilo. Er legte sie vorsichtig auf die Couch.

Da öffnete sie blinzelnd die Augen und lächelte.

Hanny war unendlich erleichtert, und auch Bastian war sichtlich beruhigt.

Bis Annie blitzschnell die Hände ausfuhr, sie um Bastians Gesicht legte, ihn zu sich heranzog und sehr nachdrücklich und ausgiebig auf den Mund küsste.

Völlig perplex ließ Bastian das mit aufgerissenen Augen wenige Sekunden mit sich geschehen. Dann begriff er, was da vor sich ging, und zappelte heftig, um sich zu befreien.

»Also, hör mal! Annie! Was machst du denn da?«, keuchte er und wischte sich den Mund mit dem Ärmel seines Mantels ab.

Annie sah von ihm zu Hanny zu ihm und wieder zu Hanny. Sie musste sich sehr beherrschen, angesichts ihrer Mienen nicht loszuprusten vor Lachen.

Die eine Miene war schieres Entsetzen, die andere Fassungslosigkeit.

Dann beschloss Annie, ohnehin nichts anderes tun zu können, als zu lachen. Also gackerte sie los.

»Jetzt geht es mir schon viel besser«, verkündete sie, hüpfte vom Sofa und strahlte die staunenden Gesichter an. »Wer will einen Eggnog?«

Und damit sprang sie wie ein gesundes junges Reh an ihnen vorbei in die Küche.

Mit heruntergeklappter Kinnlade sah Hanny ihr nach. Dann wandte sie den Blick zu Bastian, der ziemlich dumm aus der Wäsche guckte.

Hanny wackelte noch einmal mit dem Kopf, dann folgte sie ihrer Oma.

Annie wusste genau, dass sie kommen würde. In abwehrender Haltung an die Arbeitsfläche gelehnt, wartete sie auf ihre Enkelin und deren Standpauke.

»Sag mal, was sollte *das* denn jetzt bitte?!?!«

Offenbar hatte Annie Schlimmeres erwartet, denn sie begann zu lächeln. Allerdings nur, bis eine weitere Stimme sich erhob: »Das wüsste ich allerdings auch gerne.«

Bastian hatte sich von dem Schrecken ausreichend erholt und war ihnen in die Küche gefolgt. Noch bevor Annie etwas sagen konnte, legte er los:

»Das darf ja wohl nicht wahr sein, Annie! Ist dir klar, dass ich ein ganzes Wartezimmer voller wirklich kranker Patienten in der Praxis zurückgelassen habe, um dir zu Hilfe zu kommen? Und du ... du ...«

Ihm fehlten die Worte.

Immerhin setzte Annie einen etwas betretenen Blick auf, als sie das von den wirklich kranken Patienten hörte. Aber ihr Mitleid hielt sich in Grenzen.

Hanny und Bastian sahen sie streng an. Sie fanden, in dieser Situation war ein höherer Grad der Zerknirschung angezeigt, sie erwarteten sogar eine Erklärung oder Entschuldigung.

Aber da warteten sie vergeblich.

»Ich bin eine elende, sich überall einmischende alte Schachtel und stolz darauf!«

Trotzig verschränkte sie die Arme vor der Brust und hielt ihren Blicken stand.

»Du willst uns das also nicht erklären?«

»Also, wenn ihr wirklich zu blöd seid, um selbst draufzukommen, dann kann ich euch auch nicht mehr helfen!«

Natürlich waren sie nicht blöd, kamen sich in diesem Moment allerdings verdammt blöd vor. Was sie ihnen demonstrieren wollte, konnte ja nicht klarer auf der Hand liegen.

Hanny schwieg. Bastian seufzte und schüttelte den Kopf.

»Das ist doch verrückt!«

»Amen!«, brummte Annie.

Er ignorierte sie.

»Ich muss zurück zur Arbeit.«

Er sah Hanny an.

Voller Hoffnung.

Und obwohl es ihr endlich gelang, seinem Blick zu begegnen, den Blick des Mannes zu erwidern, den sie in den letzten Wochen gemieden hatte wie der Teufel das Weihwasser, brachte sie keinen vernünftigen Satz über die Lippen. Ihr Mund war wie ausgetrocknet.

Kein Ton wollte ihr entweichen. Auch nicht, als er seine Tasche und seinen Mantel nahm und Annie tadelnd ansah. Auch nicht, als sie das Gefühl hatte, sich für ihre Oma entschuldigen und für seinen schnellen Einsatz bedanken zu müssen.

Na, los.
Sag was.
Sprich mit dem Mann.
Mach den Mund auf.
Aber es ging nicht.

Erst, als er schon fast zur Tür hinaus war, krächzte sie ein leises »Entschuldigung«, gefolgt von einem noch leiseren »Danke«.

Er blieb kurz stehen, sah sich zu ihr um und nickte. Dann schüttelte er den Kopf und lächelte so wehmütig, dass es ihr in der Seele wehtat, als er schließlich weg war.

»Himmelherrgott noch mal!«

Dieser Gefühlsausbruch kam von Annie.

»Was muss denn bitte noch passieren, damit du endlich über die Sache hinwegkommst, Hanny? Ich verstehe dich ja, wirklich, wahrscheinlich mehr, als du glaubst, aber jetzt reicht's! Jetzt muss Schluss sein. Aber nicht mit dir und Bastian. Wenn ihr beiden wegen dieser Lappalie auseinandergeht, dann begeht ihr den größten Fehler eures Lebens. Und du weißt genau, dass ich das eben alles nur gemacht habe, um euch genau das klarzumachen. Hat Bastian den Kuss von mir erwartet? Nein. War Bastian scharf auf diesen Kuss? Ganz sicher nicht. Trotzdem hat er mich geküsst! Gegen seinen Willen! Wenn man erst mal so alt ist wie ich, Kleines, und so oft verheiratet war wie ich, dann kennt man sich mit der Liebe ein klein wenig aus. Ein Kuss kann so vieles sein. Und dieser Kuss – der Kuss, den sie ihm gegeben hat, der Kuss, den sie ihm genauso gegen seinen Willen aufgedrängt hat wie ich – dieser Kuss hat sich in ein Monster verwandelt. Und ich ...«, verkündete sie dramatisch, »... musste dieses Monster besiegen.«

Hanny wusste nicht recht, wie sie auf diesen Redebeitrag reagieren sollte, bekam aber auch gar keine Gelegenheit dazu. Die Küchentür flog auf, und Jais ziemlich besorgtes Gesicht sah herein.

»Hanny …« Er schnaufte, als sei er gerannt. »Kannst du mal bitte zur Garage kommen?«

Der alarmierte Ton in seiner Stimme ließ Hanny herumfahren, ihre Augenbrauen verschwanden fast im Haaransatz.

»Zur Garage? Das ist nicht dein Ernst!? Warum? Was ist denn jetzt schon wieder passiert?«

»Komm einfach, schnell!«, zischte er und verschwand wieder.

Hanny wandte sich noch einmal Annie zu, die zu ihrer endlosen Irritation immer noch sehr selbstzufrieden grinste.

»Glaub bloß nicht, dass ich dich damit vom Haken lasse!« Hanny drohte ihrer Großmutter mit dem Zeigefinger wie eine Oberlehrerin einer Grundschülerin. Als ihr das auffiel, ärgerte sie sich nur noch mehr, fuhr die Hand ein, zog sich Stiefel und Jacke an und trampelte hinaus.

Auf dem Weg zur Garage erfüllte sie eine gewisse böse Vorahnung …

Was es wohl diesmal war? Hatten sie mit der Vespa gespielt und sie kaputt gemacht? Sie erreichte das Tor, spähte durch den Spalt hinein und sah die Vespa drinnen stehen. Leicht schlammbespritzt von ihrem letzten Ausflug, aber intakt.

»Jai?«, rief sie zögerlich, als sie hineinging.

Nach der vom Schnee betonten Helligkeit draußen war es in der Garage zunächst stockfinster. Ihre Augen mussten sich erst mal an die Dunkelheit gewöhnen und machten dann am anderen Ende des Raumes die Umrisse eines Menschen aus.

Eines Menschen, der nicht Jai war.

Dieser Mensch war viel größer als Jai.

»Magnus?«

Er drehte sich um. Da wusste sie sofort, dass es auch nicht Magnus war.

Und sie wusste sofort, was sie vorhatten.

Doch im selben Moment fiel auch schon die Tür hinter ihr zu. Hanny fuhr herum und hörte, wie der Riegel vorgeschoben wurde.

»Jai!«, seufzte sie. Müde und resigniert.

»Sorry, Süße!«, rief Jai ihr durch die dicken Holztore zu. »Aber ihr bleibt jetzt da drin, bis ihr miteinander geredet habt!«

»Jai, bitte! Ich habe keine Lust, noch einen Abend hier drin zu verbringen!«, beschwerte sie sich, doch statt einer Antwort hörte sie nur sich entfernende Schritte und wie jemand die Küchentür öffnete und zuschlug.

Halbherzig versuchte sie, die Garagentür zu öffnen, aber die war bombenfest verschlossen. Frustriert rüttelte sie daran. Sie fluchte leise.

»Sie ist abgeschlossen, Hanny.«

Sie fuhr zusammen, als sie Bastians Stimme hörte. Sie hatte nicht bemerkt, dass er auf einmal direkt hinter ihr stand. Sie drehte sich um, sah zu ihm auf und musste unwillkürlich etwas verlegen lächeln, als sei sie mit einem Fremden in einem Fahrstuhl stecken geblieben.

Denn wie ein Fremder kam er ihr tatsächlich vor – obwohl sie ihn doch eigentlich so gut kannte. Was für ein seltsames, verwirrendes Gefühl. Und es trug ganz bestimmt nicht zur Entwirrung bei, dass auch er einen Versuch unternahm, die Tür zu öffnen, und ihr dabei so nah kam, dass ihr sein Duft in die Nase stieg. Sein ihr so vertrauter Duft, der in ihr dieselbe Sehnsucht, dasselbe Verlangen auslöste, wie er es schon immer getan hatte.

Sie trat einen kleinen Schritt zurück, schnappte nach Luft, sah ihm dabei zu, wie er gegen die Doppeltüren drückte, obwohl sie beide wussten, dass sie von außen mit einem Vorhängeschloss gesichert waren.

Dann drehte er sich zu ihr um.

Sie sah ihn an.

»Scheint, als würden wir hier festsitzen ... Tut mir leid ...«

Ihr Blick wurde aufmerksam.

»Wieso? War das etwa deine Idee? Hast du sie gebeten, uns hier einzuschließen?«

Er schüttelte den Kopf.

»Ich hab damit nichts zu tun, versprochen. Jai hat mich gebeten, mal nach seinem Freund Magnus zu schauen, er sagte, er hätte sich im Wald den Fuß verstaucht und schaffe es nicht ganz zurück bis zum Haus, darum säße er in der Garage.«

»Und als da kein Magnus war, bist du trotzdem geblieben?«

Er lachte.

»Jai sagte, Magnus müsse wohl aufgestanden sein, und wollte ihn suchen. Mich bat er, in der Zwischenzeit nach der Wasserwaage zu gucken, weil du ein paar ziemlich schiefe Regale hättest ... Ich weiß, ich weiß, jetzt, wo ich es dir erzähle, merke ich selbst, dass ich Volltrottel auf ihn hereingefallen bin. Aber ich stehe auch noch ein bisschen unter Schock von der Sache mit deiner Großmutter ... und davon, dass ich dich wiedersehe … Aber … Es ist schön, dich wiederzusehen, Hanny. Ich freue mich.«

Sie antwortete nicht. Er hatte so gehofft, etwas von seiner eigenen Wiedersehensfreude auch in ihrem Blick zu finden, aber sie sah ihn einfach nur weiter an und biss sich so fest auf die Unterlippe, dass diese ganz weiß wurde.

»Sieht also ganz so aus, als würden wir hier festsitzen, bis wir wieder miteinander reden.«

»Wenigstens sind wir nicht an die Stühle gefesselt«, brachte sie schließlich hervor. »Aber Heizung und Kuchen kämen jetzt eigentlich nicht schlecht.«

Das verstand er natürlich überhaupt nicht.

Verwirrt sah er sie an.

»Wie bitte?«

»Nichts. Gar nichts …« Sie senkte den Blick.

Mit einem Mal war ihr, als würde sie gleich in Ohnmacht fallen wie eine in einem eng geschnürten Korsett steckende Heldin aus einem viktorianischen Roman. Schnell setzte sie sich auf den Drehstuhl.

Drehte von links nach rechts, von rechts nach links, den Blick zu Boden gerichtet. Dann auf einmal sah sie wieder zu ihm auf, und zwar mit so festem, forschendem Blick, wie sie es bisher nicht fertiggebracht hatte.

Er erwiderte ihren Blick, ihre plötzliche offenkundige Musterung ließ ihn verstummen.

Sie sah ihn heute nicht zum ersten Mal seit jenem verhängnisvollen Abend. Sie hatte ihn mehrfach dabei beobachtet, wie er sich mit einem Geschenk in der Hand zu ihrer Haustür schlich. Zuletzt an diesem Morgen, mit Nancy auf dem Schoß. Aus der Nähe brach es ihr fast das Herz, ihn zu sehen.

Sie sahen einander eine gefühlte Ewigkeit in die Augen,

versuchten, im Blick des anderen das zu lesen, was er nicht aussprach.

Als er es nicht mehr aushielt, senkte er den Blick und seufzte:

»Ach, Hanny, was machen wir denn für einen Blödsinn?«

»Wir sitzen in einer kalten Garage«, antwortete sie schlagfertig.

»Du weißt genau, was ich meine ... Was ist mit uns passiert?«

»Wir haben uns übertölpeln lassen und sind jetzt eingesperrt.«

Er schüttelte den Kopf.

»Du bist doch sonst nicht so spitzfindig ...«

»Ich bin insgesamt nicht mehr wie sonst.«

Er sah wieder zu ihr auf.

»Alles ist anders.« Sie sagte das mit einem Nachdruck, als würde sie ihm einen Räumungsbefehl an die Brust nageln.

Er wusste nicht, was er sagen sollte. Ihm war klar, ein falsches Wort konnte jetzt alles zerstören. Und wenn er darauf warten würde, dass sie wieder etwas sagte, würden sie womöglich noch an Silvester hier sitzen.

Als er vorhin in die Garage gekommen und Magnus nicht da gewesen war, als Jai ihn bat, nach irgendetwas zu suchen, nur damit er blieb, wo er war, war ihm natürlich der Gedanke gekommen, dass Jai etwas in dieser Art vorhatte.

Und er hatte es sogar gehofft. Und sich deshalb Zeit gelassen, die Wasserwaage zu suchen, von der er genau wusste, dass sie gar nicht gebraucht wurde. Und er war dankbar für Jais kriminelle Energie.

Statt ihr nun nochmals seine Version zu präsentieren, beschloss er, sich ihre anzuhören.

»Warum willst du nicht mit mir reden, Hanny? Bitte, Hanny, rede mit mir!« Dann schwieg er und wartete, voll und ganz darauf eingestellt, nichts zu sagen und nur zuzuhören.

Aber sie hatte immer noch keine Antwort.

»Du redest also immer noch nicht mit mir.« Er lachte kurz und bitter auf. Seine Stimme klang brüchig. »Und ich hätte dir so viel zu sagen ...«

Erst da fiel ihr ein, was sie antworten musste. Es ging nicht darum, dass sie nicht mit ihm reden wollte. Die ganze letzte Woche war das Problem vielmehr gewesen, dass sie nicht wusste, was sie sagen sollte. Oder vielmehr, wie sie es ihm sagen sollte ...

Und ihr fehlten immer noch die Worte.

Jetzt sah sie zu ihm auf, lächelte und schüttelte ein klein wenig vorwurfsvoll den Kopf, als ihr wieder etwas einfiel.

»Du hast ein Gemälde gestohlen ...«

Das war zwar nicht die Antwort, die er sich erhofft hatte, aber immerhin sprach sie endlich.

Er lachte, ließ den Kopf hängen, zuckte die Achseln.

»Was tut man nicht alles für seine große Liebe ...«

»Seine große Liebe?«

Er wusste, dass von seiner Erwiderung sehr viel abhing.

»Das weißt du doch ...« Er schloss die Augen. »Du hast mir so gefehlt.«

Die Worte taten ihr weh. Sie wurde wütend. Aber nicht auf ihn.

Er hockte sich vor sie, griff nach den Armlehnen des Stuhls und sah sie an.

»Du weißt, dass ich dich liebe, dass ich dich immer geliebt habe. Wir können das zusammen durchstehen, Hanny, gemeinsam sind wir doch stark …«

Sie sah ihn an.

Und wusste endlich etwas zu sagen.

»Das hatte ich auch gedacht, aber dann sind wir an einer so kleinen Hürde gescheitert.« Sie biss sich auf die Lippe. »*Ich* bin an einer so kleinen Hürde gescheitert.«

»Das ist doch nicht deine Schuld … Das war alles bloß … ein dummer Unfall. So als würde man das Loch im Bürgersteig zwar sehen, aber dann doch drüberstolpern. Mir ist wichtig, dass du weißt, dass ich all das nie wollte. Dass ich nie etwas von Emma wollte. Dass es mir leidtut. Es tut mir so unendlich leid.«

Sie schwieg kurz, dann nickte sie.

»Mir auch.«

Besorgt sah er sie an und wartete auf eine Erklärung.

Sie wusste genau, was er dachte. Meinte sie damit, dass es ihr auch leidtat? Oder meinte sie, dass es ihr auch leid tat, *aber*?

Das war ein himmelweiter Unterschied.

Sie zögerte. Und weil er dies für seine letzte Chance hielt, weil er fest entschlossen war, sie nicht gehen zu lassen, sondern seinem Herzen zu folgen, nahm er jetzt ihre beiden Hände und lächelte sie hoffnungsvoll an.

»Hanny. Wir gehören zusammen. Ich könnte mich an den schönsten Orten der Welt befinden – ohne dich würde ich ihre Schönheit nicht erkennen. Ohne dich ist eine Oase bloß Wüste, ohne dich sind die Sterne bloß ferner, grauer Staub. Das alles wird erst schön, wenn du bei mir bist. Dass wir immer unter demselben Mond sind, reicht mir nicht. Ich möchte dich bei mir haben, ich möchte deine Hand halten, ich möchte mit dir zusammen zum Mond hinaufschauen … Und zwar für immer.«

Er verstummte, lächelte sie liebevoll an und fing dann an zu grinsen.

»Hör mal, Hanny … Ich hab mich von deiner Großmutter knutschen lassen. Wenn wir das überstehen, können wir alles überstehen …«

Als sie ihn endlich wieder ansah, glaubte er, den Anflug eines Lächelns zu sehen.

Doch bevor sie etwas sagen konnte, hörten sie draußen Stimmen, und dann wurde aufgeschlossen.

»Sieht aus, als wäre unsere Zeit um.«

Widerstrebend erhob er sich und ließ ihre Hände los.

Wehmütig lächelte er sie an.

»Mach's gut, Hanny.«

Er erwartete nicht, dass sie noch etwas sagen würde. Und darum überraschte es ihn, als er, fast bei der Tür angekommen, ihre Stimme hörte.

»Halb acht.«

Er drehte sich um.

»Wie bitte?«

»Abendessen. Heute. Halb acht. Sei bitte pünktlich.«

Zwar biss er sich auf die Lippe, aber das konnte nicht verbergen, dass seine Mundwinkel sich zu einem Lächeln verzogen.

»Alles klar. Halb acht. Ich komme.«

Und um halb acht war er da. Stand mit Geschenken, Wein, duftenden Rosen und einem scheuen Lächeln vor der Tür. Gesellte sich zu den anderen in der Küche, wurde herzlich empfangen und setzte sich an seinen alten Stammplatz.

Um acht kam dann noch ein Gast.

Midge spazierte wie üblich herein, ohne anzuklopfen. Sie sah in die am Küchentisch versammelte Runde. Betrachtete jedes einzelne Gesicht, angefangen bei Hanny. Bei Bastian endete sie. Sie sagte kein Wort, nickte und lächelte, weil die Welt endlich wieder in Ordnung war, und setzte sich dazu.

Am ersten Weihnachtsfeiertag kam er wieder. Sie beide fanden es passend, sich an diesem Morgen vor der Haustür zu treffen. Er hatte eine der Taschen bei sich, die sie vor fast zwei Monaten aus dem Fenster geworfen hatte, vollgestopft mit so vielen Sachen, wie er in seiner freudigen Aufregung hineinbekommen konnte.

»Ich wusste nicht, ob ich mich als Geschenk einpacken sollte«, scherzte er vorsichtig.

»Ich glaube, ich habe dieses Jahr schon genug Geschenke von dir bekommen …« Lächelnd reichte sie ihm ein kleines Päckchen.

»Frohe Weihnachten.«

»Für mich?«, staunte er.

»Jeps.«

»Was ist das?«

»Mach's halt auf.« Sie lächelte verlegen. Geheimnisvoll. »Dann wirst du's ja sehen.«

Er packte es aus. Genau wie alle anderen, die bereits am frühen Morgen aus den Betten gefallen und direkt zum Weihnachtsbaum gestürmt waren, um ihre Geschenke aufzureißen, hielt auch er ein Paar Socken in den Händen. Allerdings waren seine ein bisschen anders als die der anderen.

Er hielt sie hoch und sah abwechselnd die Socken und Hanny ziemlich verwundert an.

»Ich weiß, du hast gesagt, dass dieses Jahr alle Socken von dir bekommen, aber ich fürchte, diese sind mir ein bisschen zu klein.«

»Viel zu klein sogar, wenn du mich fragst.«

»Soll das eine Art Strafe sein?«

Sie schüttelte den Kopf.

»Nein.«

»Hast du mir das falsche Geschenk gegeben?«

Sie lächelte und schüttelte wieder den Kopf.

»Nein. Die sind wirklich für dich ...«

»Aber die sind so klein, die passen ja höchstens einem ...«

Er verstummte.

Und auf einmal lag die Antwort auf so viele Fragen klar auf der Hand.

»Heißt das ...?«

Hanny sah ihn an, lächelte und schüttelte dieses Mal nicht den Kopf.

Dieses Mal nickte sie.

Die Liebe hatte sie auferweckt;
das Herz des einen
barg unerschöpfliche Lebensquellen
für das Herz des anderen.
(Ü: Swetlana Geier)
Fjodor Michailowitsch Dostojewski

Dank:
Meine Dankbarkeit gegenüber all jenen, die mir dabei helfen, meinen Traum vom Schreiben zu verwirklichen, ist grenzenlos und lässt sich nicht in Worte fassen. Mein schlichtes, tief empfundenes »Danke« geht an das Team beim Piper Verlag, das so intensiv daran arbeitet, meine Texte in Bücher zu verwandeln, und an all jene, die diese Bücher lesen. Ohne sie würde ich nicht schreiben. Danke! Und an Julia, die mit ihrer Liebe Marco zu wunderbarer Musik und mich zu meinen Geschichten inspiriert. Danke für alles!

Leseprobe aus dem Roman von
Philipp Andersen und Miriam Bach:
»Warte auf mich«, erschienen bei Pendo.

Kapitel 1

1.

Warten. Ihr schien es, als bestünde ihr Leben seit Monaten nur noch aus Warten. Warten auf das nächste Treffen mit ihm, die wenigen gestohlenen Stunden oder Tage, die sie miteinander hatten. Warten auf die Telefonate, immer spät in der Nacht, wenn er ungestört sprechen konnte. Und schließlich warten darauf, dass sich alles eines Tages änderte. Ohne auch nur die geringste Ahnung zu haben, ob das jemals passieren würde.

Doch sie wartete.

Ausgerechnet sie, die immer Rastlose, der nie etwas schnell genug gehen konnte. Immer zack, zack, höher, schneller, weiter, gehetzt und ohne jede Geduld, heute hier, morgen dort. Und jetzt also das Warten, stunden-, tage-, wochenlang, das gesamte Leben abgestellt auf ein paar Momente, diese wenigen Augenblicke, wenn sie in seinen Armen lag. Aber es machte ihr nicht einmal etwas aus. Denn in Wahrheit hatte sie schon eine kleine Ewigkeit auf ihn gewartet, viele Jahre auf den einen, der ihren grenzenlosen Durst, ihren quälenden Hunger nach dem stillte, was sie lange nicht hatte benennen können. Mehr. Sie hatte nach dem »Mehr« gesucht und es in ihm gefunden.

»Himmelfahrten« nannte er ihre gemeinsamen Fluchten, ihre heimlichen Treffen, bei denen nichts zählte außer ihren Gefühlen füreinander. Und es waren tatsächlich

Himmelfahrten, Momente, in denen sie den Rest der Welt vergaßen.
Aber kein Himmel ohne Hölle.

Sie kannte ihn schon einige Jahre, nur flüchtig zwar, aber sie wusste, wer er war. Zwei- oder dreimal hatte sie ihn auf der Buchmesse gesehen, als sie eine Zeit lang im selben Verlag veröffentlichten. Einmal hatte er ihr sogar einen seiner Romane signiert, den sie zu Hause ungelesen ins Regal gestellt und dann vergessen hatte. Er war ein arrivierter Autor, seine Bücher in den Bestsellerlisten, in zwei Dutzend Sprachen übersetzt. Sie selbst war auch nicht unerfolgreich, doch weit unterhalb seiner Wahrnehmungsschwelle und außerdem in einem vollkommen anderen Genre tätig; während er über die Vergangenheit schrieb, zog sie es vor, sich mit der Gegenwart, mit dem Hier und Jetzt, zu beschäftigen.
Sie mochte ihn nicht sonderlich. Arrogant und blasiert kam er ihr vor, ein selbstgerechter Schwätzer, der wie ein Pfau über die Messe stolzierte, immer umzingelt von Journalisten, Fans und Verehrerinnen. Es war wohl auch ein kleiner Stachel namens Neid, den sie in ihrer Brust verspürte, wenn dieselben Journalisten, die ihn zuvor in den Himmel gelobt hatten, ihr gegenüber eine gewisse Abfälligkeit an den Tag legten. Sie war noch ein halbes Kind gewesen, als sie ihren ersten Roman veröffentlicht hatte, und auch Jahre später musste sie darum kämpfen, dass sie als Schriftstellerin ernst genommen wurde. Und er war eben das Sinnbild dafür, der Sündenbock, auf den sie diese Ungerechtigkeit projizierte.

Dann der Abend, der alles veränderte: ein Verlagsjubiläum in München, dreihundert geladene Gäste. Darunter sie, Miriam Bach. Und natürlich auch er, Philipp Andersen, der Star des historischen Romans. Sie entdeckte ihn bereits zu Beginn der Feier, wie er im vorderen Teil des Festsaals saß, wichtig schwadronierend mit den Großen und Einflussreichen der Branche. Nicht ohne Genugtuung stellte sie fest, dass er anfing, in die Jahre zu kommen; seine dunklen Haare waren zwar voll, aber von weißen Strähnen durchzogen, und trotz seiner schlanken Statur zeichnete sich unter seinem Hemd ein deutlicher Bauchansatz ab, eine Lesebrille steckte in der Brusttasche seines Jacketts. Insgesamt war Philipp Andersen ein attraktiver Mann, keine Frage, aber eben einer, der seinen optischen Zenit vor gut und gern zehn Jahren überschritten hatte. Einer, dem Leben und Erfahrung unübersehbare Spuren ins Gesicht gezeichnet hatten, während sie selbst trotz ihrer neununddreißig Jahre immer noch mehr Mädchen als Frau zu sein schien. Nie hätte sie gedacht – niemals und nie! –, dass ausgerechnet dieser Abend eine schicksalhafte Wende in ihrem Leben bedeuten würde.

Und als sie zu späterer Stunde an der Bar stand, ein bisschen gelangweilt mit einer Kollegin plauderte und ihren Blick dabei beinahe abwesend durch den Raum schweifen ließ; als sie plötzlich bemerkte, dass Philipp Andersen sie von seinem Platz aus unverwandt ansah und ihr mit einer kleinen Geste bedeutete, dass sie zu ihm kommen sollte – da ging sie einfach zu ihm rüber.

Hätte sie um die Folgen dieser wenigen Schritte gewusst, sie hätte sich keinen Millimeter von der Bar weggerührt. Und wäre gleichzeitig, so schnell sie nur konnte, zu ihm gerannt.

2.
22. März

Plötzlich war sie da. Wie vom Himmel gefallen. Saß einfach neben mir, so nah, dass unsere Schenkel sich berührten, und hielt meine Hand, oder ich ihre, das ließ sich nicht unterscheiden. Wie war sie bloß auf diesen Stuhl geraten, auf dem doch eben noch mein alter Freund Christian gesessen und mir die Ohren vollgelabert hatte? Ich weiß es nicht mehr, so wenig, wie ich mich daran erinnern kann, wie wir uns begrüßt und über was wir als Erstes geredet haben. Ich weiß nur noch, dass wir uns von Anfang an duzten. Als würden wir uns seit einer Ewigkeit kennen. Und dass ich wahnsinnig gern mit ihr sprach, egal worüber, und wenn es der größte Blödsinn war.

Warum, zum Teufel, haben wir uns eigentlich geduzt? Herrgott, ich bin doch viel zu alt für so was! Das ist doch alles längst vorbei!

Wahrscheinlich waren es ihre Augen. Diese wasserhellen blauen Augen mit einem scharf konturierten, dunklen, fast schwarzen Ring um die Iris, mit denen sie mich von der Bar aus angeflirtet hatte. Huskyaugen. Noch nie hatte ich Augen gesehen, die so unglaublich traurig blicken konnten, um im nächsten Moment aufzuleuchten und zu strahlen, als hätte jemand ein Licht in ihr angeknipst. Und dann ihr Mund. Auch ihr Mund hatte diese Traurigkeit, wurde manchmal ganz klein und schmal, als wolle er sich selbst verschlucken, sogar wenn sie gerade einen Witz erzählte. Aber genauso wie die Augen konnte sich auch ihr Mund verändern, urplötzlich, von einem Moment zum anderen, wurde ganz weich und groß, blühte auf.

April, dachte ich. Eine Frau, in der Aprilwetter ist.

Bis Mittag hatte ich an meinem neuen Roman gearbeitet, und noch auf der Autobahn hatte ich mich gefragt, was ich eigentlich auf dieser Party sollte. Der Verlag, der sein hundertjähriges Jubiläum feierte, war ja gar nicht mehr mein Verlag, wir hatten uns nach meinem vorletzten Buch getrennt. Mein alter Verleger wollte immer dasselbe von mir, einen historischen Roman nach dem anderen. Aber ich bin nicht Autor geworden, um an einer Marketingstrategie entlangzuschreiben. Ich will Geschichten schreiben, die ich schreiben muss*! Doch wenn der Verlag mich trotz unserer Trennung zu diesem Festtag einlud, wäre es sehr unhöflich gewesen, die Einladung auszuschlagen. Außerdem war der Abend eine gute Gelegenheit, mal wieder ein paar Leute zu treffen. Präsenz zeigen, Backen aufblasen und wichtigtun. Schließlich brauchte ich bald neue Verträge.*

Und dann war sie plötzlich da, und all die wichtigen Leute, wegen derer ich gekommen war, interessierten mich nicht mehr. Ich schaute ihr in die Augen, schaute auf ihren Mund, ohne irgendetwas anderes von ihr wahrzunehmen, während unsere Hände miteinander sprachen, als würden sie uns vorauseilen, und ihr nackter Schenkel unter dem Saum ihres albernen goldenen Paillettenkleids, in dem sie zu Ehren des schwerhörigen Seniorverlegers und Sohn des Verlagsgründers »Happy birthday, Mr. Publisher« ins Mikrofon gehaucht hatte, immer höher an meinen Oberschenkel heraufrutschte und ich immer neugieriger wurde auf diese Frau, die ich nicht kannte und die mir doch so seltsam vertraut vorkam. Wie siehst du wohl aus, wenn nicht April in dir ist, sondern Mai oder August oder November?

3.

Alles, wirklich alles, was sie je über ihn gedacht hatte, war falsch. Er war witzig und charmant, ein brillanter Geist, ein Kindskopf, ein Spinner, ein vollkommen verrückter Mensch. Sie saßen da und redeten miteinander, die Minuten flogen wie Sekunden vorüber. Auf einmal – sie konnte nicht sagen, wie es dazu kam – hielt er ihre Hand, sie steckten tuschelnd ihre Köpfe zusammen und nahmen nichts mehr wahr von dem, was um sie herum geschah. Sie sah nur noch seine großen blauen Augen, die ihr wie ein Spiegel ihrer selbst erschienen, hörte sein tiefes Lachen, das wie ein Stromschlag durch ihren Körper zitterte, spürte und roch seine Nähe, genoss jedes einzelne seiner Worte. Wie er von seinen Büchern erzählte und sie nach ihren fragte, wirklich und aufrichtig interessiert wollte er alles von ihr und ihrer Arbeit wissen. Keine Spur von dem blasierten Wichtigtuer, für den sie ihn immer gehalten hatte, im Gegenteil, seine Neugier beschämte sie fast, weil sie ihm ganz offensichtlich Unrecht getan hatte. Denn jetzt saß er vor ihr und sagte ihr, dass er unbedingt mal etwas von ihr lesen wolle, er hätte Lust, in ihrer Seele herumzuspazieren, um zu sehen, was sich in ihrem Köpfchen verbarg. Genauso sagte er es, »in deiner Seele herumspazieren«, und es kam ihr nicht einmal kitschig oder überzogen vor.

Und dann waren da ihre Hände, die einander festhielten und sich gegenseitig streichelten als sei es das Natürlichste der Welt. Hier, auf diesem Fest, wo jeder es sehen konnte und es trotzdem vollkommen egal war.

»Was machen unsere Hände da?«, fragte sie irgendwann, ohne ihn auch nur eine Sekunde lang loszulassen.

»Lass sie doch«, erwiderte er lächelnd, »die spielen nur und vertragen sich schon.« Ihr Blick wanderte über seine schönen, schlanken Finger, die verästelten Adern, die leicht unter der Haut durchschimmerten, die vielen kleinen Sommersprossen, die sich vom Handgelenk aus Richtung Ellbogen ausbreiteten, und seine behaarten Unterarme, die aus den Ärmeln seines Hemds hervorlugten. Und den Ring, seinen Ehering am vierten Finger seiner linken Hand, natürlich bemerkte sie auch den.

»Bist du zum Spielen nicht viel zu verheiratet?«

Er lachte. »Viel zu verheiratet? Kann man denn weniger verheiratet sein?«

»Ich weiß nicht. Kann man?«

»Vielleicht. Dann bin ich jetzt gerade mal weniger verheiratet.«

»Und hast du eher mehr oder weniger Kinder?«, setzte sie das Spiel fort.

»Eher weniger. Eine Tochter. Aber die ist schon erwachsen.«

»Dann muss ich dich jetzt wohl fragen, wie alt du eigentlich bist.« Er zögerte, seine Hand zuckte kurz zurück, aber sie hielt sie fest. Würde er jetzt lügen? Sie schätzte ihn auf Mitte oder Ende vierzig.

»Fünfundfünfzig, fast sechsundfünfzig.«

»Oh.« Noch nie hatte sie mit einem Mann dieses Alters Händchen gehalten oder auch nur geflirtet, im Gegenteil, mit ihrem kindlichen Aussehen zog sie meist wesentlich jüngere an. Doch es war seltsam: Hatte sie zu Beginn der Feier noch mit leichter Häme gedacht, dass er langsam in die Jahre kam, schien er jetzt, während er ihr gegenübersaß, mit ihr sprach und seine Finger mit ihren verschränkt hatte, von Sekunde zu Sekunde jünger zu werden. Benjamin Button, er war ein Benjamin Button! Seine großen blauen Augen, mit denen er sie neugierig musterte, lachten,

in beiden Wangen bildeten sich jungenhafte Grübchen, ständig fiel ihm eine dicke Strähne seines vollen Haars in die Stirn, die er sich wieder und wieder aus dem Gesicht pustete, und selbst auf seiner Stupsnase entdeckte sie mehrere große Sommersprossen und dann noch eine direkt links über seinen vollen Lippen. »Dein Alter macht mir nichts aus«, sagte sie und kam sich im selben Moment unglaublich dämlich vor. Wie konnte sie so etwas sagen?
Aber wieder lachte er nur. »Das freut mich. Mir macht es auch nichts, dass du fast zwanzig Jahre jünger bist.«
Dann schwiegen sie beide, sahen sich einfach nur an, ließen ihre Hände weiter miteinander spielen und reden, sich alles erzählen, was ihnen auf dem Herzen lag, durch die Berührung Geheimnisse austauschen.
Irgendwann war es Mitternacht, und sie musste gehen, am nächsten Morgen wartete ein früher Termin auf sie. Doch sie konnte nicht. Sie wollte nicht, wollte seine Hand nicht loslassen und ihn dadurch verlieren. Nicht, ohne ihm zu sagen, in welchem Hotel sie wohnte, und ihn zu bitten, ihr später zu folgen.

4.
23. März

Kaiserhof«, hatte sie mir beim Abschied ins Ohr geflüstert, »ich warte auf dich.« Fünf Minuten nachdem sie fort war, verließ auch ich die Party. Das Hotel lag nur ein paar Minuten entfernt. Einigermaßen nervös huschte ich durch die Bar, aber ich sah in dem schummrigen Raum keine Frau, die ihr im Entferntesten glich, nur ein paar Geschäftsleute, die sich gegenseitig bei einem Absacker langweilten. Halb enttäuscht, halb erleichtert gab ich es auf. Alter Trottel, was hast du hier verloren? Du bist verheiratet, seit fast dreißig Jahren, glücklich *verheiratet, und streunst mitten in der Nacht durch Hotelbars wie ein ralliger Kater? Sieh zu, dass du ins Bett kommst, und zwar in dein eigenes!*

»Suchen Sie jemanden?«, fragte der Portier, als ich wieder in die Halle kam. »Nein«, sagte ich, »das heißt – doch. Eine Frau, die angeblich hier wohnt. Sie muss gerade zurückgekommen sein.«

Der Portier zog ein sehr professionelles Gesicht. »Ihr Name?«

Verflucht, ich wusste nicht mal, wie sie hieß! Dabei war sie, so hatte mir der Verleger beim Abschied zugeraunt, in ihrem Genre eine kleine Zelebrität. Zum Glück fiel mir wenigstens ihr Vorname ein. »Miriam …«, sagte ich und reichte dem Portier einen Geldschein. »Mitte dreißig. Blonde Locken, glaube ich …«

Der Portier runzelte kurz irritiert die Brauen, dann schlug er im Gästebuch nach und griff zum Telefon: »Da ist ein Herr, der nach Ihnen fragt«, sprach er diskret in die Muschel. »Herr …?« Ein fragender Blick in meine Richtung.

»Andersen.«

Ein paar Sekunden Hochspannung, während ich leise ihre Telefonstimme hörte, doch ohne etwas zu verstehen. Dann die Auskunft des Portiers: »Nr. 17.«

Das Zimmer lag im ersten Stock, doch da ich ziemlich eilig die

Treppe hinaufstieg, war ich ein bisschen außer Atem, als ich an ihre Tür klopfte.

»Sofort!«

Hinter der Tür Geraschel und Schritte. Als sie öffnete, holte ich tief Luft. Sie hatte sich schon ausgezogen, trug nur noch einen schwarzen BH und ein kleines bisschen schwarze Spitze unten herum.

»Komm rein«, sagte sie, als würde ich sie schon zum hundertstenmal mitten in der Nacht in einem Hotel besuchen, und tippelte auf ihren nackten Füßen zurück ins Zimmer. Vor dem Bett blieb sie stehen und drehte sich zu mir um.

»Du bist ja gar nicht blond«, sagte ich verwirrt.

»Wie bitte?«, lachte sie. »Warum sollte ich blond sein?«

»Ach nichts«, sagte ich, ging einen Schritt auf sie zu und strich über ihr glattes, braunes Haar. »Wahrscheinlich war es dein goldenes Kleid, weshalb ich …« Statt den Satz zu Ende zu sprechen, nahm ich ihr Gesicht zwischen die Hände.

Sie sah mich an, ein bisschen prüfend, ein bisschen spöttisch. »Was jetzt?«

»Was wohl?«

Ich hob ihr Kinn, und dann küssten wir uns. Doch seltsam, der Kuss fiel vollkommen leidenschaftslos aus. Wir küssten uns eher pflichtgemäß, weil es sich in dieser Situation eben gehörte, sich zu küssen, so wie es sich gehört, jemandem zur Begrüßung die Hand zu geben.

»Nur damit du es weißt«, sagte sie, als wir irgendwann aufs Bett sanken, »ich werde nicht mit dir schlafen.«

»Wie kommst du darauf, dass ich mit dir schlafen will?«, erwiderte ich. Statt einer Antwort warf sie einen kurzen Blick auf meine Hose. Ihr Mund lächelte, aber ohne ihre Augen.

»Oh Gott, bin ich müde.« Tatsächlich, jetzt gähnte sie auch noch.

»Willst du schon schlafen?«, fragte ich wie ein Idiot.

Sie gab keine Antwort, sondern kuschelte sich einfach unter ihre Decke, als wäre ich gar nicht da, und es dauerte keine Minute, bis sie schlief. Was war das denn für eine Nummer? Lädt mich in ihr Zimmer ein und pennt hier einfach vor mir weg? Für einen Moment war ich beleidigt, ein Reflex meiner männlichen Eitelkeit, aber der Moment dauerte gerade einen Wimpernschlag. Tatsächlich war ich gar nicht beleidigt, nicht im Geringsten. Eher amüsiert. Eine Verrückte! Total durchgeknallt! Ihr Atem ging schon ganz gleichmäßig, und ihre Lider zuckten, als würde in ihr immer noch irgendwas kämpfen. Plötzlich, ohne jeden Grund, hatte ich das Gefühl, dass ich sie wahnsinnig gernhaben würde, wenn wir uns erst kannten … Doch dazu würde es wohl nicht kommen. Schade. Sehr schade. Ich stand auf und suchte meine Schuhe.

»Wenn du willst, kannst du ruhig bleiben«, murmelte sie im Halbschlaf. »Du bist doch genauso müde wie ich.«

»Meinst du das im Ernst?«

»Natürlich.« Blinzelnd schlug sie die Bettdecke zurück und rückte ein Stück zur Seite. »Komm, stell dich nicht so an.«

Einen Moment zögerte ich. Meine Nacht bei Maude fiel mir ein, ein uralter Film von Truffaut, mit Jean-Louis Trintignant und Jeanne Moreau. Nein, so blöd wie Trintignant, der die ganze Nacht im Mantel und mit hochgestelltem Kragen an Maudes Bett auf seinem Stuhl hockte, war ich nicht! Also zog ich mich aus und legte mich zu ihr.

Ohne sich umzudrehen, tastete sie mit einer Hand nach mir. »Oh, du bist ja nackt«, sagte sie. »Ganz nackt.«

Lucy Clarke

Die Landkarte der Liebe

Roman. Übersetzung aus dem Englischen von Astrid Mania. 352 Seiten. Piper Taschenbuch

Ein meerblaues Reisetagebuch. Das ist alles, was Katie von ihrer Schwester bleibt. Denn Mia ist tot. In Bali stürzte sie von einer Klippe. Katie hat nur eine Chance, das Geheimnis um den Tod ihrer unnahbaren Schwester zu lüften: ihr Tagebuch zu lesen und den Stationen ihrer letzten Reise zu folgen. Und so taucht Katie immer tiefer ein in das Leben ihrer Schwester ein und entziffert Stück für Stück Mias ganz persönliche Landkarte der Liebe …

05/2729/01/L

Guillaume Musso

Nachricht von dir

Roman. Übersetzung aus dem Französischen von Eliane Hagedorn und Bettina Runge. 480 Seiten. Piper Taschenbuch

Als Madeline und Jonathan am Flughafen zusammenstoßen, denken sie nicht im Traum an ein Wiedersehen. Doch Zuhause angekommen stellen sie fest, dass sie ihre Handys vertauscht haben. Sie beginnen, das Telefon des anderen zu durchstöbern, und entdecken, dass ihre Leben schon seit Langem miteinander verknüpft sind – genau wie tiefe Wunden aus der Vergangenheit, die sie nun mit aller Macht einholen …

Der Nr.-1-Bestseller aus Frankreich!

»Packend und gefühlvoll.«
Elle

05/2757/01/R